徳間文庫

日本遺産に消えた女

西村京太郎

徳間書店

目次

特急「にちりん」の殺意　5
青に染まる死体　勝浦温泉　89
最上川殺人事件　175
阿波鳴門殺人事件　267
解説　山前　譲　436

特急「にちりん」の殺意

1

若い清水《しみず》刑事が、若い女性を、捜査一課に連れて来た。

「この人の話を聞いてやってくれませんか。私が、そうすべきだと、彼女に、すすめたんです」

と、清水は、十津川《とつがわ》警部に、いった。

十津川は、二十七、八歳に見えるその女性を見上げた。ハイヒールをはいていると、十津川より、背が高く見える。

「高沢《たかざわ》めぐみです」

と、彼女はいい、ハンドバッグから、名刺を取り出して、十津川に渡した。

「まあ、お座り下さい」

　と、いってから、十津川は、名刺に、眼をやった。

〈工藤興業株式会社　社長秘書　高沢めぐみ〉

　と、名刺には、刷ってあった。

「それで、どういう話ですか？」

　と、十津川は、名刺から眼をあげて、高沢めぐみを見た。切れ長の眼が、頭の良さを示している感じだった。

「社長を、助けて頂きたいんです」

　あまり表情を変えずに、彼女が、いった。

「助けてというと？」

「こんな脅迫状が、来ていたんです」

　めぐみは、三通の封書を、差し出した。

　どの封筒にも、ワープロで、「工藤興業株式会社　社長　工藤良夫《くどうよしお》様」と、あった。

　十津川は、消印の順に、中の便箋《びんせん》を、取り出して、眼を通していった。

それぞれ便箋一枚に、こちらも、ワープロで、打ってある。

〈五月十一日消印〉

お前を殺してやる。絶対に殺してやる。思い当たることは、いくらでもある筈《はず》だ。覚悟をしておけ。

〈五月十七日消印〉

この間の車の事故は、おれが仕組んだことだ。助かったのは、運がいいと思うなよ。あの時は、脅してやっただけだ。本番は、これからだ。

〈五月二十四日消印〉

二十六日が、お前の命日だ。この日に、必ず、お前を殺してやる。逃げ出すんなら早い方がいいぞ。今度は、ただの事故ではすまないからな。お前は、二十六日に死ぬんだ。

「二十六日というと、今日ですね」

十津川は、ちらりと、めぐみを見た。

「はい」

「なぜ、もっと早く、相談に来なかったんですか？」

「今日になって、その脅迫状が、来ていたのを知ったんですわ。社長は、何も、おっしゃらなかったものですから」

「それで、社長さんは、今、どこにおられるんですか？」

「わかりません」

「わからないって、あなたは、秘書なんでしょう？」

「ええ、今朝、出勤しましたら、いつも、早目に出ていらっしゃる社長が、出ていらっしゃらないんです。おかしいなと思いながら、机の上を、拭《ふ》いていましたら、この三通の手紙が見つかりました。封が切ってあったので、返事が必要かも知れないと思って、見て、びっくりしてしまったんです」

「そのあと、どうしたんですか？」

「心配になって、社長のご自宅に電話したんですけど、誰も、出ないんです。それで、清水刑事さんに、電話して、ご相談したんですけど」

「うちの清水とは、お友だちですか？」

「同じマンションに住んでいて、時々、ごあいさつしているだけですけど、警察にお勤めのことは、知っておりましたから」

と、めぐみが、いう。

清水が、傍から、あわてた様子で、

「同じマンションといっても、私の部屋は１Kで、彼女は、２LDKです」

と、いった。

「社長さんの自宅は、どこですか？」

十津川は、手紙を広げて、いった。

「渋谷の広尾にあるマンションですわ。そこに、お一人で、住んでいらっしゃいます」

「一人で？　まだ若いんですか？」

「いえ。確か、四十二歳になったところだったと思いますわ」

と、めぐみは、いった。

「君は、このマンションへ行って、社長さんがいるかどうか調べて来てくれ。用心して、電話に出ないのかも知れんからね」

と、十津川は、清水刑事にいってから、視線を、めぐみに戻して、

「脅迫状にある自動車事故というのは、本当にあったんですか？」

と、きいた。

「はい。社長は、ご自分で、ポルシェを運転なさるんですが、五月十五日の日曜日に、ドライブに行かれた時、トラックに追突されて、危《あや》うく、死にかけたと、いわれてましたわ。場所は、箱根だそうですけど」

と、めぐみが、いった。

十津川はすぐ、西本《にしもと》刑事に、十六日の朝刊を、持って来させた。

社会面を広げると、小さくだが、確かに、この事故のことは、のっていた。

〈十五日午後二時三十分頃、箱根の坂道を走っていた東京都渋谷区広尾の工藤良夫さん（四二歳）の運転するポルシェ９１１Ｓが、トラックに追突されて、ガードレールにぶつかり、前部を破損、工藤さんは、軽い怪我をした。工藤さんの話では、追突したのは、黒っぽい四トントラックだったという。警察で調べているが、このトラックは、まだ、見つかっていない〉

「事実のようですね」

と、十津川は、いった。

2

工藤良夫のマンションに出かけた清水刑事から、電話が入った。

「大変な高級マンションですよ」

と、清水は、いってから、

「工藤良夫は、留守ですね」

「行先は、わからないかね？」

「わかりませんが、管理人は、今朝早く、工藤が、ポルシェで、出かけるのを見たといっています」

「何時頃だ？」

「それが、午前五時頃だったといっています」

「五時？」

「そうです」

「いやに早いな」

と、十津川は、いった。

「そうなんです。問題は、どこへ行ったかですが」

「彼の車のナンバーは、わかるかね？」

「管理人が覚えていました。色は白です」

と、清水はいい、ポルシェのナンバーを、電話で、いった。

十津川は、また、めぐみに向って、

「工藤さんは、午前五時に、車で、どこかへ出かけるようなことが、ありましたか？」

と、きいた。

「さあ。社長は、せっかちな方ですから、あったかも知れませんが、わかりませんわ」

「工藤さんは、どこの生れですか？」

「確か、九州の方だった筈ですけど」

「九州ですか。そこには、まだ、誰か、いるんですか？　工藤さんの家族が」

「それも、わかりませんわ。社長は、プライベイトなことは、あまり、話さない方ですから」

と、めぐみは、いう。

十津川は、腕時計に眼をやった。午前十一時になろうとしていた。

工藤良夫は、何者かに脅迫されていた。

それも、今日、二十六日に、必ず殺すと、いって来ていたのだ。

工藤は、怖くなって会社にも出ず、午前五時に、ポルシェで、どこかへ向った。

逃げ出したと見ていいだろう。

一番安全なところか、或いは、一番気の安まるところと考えるのが、自然である。

とすれば、自分の生れ故郷も、候補地の一つだろう。

九州のどこかは、わからないが、一刻も早く着きたければ、飛行機を使う筈である。

「九州へ飛ぶ第一便は、羽田を、何時だったかね？」

と、十津川は、亀井《かめい》にきいた。

「一番早いのは、福岡行で、午前七時ジャストです」

「それに、乗ったかも知れないな」

と、十津川は、いった。

羽田発七時〇〇分の飛行機に乗るとすると、渋谷のマンションを、午前五時に、出たというのも、肯《うなず》けるのだ。

「羽田に電話して、工藤良夫のポルシェが、ないかどうか、調べてみてくれ」

と、十津川は、いった。

羽田の空港派出所が、調べてくれている間、十津川は、工藤良夫の本籍地を、調べてみることにした。

資料室から、部厚い人事興信録を持って来た。

工藤良夫は、のっていた。

家族の欄に記入がないから、本当に、独身なのだろう。

本籍地は、大分県の中津になっていた。

十津川は、地図で、その町を探した。大分県といっても、福岡県に近い。日豊本線に、中津という駅がある。

昼少し前に、羽田の空港派出所から、問題のポルシェが、乗り捨ててあるのを発見したという電話が入った。

（やはりか）

と思った。

工藤良夫は、羽田から、九州へ向ったのだ。

「多分、ここへ行っている筈ですよ」

と、十津川は、めぐみに、本籍地の住所をメモして、渡した。

亀井が、向うの電話局に問い合せて、この番地の工藤の電話番号を調べて、それを、めぐみに教えた。めぐみが、電話をかける。

「私、工藤社長の秘書でございますが、社長は、そちらに、伺っておりますか？」

と、めぐみはきいている。

そのあと、「はい、はい」と、肯いていたが、電話を切ると、十津川に向って、

「向うには、お兄さん夫婦がいらっしゃるらしいんですけど、朝早く、これから行くという電話があったそうです。待っているんだが、まだ来ないと、おっしゃっていました」

「もう着いている頃かな？」

十津川は、自分の机の引出しから、時刻表を取り出した。

午前七時〇〇分発の福岡行の飛行機に乗ると、八時四〇分に、向うに着く。

あとは、多分、博多から、小倉経由で日豊本線だろう。

博多発八時五四分の特急「にちりん11号」がある。これに乗れば、一〇時三〇分に、中津着である。

しかし、福岡空港から博多駅まで、タクシーで、十五分前後かかる筈だから、この

列車に乗るのは、無理かも知れない。

数字的には、十四分あっても、ロビーに出たり、駅で切符を買ったりする時間が、必要だからだ。

とすると、次の「にちりん13号」だろう。

この特急の博多発は、九時二四分で、中津着は、一〇時五八分である。

もちろん、福岡空港から、タクシーを飛ばしたことも考えられるし、羽田から、大分空港へ行き、日豊本線を、逆に、乗ったかも知れない。

羽田発八時二五分→大分一〇時〇五分　大分発一〇時二八分（特急にちりん18号）
→中津一一時三三分。
と、いうコースである。

どのコースをとったにしろ、そろそろ、着いていなければ、ならないだろう。

十二時になって、弁当が運ばれて来た。

亀井が、めぐみにも、それをすすめている時、十津川の机の上の電話が鳴った。

大分県警からだった。

3

大分県警の原田《はらだ》という警部だった。

「東京の工藤興業社長、工藤良夫という人間について、調べて頂きたい。今日、特急『にちりん13号』の車内で、死体で発見されました。殺しと思われます」

原田警部は、通常の殺人事件と同じ調子で、捜査協力を要請して来たのだが、十津川の方が、時が時だけにショックを受けた。

十津川は、受話器を握ったまま、とっさに、めぐみに、眼をやった。

めぐみは、昼食をすませて、お茶を飲んでいるところだったが、十津川が、電話に向って、

「本当に、工藤良夫ですか？」

と、きき返したとたんに、彼女が、眼を大きくして、十津川を見た。

「そうです。運転免許証と、名刺で、身元が、確認されています。どんな男なのか？敵がいなかったかどうか、そうしたことを、調べて頂きたいのですよ」

「どんな状況だったんですか？」

と、十津川はきいた。

めぐみが、じっと、こちらを見ている。

「特急『にちりん13号』のグリーン席で、死んでいました。青酸死と思われます。博多から、中津までの切符を持っていましたが、発見されたのは、別府の近くまで来てからです」

と、原田警部が、いう。

「ちょっと待って下さい」

と、十津川は、受話器を置いてから、めぐみを呼んだ。

彼女も、何かあったのは、わかったらしく、

「社長が、どうかしたんでしょうか？」

と、きく。

「大分県警からで、工藤社長が、九州を走っている列車の中で、死んでいたそうです。向うは、社長さんのことをいろいろと知りたいといっていますが、あなたから、話しますか？」

「はい」

と、めぐみが小さく肯いた。

十津川は、原田警部に、秘書のめぐみが、ここに来ている事情を、簡単に説明してから、彼女に、電話を渡した。

十津川は、わざと、席を外して、亀井刑事の傍へ行った。その方が、めぐみが、自由に話せるだろうと思ったのである。

「工藤社長が、殺されたんですか?」

と、亀井が、小声で、きいた。

「博多から大分へ行く『にちりん13号』のグリーン席で、毒死していたということだ。向うでは、殺人と見ている」

「やはり、羽田から福岡へ飛び、日豊本線で、郷里の中津へ向ったわけですね」

「時間的には、想像どおりだよ。結局、中津まで行けなかったんだ」

「脅迫状の主が、追っかけて行って、殺したんですかね?」

「多分、そうだろう」

「すると、犯人は、工藤社長のマンションを見張っていて、尾行し、『にちりん13号』の車内で、毒殺したことになりますか?」

「まだ、詳しいことはわからないんだが、青酸入りのコーヒーか何かを、工藤社長に、持たせることに成功したとすれば、犯人は、尾行する必要はなくて、東京にいて、結果を待っていれば、いいわけだがね」

と、十津川は、いった。

毒殺では、アリバイが、問題にならないことがある。

めぐみが、一生懸命に、工藤良夫の人柄について、説明しているのが、聞こえてくる。

「社長は、立派な方ですわ。人間は、儲《もう》けるだけじゃいけないと、おっしゃって、毎年、慈善事業に、多額の寄附をなさっています。調べて下されば、わかりますわ」

そんなことを、めぐみは、喋《しゃべ》っていた。

十津川は、小声で、西本と、日下《くさか》の二人の刑事を呼び、

「工藤興業と、工藤社長のことを、調べて来てくれ」

と、いった。

二人は、すぐ、部屋を出て行った。

めぐみは、続けて喋っている。

「社長が、誰かに恨まれるなんてことは、考えられませんわ。社長に感謝している人は、沢山いると、思いますけど」

それだけいうと、興奮した顔で、十津川のところへやって来た。

「向うの刑事さんは、ひどいですわ。あんないい社長なのに、誰かに恨まれている筈だと、決めつけて」

と、めぐみは、腹立たしげに、いった。

「警察としては、誰かを疑わなければなりませんのでね。それに、脅迫状も来ているわけですから」

十津川は、弁解するように、いった。

「これは、多分、怨恨《えんこん》による殺人だと思いますね」

と、横から、亀井がいった。

めぐみは、眉をひそめて、亀井を見た。

「現場に行かないで、そんなことが、わかりますの？」

「殺人には、必ず動機があります。金銭か、怨恨か、どちらかです。流しの犯人が、毒殺はしないでしょう。会社の社長なら、金銭目当てに殺された可能性もあるが、三通の脅迫状には、全く、金の要求がない。とすると、残るのは、怨恨ということになりますね」

と、亀井が、落ち着いた声で、いった。

「でも、社長は――」

「立派な人で、誰にも恨まれていない筈だというんでしょう？」

「ええ」

「しかし、人間というのは、知らずに、他人を傷つけていることもありますからね。例の脅迫状ですが、秘書のあなたにも、書いた人間に、心当りはないんですか？」

逆に、亀井が、きいた。

「心当りなんかありませんわ」

「社長さんは、四十二歳で、独身だったんですね？」

「はい」

「それに、財産家だったんでしょう？」

「ええ。会社は、業績がよかったですから」

「それなら、結婚の話は、沢山あったんじゃありませんかねえ。それなのに、なぜ、社長さんは、結婚なさらなかったんですか？」

と、亀井が、きいた。

十津川は、黙って聞いていた。亀井が聞いていることは、十津川にも、興味があったからである。

「一度、結婚なさって別れたことは、知っていますけど、それ以上のことは、存じませんわ」

「あなたから見て、工藤さんは、魅力のある男性でしたか？」

「立派な社長でしたわ、決断力もあるし、才能もある方でした」

「男性としては、どうですか？」

「もちろん、魅力のある方でしたわ」

「それでは、いろいろと、女性問題があったんじゃありませんか？　怨恨とすると、その関係かも知れないと思いますがね」

と、亀井は、食い下った。

めぐみは、むきになった感じで、

「社長は、誠実な方ですわ。女性を欺《だま》したりはなさいません。女の方で、勝手に社長を好きになって、それがうまくいかなかったからといって、怒る場合はありましたけど」

「それでも、十分に殺人の動機になりますよ。最近は、勝手に思い込んで、相手が、その気になってくれないといって、殺してしまう無茶なケースが多いんです」

と、亀井は、いった。

「それでは、殺される方が、たまったものじゃありませんわ。そうでしょう？」

「だが、それが、現実ですよ」

と、亀井が、いった。

「私は、これから、九州へ行って来ますわ」

と、めぐみは、いい、十津川に挨拶《あいさつ》して、出て行った。

「カメさんの感想を聞きたいね」

十津川は、めぐみが、消えるのを待って、亀井に、声をかけた。

「感想というと、彼女のですか？」

「もちろんだ」

「殺された工藤良夫についての彼女の言葉は、信用できませんね。工藤は、三通の脅迫状を貰って、逃げ出したわけです。きっと、思い当ることがあったからだと思いますし、警察にいわなかったのは、後暗いところがあったからだと思いますね」

「すると、彼女の美辞麗句は、死んだ社長に惚《ほ》れていたためということになるんだろうか？」

「社長と秘書というと、俗っぽく考えれば、一番、男と女の仲になり易《やす》いんじゃありませんかね。だから、心配になって、わざわざ、清水君に頼んで、ここへやって来たんだと思います」

と、亀井は、いった。

午後二時になって、西本と日下の二人が帰って来た。

「殺された工藤良夫は、あまりつき合いたくない男だったようです」

と、西本が、いった。

十津川は、亀井と、顔を見合せてから、

「やっぱり、そうか」

「工藤興業というのは、ゲーム機などを扱っている会社で、パチンコ店も三店経営しています。工藤は、脱税で摘発されたこともあり、評判は、よくありません。女性関係も、ルーズですね。同業者に聞いても、そのうちに、絶対に殺されると思っていたという声しか、聞けませんでした」

「美人秘書との関係については、どうだね？」

と、亀井が、きいた。

「それなんですが、工藤は、美人の秘書を採用しては、関係していたということです。奥方が、逃げ出したのも、それが原因だという、もっぱらの噂です」

「よく、そんな男の秘書になる女がいるねえ」

と、亀井が、いうと、日下刑事が、笑って、

「金ですよ。男の従業員には、しぶい工藤が、女秘書には、破格の給料を払っていたそうです」

「今の高沢めぐみは、何代目の秘書なのかね？」

と、十津川が、きいた。

「工藤が、十二年前に、工藤興業を創ってから、なんでも、六人目の女秘書だという話でした」

と、西本が、いった。

「高沢めぐみと工藤社長との関係は、どうだったんだ？」

「彼女が、秘書に採用されたのは、去年の十月です。それから六カ月。あれだけの美人を、工藤社長が、放っておく筈がないと、みんないっていますね」

これは、日下が、いった。

4

大分県警から、事件の詳しい状況が、ファックスで、送られて来た。被害者工藤良夫の顔写真もである。この写真は、運転免許証からのものらしく、引き伸したため、少しぼやけていた。

事件が起きたのは、五月二十六日である。

L特急「にちりん13号」は、定刻の午前九時二四分に、博多駅を発車した。

特急列車といっても、たった三両の短い編成である。

それでも、特急列車ということでか、グリーン席が、設《もう》けられていた。

1号車を半分に仕切り、片方をグリーン席、あとの半分を、指定席にしてある。2号車と3号車は、自由席である。

グリーン席は、座席の数を減らし、片側二人掛け、通路の反対側は一人掛けにしてあった。

後半分の指定席が、四十四席もあるのに、グリーン席は、九席だけだから、かなりゆったりしているし、もちろん、リクライニングである。

博多、小倉間は逆編成になっているので、1号車は最後尾である。小倉からは1号車が先頭になる。

観光シーズンには、このグリーン席も一杯になるのだが、事件の日は、連休の後でもあり、またウイークデイなので地元の人が、ほとんどだったから、グリーン席は、がらんとしていた。

博多を出た際は、グリーン席には、乗客は、たった一人しかいなかった。

この一人が、毒殺された工藤良夫である。三田《みた》車掌は、車内検札をし、この乗客が、中津までの切符を持っていたことを、確認している。

三田車掌は、もちろんこの乗客の名前も、職業も知ってはいなかったが、地元の人間ではなく、観光客だろうと、考えていた。たった一人で、グリーン席にいたこともあるし、スーツケースを持ち、しきりに、窓の外を眺めていたからである。

特急「にちりん13号」は、香椎《かしい》、折尾《おりお》、黒崎、戸畑、小倉と、停車していくが、グリーン席は、いぜんとして、この客一人だったと、車掌は、証言している。

小倉の次は、中津である。

中津は、一〇時五八分。

ここも、定刻に着き、発車した。

次は、別府まで停車しない。三田車掌は、列車が、中津を出てから、別府が近づくまで、グリーン席には行かなかった。

中津からの乗客はなかったし、あの男の乗客は、当然、中津で降りたものと、思っていたからだという。

三田車掌は、最後尾の3号車の乗務員室にいたのだが、最後尾といっても、三両編成である。

別府に近づいたので、三田車掌は、1号車に向って歩いて行った。別府で降りる客が多いのである。

1号車に入り、普通指定席を歩きながら、グリーン席に眼をやると、中津で降りた筈の男の姿を見かけた。

三田車掌は、てっきり眠ってしまい、乗り越してしまったのだろうと思った。まだ、眠っているのだったら、起こしてあげなければと思って、傍に行き、初めて、その乗客が、死んでいるのに気付いたのである。

男は、身体を、くの字に曲げて、座席にしがみついて死んでいた。唇を強く噛《か》んだらしく、口から、血が流れ出ている。

三田車掌は、列車が別府に着くとすぐ、駅を通じて、警察に知らせた。

別府警察署から、大分県警の原田警部たちが、駈けつけた。

男の死体は、別府駅で、列車からおろされた。

死体の背広のポケットにあった運転免許証などから、工藤良夫と、わかった。

また、正確な死因を知るために、死体は、すぐ、大学病院に運ばれて、解剖されたが、その結果わかったのは、次の三つである。

死因は、青酸中毒による窒息死。死亡推定時刻は、午前十時から十一時の間。

男の胃の中にオレンジジュースが、残っているのが見つかったことから、どうやら、青酸は、オレンジジュースに混入された形で、工藤良夫の口の中に入ったらしい。

当然、缶ジュースや、ジュースのびんが、想像されるのだが、死体の周囲には、缶も、びんも、見つかっていないと、県警からの連絡には、書いてあった。

十津川は、この点を、県警の原田警部に電話をかけて、聞いてみた。

原田警部も、十津川の疑問に対して、

「実は、われわれも、同じ疑問を持って、調べてみました。が、グリーン席のどこにも、空缶も、空びんも、発見できなかったんです」

「しかし、被害者は、缶か、びんから、ジュースを飲んだと思いますが？」

と、十津川はいった。

「そうなんです。それで、理由を、いくつか考えてみました。第一は、犯人が空缶なり、空びんを、持ち去ったのではないかということです。第二は、これは、トリック的なんですが、誰かが、氷入りのジュースを、被害者に飲ませた。その氷の中に、青酸を入れておけば、すぐには、死なないわけです。それで、被害者自身が、氷を口に含みながら、空缶なり、紙コップなりを、捨てに行き、座席に戻って、死亡したというものです」

と、原田警部は、いった。

「それで、車内の屑入《くずい》れに、それらしい空缶なり、紙コップなりが、見つかりました？」

と、十津川は、きいた。

「特急『にちりん13号』の屑入れにあった空缶や紙コップや、座席の下に押し込まれていたものまで、全てを集めて、調べましたが、青酸が検出されたものは、ありませんでした。それで、どうやら、犯人が容器を持ち去ったのではないかと、考えざるを得ないのです」

と、原田警部がいった。

「すると、犯人は、工藤良夫が死ぬのを見届けてから、空缶なりコップなりを、持ち去ったということになりますか？」

十津川は、念を押すようなきき方をした。

「そう考えざるを得ませんね。恐らく、犯人は、その容器に、自分の指紋がついているので、持ち去ったのだと思います」

「つまり、犯人も同じ列車に、乗っていたことになりますね？」

「そうです」

「毒殺としては、奇妙といえるんじゃありませんか。普通、毒殺というと毒を混入した飲物か、食物を、相手に渡しておき、それを、飲むか食べるのを、離れた場所で、じっと待っているわけでしょう。従って、毒殺では、アリバイが問題にならなくなる。ところが、今度は、犯人が同じ列車に乗っていた人間というわけですか？」

「そうとしか考えられません」

と、原田警部は、いった。

「しかし、車掌の話では、被害者のいたグリーン席には、他に乗客はなかったんでしょう？」

「そうです。しかし、普通指定席の方には、乗客がいました。車掌の証言では、始発の博多駅で、すでに、五人の乗客があったそうです。このあと、何人か、乗り降りが、あったと、いっています」

「グリーン席と、普通指定席は、同じ車両でしたね？」

「そうなんです。一つの車両を二つに分けて、グリーン席が、設けられています」

「仕切りは、どうなっているんですか？　ドアがあるんでしょうね？」

「いや、ありません。通路の両側には、仕切りが設けられていますが、中央の通路の部分には、ドアは作られていないんです。従って、普通指定席の方から、のぞこうとすれば、グリーン席は、よく見えます」

「それなら、指定席の方から、グリーン席に出入り自由ということですか？」

「物理的には、そうですが、実際には、そうなりません」

「なぜですか？　新幹線のグリーン車は、通路に、ドアがありますが、他の車両の乗客が、どんどん、通路を通って行きますよ」

「そうですが、『にちりん13号』のグリーン車は、先頭の1号車の前部半分に、設けられているからですよ。言葉で説明するより、図を描いて、ファックスで送ります。その方が、わかり易いですから。そのあとまた、電話します」

と、原田警部は、いった。

すぐ、「にちりん13号」のグリーン席の図が、送られて来た。

5

グリーン席の図は、次のようなものだった。

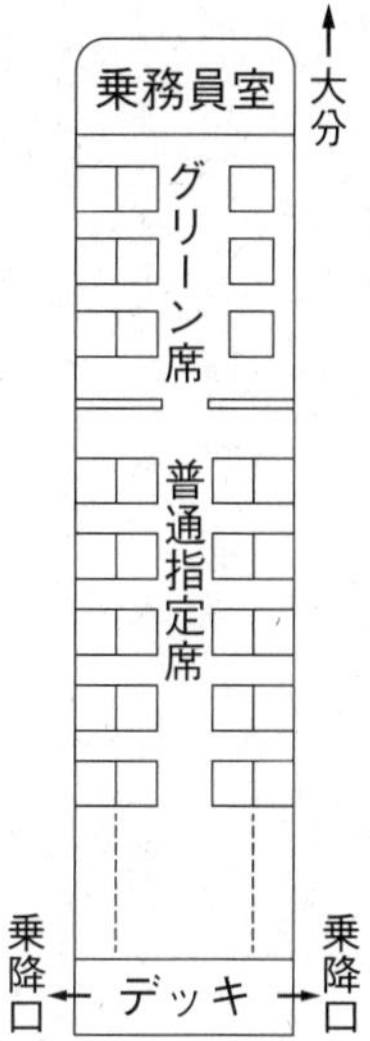

十津川たちが、その図を見ているところへ、原田警部から、また、電話が、掛った。

「その図のように、グリーン席は、九つ。普通指定席は、四つで十一列で、四十四席あります。問題は、グリーン席が設けられているのが、1号車で、その前部に、乗務員室があることです。小倉から大分に向っている時は、運転席です。グリーン席から、運転席に入るドアはありますが、もちろん、運転中は、閉っています。それから、乗客が、乗り降りするデッキは、普通指定席のうしろです。つまり、普通指定席の乗客は、グリーン席に入る用は、全くないということなんです。新幹線の場合は、他の車両の乗客が、食堂車やビュッフェに行くために、グリーン車を通り抜けることがありますが、『にちりん13号』の場合は、それがないんです」

と、原田は、いった。

「なるほど、グリーンの乗客は、列車に乗ったあと、グリーン席に入るために、普通指定席を通り抜ける必要はあるが、その逆はないということですね？」

「そうなんです。それで、困っているんです」

「犯人のことですね？」

「そうです。犯人は、青酸入りの缶ジュースなり、びん入りのジュースを、どこで渡したのかは、わかりません。『にちりん13号』に乗ってからかも知れないし、乗る前だったかも知れません。しかし、被害者が飲んだあと、それを回収したのは、車内であることは、明らかです。しかし、車掌の証言では、グリーン席には、被害者本人しかいなかったんです」

「すると、犯人は、同じ1号車の普通指定席か、或いは、2号車、3号車にいたことになりますね？」

「そうなんです。ところが、今、いったように、他の乗客が、グリーン席に入ることは、あり得ません。もし、入れば他の乗客が、変な眼で見ます」

「それは、普通指定席の乗客がということですね？」

「ええ。グリーン席に入って、すぐ出て来れば、グリーン券を買ってないのに、間違って入ったと、失笑を買うと思います。しかし、グリーン券を持ってない乗客は、最初から、入りません。通り抜けが出来るわけじゃありませんから」

と、原田が、いう。

「つまり、グリーン席に、他の人間が入ったとは、思えないということですか？」

「そうなんです」

「しかし、犯人は、一度は、グリーン席に入っていることになるんでしょう？」

「そうです」

「普通指定席には、何人くらいの乗客が、乗っていたわけですか？」

「博多から中津まで、多少の乗り降りはあったんですが、車掌の話では、七、八人ということでした」

「四十四席に対して、七、八人では、ぱらぱらでしょう？　それなら、その中の一人が、たって、グリーン席に忍び込んでも、誰も気付かないんじゃありませんか？」

十津川が、きくと、原田警部は、「そうですねえ」と、ひとりごとみたいにいってから、

「すいているから、目立つということもありますが」

と、つけ加えた。

それも、わかる気はする。

「それで、誰か、容疑者が、浮んで来ましたか？　同じ列車に乗っていた乗客の中からですが」

十津川が、きくと、原田は、残念そうに、

「乗客は、途中で、乗り降りしますからね。それに、犯人は、途中で降りてしまったに違いありません。始発の博多から、中津までの間の各駅で、挙動不審な人間が降りなかったかどうか、聞き込みをやっていますが、今のところ、これといった収穫はありません。それで、警視庁の協力に期待しているんですが」

と、いった。

6

翌日、十津川は、西本刑事たちに、もう一度、工藤良夫の周辺を洗い直すように、指示した。

脅迫状の主を、見つけ出すためである。

特に、工藤良夫を恨んでいた人間が、リストアップされた。

その人数は四人。男二人に、女二人だった。

片山要一郎《かたやまよういちろう》（五十歳）は、同じ娯楽機器の製作販売をしていた男で、去年の十月に、倒産している。

「この倒産に、工藤良夫が、絡《から》んでいます」

と、西本が、十津川に、報告した。

「どんな風にだね？」

「片山興業から、営業のベテランを引き抜いています。これだけなら、ライバル会社の間で、よくある話ですが、片山は、バクチ好きで、暴力団員と、時々、大金を賭《か》けたりしていたんですが、それが、密告で、警察に逮捕されています」

「密告したのが、工藤なのかね？」

「少くとも、片山は、そう信じています」

と、西本は、いった。

二番目の男は、工藤興業を馘《くび》になった佐野勇《さのいさむ》（三十歳）である。

有能な男で、社長の工藤は、最初のうち、佐野を、重用していた。佐野は、それで図にのって、工藤の秘書に手を出した。佐野にしてみれば、社長が、手当り次第に、女を作っているのだから、その一人に、手を出しても構わないと、思ったのだろう。

「ところが、工藤は、怒り狂って、ヤクザを使って、佐野を監禁し、半死半生の目にあわせた上、会社から、放り出したんです。もちろん、一円の退職金も払っていませんよ」

と、日下が、十津川に、いった。

あとの二人は、女性で、いずれも、工藤が、秘書として、使っていた女だった。

本山《もとやま》あや子は、三十二歳。

「彼女の場合は、金です」

と、清水が、報告した。

「愛情問題じゃないのかね？」

亀井が、変な顔をして、きいた。

「彼女は、工藤興業がまだ、初期の頃に、工藤の秘書になっています。美人ですが、工藤は、彼女が父親から貰った遺産が狙《ねら》いだったんだと思いますね。工藤の甘い言葉にのせられて、五千万近くを、貢《みつ》いだといわれています。その揚句《あげく》、工藤に捨てられているんです」

「四人目は？」

と、十津川が、きいた。

「高沢めぐみです」

と、西本が、いう。

「高沢めぐみって、今度の事件を、持ち込んで来た当人じゃないか」

亀井が、びっくりした顔で、西本を見た。

「そうなんですが、調べてみると、彼女は、工藤良夫を恨んでいても、不思議はないんです。彼女は、去年の十月に、一番新しい秘書として採用されたんですが、例によって、社長の工藤が、手を出しました。それを、彼女が拒絶したんですが、それは、彼女に、恋人がいたからです」

「しかし、彼女は、必死になって、社長はいい人だったと、いっていたがねえ」

「彼女を知る人間の中には、それは、彼女の人柄が変ったんだといっていますが、別の人間は、今でも、社長を恨んでいる筈だと、いっていますね」

「その辺のところを、詳しく話してくれないか」

と、十津川が、西本に、いった。

「実は、彼女の恋人が、三月に、死んでいるんです。新宿で、夜、酔ってケンカして、相手に刺されましてね」

「工藤が、殺《や》ったのか？」

「いえ。犯人は、二十一歳のスナックの従業員で、自首して、逮捕されています。その犯人の証言では、夜の十二時近くに、酔った相手と、肩が触れ合ったことから口論になり、護身用に持っていたナイフで、刺してしまったというのですが、工藤が、やらせたのではないかという噂《うわさ》があります」

「その青年と、工藤とは、どこかで、つながっているのかね？」

「前に、工藤の経営するパチンコ店で働いていたことがあります」

「名前は？」

「砂田《すなだ》努《つとむ》です。二年の刑で、入っています」

「二年というのは、軽いね」

「殺意がなかったからということらしいんですが、工藤に頼まれていたとすれば、最初から殺す気だったことになります」

「高沢めぐみ自身は、どう考えていたんだろう？　恋人の死を」

「そこが、わからないんです。工藤の差金《さしがね》という噂は、聞いていると思うんです。彼女は、恋人の死のあとも、工藤の秘書をやめていませんし、二人の間に関係が出来たと思われます。問題は、彼女の本心です。彼女が、復讐《ふくしゅう》を考えて、工藤の秘書をやめずにいたのだとすると、今度の事件に、関係してくるのではないかと思うんです」

と、西本が、いった。

十津川は、考え込んだ。高沢めぐみが、ここへ来て、工藤社長のことを心配して見せたのは、全て、芝居だったのか？

「殺された彼女の恋人のことも、調べてくれたかね？」

「名前が、平川啓介《ひらかわけいすけ》としかわかりませんが」

「もう一度、その事件を、調べてみる必要がありそうだね」

と、十津川は、亀井を見た。

「そうですね。その事件に、工藤が絡んでいたのか、また、高沢めぐみが、本当はどう考えていたのかを、知る必要がありますね」

と、亀井も、いった。

7

十津川は、他の三人のアリバイも、調べさせる一方、三月の事件のことも、再検討してみることにした。

正確にいえば、三月五日の午後十一時五十分に、新宿歌舞伎町の裏通りで起きた事件である。

被害者の平川啓介、三十二歳は、中堅のシナリオライターで、その夜、仲間の一人と、歌舞伎町で飲んだ。

その友人の話によれば、平川は、徹夜で書かなければならない仕事があるといって、先に、店を出て行った。

そのあと、スナック従業員の砂田と、ケンカになり、刺されて、殺されたのである。

この事件を調べたのは、本田《ほんだ》警部だった。

十津川は、彼から、詳しい話を聞くことにした。

「事件は、簡単だよ」

と、本田は、いった。

「酔っ払い同士のケンカで、犯人は、翌日、凶器のナイフを持って、自首して来た。目撃者もいて、彼が犯人であることが証明されている。初犯だから、二年の実刑は、仕方がないだろう。最初から、殺す気があったわけじゃないからね」

「犯人の砂田努については、調べたんだろうね？」

「もちろん、調べたよ。二十一歳で、渋谷のスナックの従業員だ。護身用にナイフを持ち歩くのは、最近の若者の流行みたいなもので、それで、最初から殺意があったとはいえないよ」

「なぜ、渋谷のスナックの人間が、新宿歌舞伎町にいたんだろう?」

と、十津川が、きくと、本田は、肩をすくめて、

「店を休んで、新宿に、映画を見に行っていたんだそうだよ」

「本当かな?」

「彼は、殺人を認めているんだ。本当に映画を見たかどうかを調べる必要はないだろう。それに、彼は、誰かの身代りに自首して来たわけでもないんだよ。今もいったように、目撃者もいるんだ」

「誰かに頼まれて、殺《や》ったということは、ないのかね?」

「さあね。そこまでは、調べなかったよ」

と、本田は、いってから、急に、思い出したように、

「そういえば、君と同じ質問をしてきた女がいたよ」

「名前は?」

「おれは知らないんだ、大久保《おおくぼ》刑事が、会っているんだ」

と、本田にいわれて、十津川は、大久保刑事に会った。

五十歳になるベテランの刑事だった。若い刑事からは、おやじさんと呼ばれて、信頼されていた。

「ああ、彼女のことなら、よく覚えていますよ。ひどく、真剣でしたからね」

「高沢めぐみという名前じゃなかったかね？」

「そうです。その名前でした。なんでも、殺された男と親しくしていたと、いっていましたね。多分、恋人でしょう。そう思いました」

「彼女は、君に、何といったのかね？」

「犯人の砂田が、誰に頼まれて、被害者を殺したのか、調べてくれと、いっていましたね」

「それで、どうしたのかね？」

「行きずりのケンカなのだと、いいましたよ。目撃者も、二人が、ケンカしているのを見ていますから」

「彼女は、それで、納得したのかね？」

「いや、しなかったと思いますね」

「目撃者は、一人だったの？」

「いえ、若いアベックです。被害者とも、犯人とも関係のない第三者です」

と、大久保は、いった。

十津川は、その若いカップルに、会ってみることにした。

二人は、正式に結婚はしていなかったが、中野のマンションで、同棲《どうせい》生活を送っていた。

男の名前は、杉本昌一《すぎもとしょういち》、女は、野口《のぐち》やよいである。

夜おそく訪ねたので、二人とも、自宅マンションにいてくれた。

「また、あの話ですか」

と、杉本が、うんざりした顔で、いった。

「警察で、そんなにしつこく聞かれたのかね？」

「いや、警察の事情聴取は、簡単だったですよ。そのあと、女が訪ねて来て、それが、しつこかったんです」

「高沢めぐみ？」

「名前は忘れましたが、ケンカの状況を、くわしく知りたいといいましてね。犯人の方から、ケンカを吹っかけていったんじゃないかと、いうわけです」

「本当は、どうだったんですか？」。

「肩がぶつかったといって、最初に怒鳴ったのは、犯人の方でしたね。しかし、ケンカというのは、どっちが悪いということが、ありませんからね」

と、杉本は、いった。

「ケンカでなかったとしたら、どうですか？」

十津川がいうと、杉本は、びっくりした顔で、

「どういうことなんですか？」

「犯人が、わざとケンカを吹っかけて、相手を刺し殺してしまった疑いが出て来ているんですよ。そんな感じはありませんでしたか？」

と、十津川は、きいた。

若い二人は、顔を見合せていたが、今度は、野口やよいの方が、

「そういえば、あの犯人は、うしろから、ぶつかったのよ。うしろからぶつかって、文句をいったんだわ」

「それは、間違いありませんか？」

「ええ。うしろからぶつかったんです」

と、やよいは、しっかりした口調で、いった。

「そのことは、聞きに来た女にも、いいましたか？」

「いいえ。犯人の方が、先に、ケンカを始めたとはいいましたけど」

と、やよいは、いった。

高沢めぐみは、それだけで、十分だったのかも知れない。

彼女は、犯人がケンカを吹っかけて、恋人の平川啓介を殺したに違いないと、考えたのだ。

そのあと、彼女は、砂田が、誰に頼まれて、恋人を殺したか、調べたに違いない。

それで、工藤社長に、行きついたのだろうか？

十津川は、警視庁に戻ると、亀井に、カップルの話を聞かせた。

「これだけで、結論を下すのは、危険だが、高沢めぐみの恋人は、今年の三月五日に、彼女を、ものにしようと思った工藤社長が、手を廻して、殺してしまったんじゃないかな。少くとも、高沢めぐみは、そう考えたんだと思うんだがね」

「工藤は、そのくらいのことを、しかねない男ですか？」

と亀井が、きくと、十津川は、笑って、

「それを、カメさんに、聞きたかったんだよ」

「では、その点について、もう一度、聞き込みをやってみます」

と、亀井は、いった。

一方、他の三人についての捜査は、壁にぶつかってしまった。

三人とも、動機は十分だが、五月二十六日に、東京から、動かなかったことが、確認された。

これは、高沢めぐみも同じだが、他の三人は、正面切って、工藤社長とケンカをしていたから、毒入りのジュースを、渡すことは、不可能だろう。

高沢めぐみだけが、可能だったに違いないのである。

彼女は、恋人が死んだあと、内心はどうであれ、表面上は、工藤の秘書として働き、関係も出来ていた。

九州へ行く工藤に、途中で飲んでくれといって、青酸入りのジュースを渡すことの出来るのは、四人の中で、高沢めぐみだけだろう。他の三人では、工藤が、受け取らない筈である。

大分県警の方でも、捜査は、進展していないようだった。

十津川は、県警の原田警部に、電話をかけ、四人の容疑者の名前を伝えたが、五月二十六日に、四人とも東京にいたというのでは、原田が、当惑しているのが、よくわかった。

「その四人は、事件当日、『にちりん13号』に、乗っていなかったわけでしょう?」

原田は、確めるように、言った。

「そうです。東京にいたことは、間違いありません」

「それなら、犯人じゃありませんよ。前にもいった通り、犯人は、青酸入りジュースの容器を、拾って、処分したんですから」

「その点なんですが、共犯の線は、考えられませんかね?」

と、十津川は、いった。

「共犯ですか?」

「そうです。こちらの四人の一人が、被害者に、青酸入りの缶ジュースを渡す。びんに詰めたジュースかも知れません。共犯者がいて、被害者を尾行し、彼が死んだら、容器を処分する。そうは考えられませんか?」

十津川は、きいた。

「なるほど」

と、原田は、電話の向うで肯いたが、

「しかし、十津川さん、なぜそんな面倒なことを、犯人は、しなければならないんですか?」

「それは、缶なり、びんなりに、犯人の指紋がついているからですよ。処分しないと、犯人が誰か、わかってしまいますからね」

「指紋をつけずに渡すことは、可能なんじゃありませんかね。手袋をはめていてもいいし、指紋を拭き消しておいて、それを、紙袋に入れて、被害者に渡すことも可能だ

てすむ。

と思いますがねえ」

と、原田は、いった。

確かに、その通りなのだ。共犯者に、そんなことをさせなくても、指紋はつけなく

「もう一度、考えてみましょう」

と、十津川は、いって、電話を切った。

亀井が、帰って来た。

「どうだったね？」

と、十津川が、きくと、亀井は、

「例の件ですが、工藤なら、やりかねませんね。彼は、冷酷なだけでなく、わがままです。つまり、自分の欲しいものは、どんな手段を使ってでも、手に入れようとするところが、あったようです」

「資産家だから、金にあかして、いくらでも、美人は、手に入るんじゃないかね？」

「それが、違うんです」

「そんなに、高沢めぐみが、気に入っていたのかね？」

「それも違うんです。子供によく、こんなのがいるでしょう。沢山オモチャを持って

いるのに、他の子が、違うオモチャを持っていると、やたらに欲しがる子です。そして、手に入れてしまうと、もう、興味を失って、また、新しいオモチャを欲しがるんです」

と、亀井は、いった。

「工藤は、その点で、子供だったわけか？」

「本当の子供なら、よかったんでしょうがね」

「と、すると、三月五日の殺人は、工藤が、犯人にやらせた可能性が強くなったわけだね？」

「工藤なら、やりかねないという意見が多いですよ」

「高沢めぐみは、今度、恋人の仇を討ったということになるのかねえ」

十津川は、考え込んだ。

8

十津川は、もう一度、高沢めぐみの周辺を、調べ直すことにした。

四人の中で、どうしても、彼女が、引っかかるからである。

その結果、新しく、一つのことがわかった。

彼女と、短大の同期生の一人が、薬局の娘だということだった。

「武田薬局で、娘の名前は、武田秋子《たけだあきこ》です」

と、清水刑事が、報告した。

「それで、高沢めぐみは、その友人と、今でも、親しく、つき合っているのかね？」

「それが、面白いことに、大学時代は、それほど親しくなかったのに、最近、めぐみの方から、彼女の家を訪ねたり、食事に誘ったりしていたようなんです」

「その武田薬局へ行って、最近、青酸カリが、少くなっていないかどうか、聞いて来てくれ」

と、十津川は、清水にいった。

その答は、簡単に出た。

武田薬局では、四月三十日に調べた時、五百二十グラムの青酸カリが、保管されていた。

その後、青酸カリを、売ったことはないのに、四百八十二グラムに、減っているというのである。

三十八グラムの青酸カリが、消えたことになる。量としては、わずかだが、人間を、何人も殺せる量だった。

「五月一日から、今日までの間に、高沢めぐみは、二回、武田秋子の家に、遊びに行っています」

と、清水は、報告した。

「これで、高沢めぐみが、青酸カリを手に入れたことは、まず、間違いないんじゃありませんか」

と、亀井が、十津川に、いった。

「そして、彼女が、ジュースに、青酸を入れて、工藤良夫に、飲ませたか？」

「そうです」

「特急『にちりん13号』の車内でかね？」

「そこが、問題ですねえ」

と、亀井も、考え込んでしまった。

「大分県警の原田警部とも話したんだが、『にちりん13号』の車内で、工藤が、毒死したあと、ジュースの容器が失くなっている。犯人が、持ち去ったとしか思えない。つまり、犯人が、五月二十六日の『にちりん13号』に、乗っていたことは、間違いないんだ」

「高沢めぐみは、五月二十六日は、東京にいたんでしたね」

「われわれと、一緒にいたんだよ。われわれが、証人なんだ。彼女のアリバイのね」

十津川は、苦笑して見せた。

「共犯がいるということになりますね」

と、亀井が、いう。

「そのことも、原田警部と話し合ったよ。高沢めぐみが、青酸を混入した缶ジュースを、工藤に渡し、それを、彼は、『にちりん13号』の中で飲んだ。そして、彼を尾行していた共犯者が、空缶を持ち去ったのではないかとね」

「それが、正しいんじゃありませんか？」

「しかし、何のために、共犯が必要なのか？　缶ジュースの缶に、指紋をつけずに、工藤に渡すことは、難しくはないからね。まるで、無理に、共犯を作っていることになってしまうんだ。必要ないのにね」

と、十津川は、いった。

「そうですね。確かに、共犯は、要りませんねえ」

と、亀井も、考え込んでしまった。

共犯がなかったとすると、工藤良夫が死んだ『にちりん13号』の車内に、なぜ、青酸入りのジュースの容器がなかったのかが、わからなくなってくる。

「それに」と、十津川は、いった。

「なぜ、『にちりん13号』の車内で、工藤は、青酸入りのジュースを飲んだんだろう？　もし、高沢めぐみが犯人で、東京で、青酸入りのジュースを渡したとする。飲む機会は、いくらでもあった筈なんだ。空港までの車の中、福岡への飛行機の中、列車を待っている時、なぜ、工藤は、飲まなかったんだろう？　それがわからないんだよ」

「青酸入りのジュースも、『にちりん13号』の中で、犯人が渡したんでしょうか？」

「そうなったら、高沢めぐみを始め、四人は、全員事件に関係なくなってしまうよ」

と、十津川は、いった。

十津川は、もう一度、高沢めぐみに、会ってみようと思った。彼女は、すでに、九州から帰っている筈だった。

十津川と、亀井は、彼女を、四谷三丁目のマンションに訪ねた。

めぐみは、大分から帰ったばかりで、さすがに、疲れているように見えた。

地下鉄の駅に近く、豪華な感じのマンションだった。２ＬＤＫの広い部屋に、一人で住んでいた。

(このマンションは、工藤が、買い与えたものだろうか？)

と、十津川は、思いながら、

「あなたのことを、いろいろと、調べました」

と、めぐみに、いった。

彼女は、ちょっと、眉を寄せて、

「じゃあ、彼が死んだことも調べたんでしょう？」

「ええ。あなたの恋人が、三月五日に、殺されたこともわかりました。それに、あなたが、彼が殺されたのは、工藤社長の差金《さしがね》ではないかと、疑っていたこともですよ」

と、十津川は、いった。

「それで、私が、恋人の仇討ちに、社長を殺したと、お考えなんですか？」

めぐみは、じっと、十津川を見た。

「違うんですか？」

「もちろん、違いますわ。第一、社長が死んだ時、私は、東京にいましたもの。警部さんに、会っていたんですよ」

「そうです。しかし、毒殺ですからね。大分へ行く工藤さんに、あなたは、青酸入りのジュースを持たせたのかも知れない。そうしておいて、私の所へ来て、アリバイを作ったんじゃないか。そう考えたんですがね」

十津川がいうと、めぐみは、小さく笑って、

「そんなことは、しませんわ」

「武田秋子というお友達の家へ行き、青酸カリを盗み出したんじゃないんですか？　向うは、あなたが来るようになってから、青酸カリが、四十グラム近く、失くなったといっているんですがね」

亀井が、強い調子で、いった。

しかし、めぐみは、肩をすくめただけで、

「確かに、彼女の家に、遊びに行ったことはありますけど、私が、青酸カリを盗んだという証拠は、ないんでしょう？」

「それは、ありませんがね」

「第一、私が、社長を殺す気なら、ジュースになんか、青酸カリを混ぜないで、ウイスキーに入れますわ」

と、めぐみは、いった。

「それは、なぜですか？」

「社長は、ジュース類は、あまり好きじゃありませんもの。ウイスキーなら、一日一

回は、必ず飲みますわ。今度は、たまたま、ジュースを飲んで、亡くなってしまいましたけど、普通は、飲まなかったと思うんです。だから、今度の殺人は、社長の好みを、あまり知らない人だったんじゃありません?」

「工藤さんが、ジュース類が嫌いだったというのは、本当なんですか?」

十津川は、難しい顔になって、めぐみに、きいた。

「嫌いまでいかなくても、そんなに好きじゃありませんでしたわ。だから、私なら、ウイスキーに混入して持たせますわ。その方が、確実ですもの」

めぐみは、ニッコリ笑った。

十津川は、彼女のマンションを出ると、亀井に向って、

「妙なことになったね、カメさん」

「工藤良夫が、本当に、ジュース類が嫌いだったかどうか、調べてみます」

と、亀井は、いった。

亀井は、若い西本刑事たちを連れて、工藤を知っている人間たちに、聞いて廻った。

亀井が、警視庁に戻って来たのは、深夜になってからである。

「高沢めぐみのいうことは、事実でした」

と、亀井は、十津川に、報告した。

「ジュース類は、あまり好きじゃないのかね？」

「そうみたいですね。かなりの酒飲みだったようで、確かに、犯人が、毒殺を図るのなら、ジュースより、ウイスキーに入れて飲ませる方が、確実だったと思いますね」

「しかし工藤は、ジュースと一緒に、青酸を飲んでいるんだ」

「そうなんです。妙な具合になりました。青酸入りのジュースを持たせても、工藤が、飲まない可能性も強かったわけですから、高沢めぐみが犯人なら、もっと、可能性の強い、ウイスキーにするでしょうね」

「すると、彼女は、シロか」

「といって、他の三人では、工藤が警戒して、もっと、飲まない可能性が、強くなって来ます。彼等は、工藤を憎んでいることを、隠していませんから」

と、亀井は、いった。

だんだん、眼の前の壁が、厚くなってくる感じだった。

「少し、視点を変えてみようか」

と、十津川は、ふと、いった。

「どんな風にですか？」

「例の三通の脅迫状のことを、検討してみようかと思ってね」

と、十津川は、いった。

三通とも、大分県警に送ったが、コピーは、とってあった。

それを、十津川は、机の上に並べてみた。

「まず第一は、工藤を毒殺した犯人と、この脅迫状の主が、同一人かという問題がある」

「それは、同一人だと思いますよ。脅迫状の三通目に、五月二十六日に殺してやると書いてあって、その通り、二十六日に、毒殺されていますから」

「この二十六日という日に、何か特別な意味があるんだろうか？」

「それは、私も考えてみました。もし、高沢めぐみの恋人が殺された日なら、復讐の意味が込められているんでしょうが、違いますしね。工藤の誕生日でもありません。高沢めぐみ以外の三人のことも考えましたが、二十六日と関係はないようです」

「すると、五月二十六日という日は、偶然だったのかねえ」

十津川は、宙を睨《にら》んだ。これでは、ますます、犯人が、わからなくなってくる。

「犯人は、なぜ、いきなり毒殺せずに、脅迫状で脅してから、殺したんだろう？　相手に、用心させるだけじゃないのかね」

十津川は、もう一度、脅迫状に眼をやった。

「ただ殺したのでは、気持が、収まらないからじゃありませんか。うんと脅して、そのあと殺したいと考えたんだと思いますが」

「しかし、それにしては、三通だけというのは、あっさりし過ぎているね」

「自動車で、追突しています」

「そうか。それがあったね。その結果、工藤は、郷里の中津へ逃げ出したが、犯人は、そこまで読んでいたんだろうか？」

「わかりませんが、工藤が、本当に信用していたのが、兄だけだったら、必ず、中津へ行くと、読めたんじゃないかと思いますが」

「そして、『にちりん13号』の車内で、毒殺した。高沢めぐみが、この列車に乗っていれば、問題は、ないんだがねえ」

と、十津川は、いった。

五月二十六日、間違いなく、彼女は、東京にいた。それも、警視庁にやって来て、十津川と話をしていたのである。これ以上のアリバイはない。

「一度、『にちりん13号』に、乗ってみませんか？」

と、亀井が、十津川に、いった。

9

大分県警の原田警部と、打ち合せということで、翌朝早く十津川と、亀井は、九州に向った。

原田警部は、福岡空港に、迎えに来てくれていた。

「私の方も、壁にぶつかってしまっています。聞き込みで、怪しい人物が、ぜんぜん、浮んで来ないんですよ」

と、原田は、いった。

「五月二十六日の工藤良夫と同じ行動をとりたいと思って、こんなに朝早く来ました。ぜひ、『にちりん13号』に、乗りたいですね」

十津川は、腕時計を見ながら、原田に、いった。

空港から、博多駅まで、タクシーに乗る。十五分ほどで、着いた。

時間があるので、駅のコンコースにある喫茶店で、コーヒーを飲んだ。その間に、十津川は、原田に、東京でわかったことを、伝えた。

原田も、工藤がジュースが好きではなかったという話に、当惑した顔になった。

「妙な話ですね。犯人が、それを知らなかったことになるんでしょうね」

と、原田は、いった。

「そう考えざるを得ないんですが、四人の容疑者は、全員、それを知っていたと思うんです。また、毒殺しようと思えば、そのくらいのことは、調べると思いますね」

と、十津川は、いった。

時間が来て、三人は、ホームにあがって行った。

今日は、グリーンの切符を買った。全て、五月二十六日の工藤良夫と、同じにしたかったからである。

三両編成のL特急「にちりん13号」に、乗り込んだ。

今日も、ウイークデイなので、車内は、閑散としている。

小倉までは逆編成になるので最後尾の1号車の後半分が、グリーン席である。

「これが、グリーンですか」

と、十津川と、亀井は、通路に立って、周囲を見廻した。

原田警部が書いてくれた図の通り、九つの席しかない。

普通指定席との間には、仕切りはあるが、通路には、ドアはなく、見通されてしまう。

グリーン席に入ったのは、十津川たち三人だけだった。

三人が、腰を下してすぐ、「にちりん13号」は、発車した。

すぐ、車掌が、車内検札に来た。

その車掌が、先に行ってしまうと、また三人だけになった。

亀井は、座席を立ち上り、乗務員室との間にあるドアに、手をかけた。

「カギが、掛っています」

と、亀井は、肩をすくめるようにして、十津川に、いった。

原田警部は笑って、

「当り前ですよ。乗客に乗務員室に入られては困りますからね」

「すると、前にあなたがいわれた通り、グリーンの乗客以外はここには、入って来ないわけですね？」

と、十津川は、確めるように、原田に、きいた。

「そうです。中津まで行かれればわかりますが、ここには、グリーンの乗客しか、入って来ませんよ」

「だが、犯人は、入って来た」

と、十津川は、いった。

「そうです。だから困っているんですよ」

原田は、肩をすくめた。

列車は、五月二十六日と同じように、香椎、折尾、黒崎、戸畑、小倉と停車して、定刻の一〇時五八分に、中津に着いた。

この間、三人の他にグリーンに乗って来た乗客は、いなかった。

「とにかく、降りましょう」

と、十津川は、いい、三人は、中津駅で、「にちりん13号」から、降りた。

中津駅は、大分県に入って最初の駅である。高架になっていて、一階がコンコースになっているモダンな駅だった。

三人は、改札口を出た。

初夏の陽光が、降り注いでいて、眩《まぶ》しかった。

「コーヒーでも、どうです？」

と、十津川は、原田にいい、三人で、駅前の喫茶店に入った。

原田は、落ち着かない様子で、

「犯人の見当もつかないのでは、落ち着いて、コーヒーを飲んでいる気分になれませんが」

と、いった。

「犯人は、わかりました」

と、十津川は、微笑して見せた。

原田は、びっくりした顔で、

「本当ですか？」

「一緒に、『にちりん13号』に、乗って頂いたおかげで、やっと、犯人の見当がつきました」

「誰なんですか？」

「名前は、わかりません」

「名前がわからないんですか？」

「東京へ行って調べれば、すぐわかります。わかり次第、お知らせしますよ」

と、十津川は、いった。

「名前がわからないとすると、あの四人の中の一人ではないということですね？」

原田は、運ばれて来たコーヒーには、手をつけず、十津川に、質問した。

「そうです」

「では、あの四人は、全く、事件に関係なかったんですか？」

「いや、一人は、関係があったと、思っています」

「誰ですか？」

「高沢めぐみです」

と、十津川は、いった。

10

十津川と、亀井は、その日のうちに、東京に引き返すことにした。

二人は、福岡に戻り、一四時二五分の羽田行のＡＮＡ２５６便に乗った。

「警部は、本当に、犯人が、おわかりになったんですか？」

と、飛行機の中で亀井が、きいた。

「カメさんだって、わかった筈だよ」

と、十津川が、いう。

「いや、わかりませんが——」

「そうかな。犯人が、ウイスキーでなく、なぜ、工藤の好きでないジュースに、青酸を入れたのかもわかったし、なぜ、五月二十六日だったのか、なぜ『にちりん13号』

だったのかも、今日、わかったがね」

「今日、あの列車に、乗ってですか?」

「そうだよ」

「あの列車の中で、あったことといえば――」

と、亀井は、しばらく考えていたが、

「ひょっとすると、グリーン席に入って来た人間――?」

「そうだよ」

「車掌が、犯人とは考えられませんから、あとは、車内販売の女の子ですか?」

「そうだ。他には、考えられないね」

と、十津川は、いった。

「しかし、なぜ、車内販売の子が、工藤良夫を?」

「それを、東京に帰って調べたいんだよ」

と、十津川は、いった。

今日、原田警部と「にちりん13号」に乗り、中津まで行く間に、車内販売の女の子が、二回、グリーン席にやって来た。

車内販売なら、他の乗客も、怪しまないだろう。

「しかし、警部。車内販売の女の子が、工藤に、青酸入りのジュースを、飲ませようとしても、簡単に、飲まないんじゃありませんか？」

亀井が、考える顔になっている。

「そりゃあ、ただ飲ませようとしても、飲まないよ」

と、十津川は、笑って、

「多分、その女の子は、こういったんだ。グリーン席のお客様に、サービスとして、ジュースを無料で差し上げていますとね。前に、新幹線のグリーンで、同じサービスをしていたから、工藤は、疑わなかったろうと思う。女の方にしても、缶ビールを、サービスといって、渡したら、相手は、変な顔をする。前例がないからね。だから、缶ジュースでなければならなかったんだ。それに、当然、その缶には、車内販売の女の子の指紋がついてしまう。まさか、手袋をはめて渡すわけにはいかないからね。それで、あとで回収して、処分しなければならなかったんだよ」

「しかし、缶ジュースに青酸を入れるのは、難しいでしょう？」

「多分、ふたの部分を少し開けて、青酸カリを入れておいたんだと思うね」

「それでは、工藤が渡された時、怪しみませんか？」

と、亀井が、きいた。

「ただ、渡せば、当然、怪しむだろうね。だから、彼女は、『おあけします』とでもいって、ふたを開けて、工藤に渡したんだと思うね。ふたを開け、ストローを差し込んで渡したんだろう。それに、彼女は、美人だったと思うね。若くて美人の女に、ふたまで開けて貰って渡されたんだ。工藤は、ジュースは好きでなくても、少しは、口に入れたんじゃないかね。少しでも口に入れれば、工藤は、死んだ筈だよ」

と、十津川は、いった。

「われわれが、東京で調べている間に犯人が、逃げませんか？」

亀井が、きく。

「大丈夫だよ。犯人は、われわれが、気がついたことは、まだ、知らない筈だからね」

と、十津川は、微笑した。

二人は、一五時五五分に、羽田に着いた。

警視庁に戻ると、十津川は、西本刑事たちに、三月五日に死んだ高沢めぐみの恋人、平川啓介の家族関係を、調べさせた。

その結果、十津川の予想した通り、妹が一人いることがわかった。

名前は、平川あかり。二十歳である。

「福岡の高校を卒業して、現在、九州で、特急列車の車販をしています」

　と、西本が、報告した。

「平川には、他にきょうだいはいないのかね？」

「いません。二人だけの兄妹だったようです」

　と、西本が、いう。

「両親は？」

　と、亀井が、きいた。

「父親は、早く亡くなっていまして、母親が、福岡で、平川あかりと、一緒に生活していたんですが、息子の啓介が殺されたショックだと思いますね、心臓発作で倒れ、亡くなっています」

「可哀そうにな」

　と、亀井が、呟《つぶや》いた。

「それだけに、妹のあかりとしたら、兄を殺した人間が、憎かったに違いない」

「この平川あかりが、犯人とすると、高沢めぐみは、どうなります？　シロですか？」

　と、亀井が、きくと、十津川は、首を横に振って、

「平川あかり一人じゃ、工藤を殺せなかったと思うよ。五月二十六日に、彼女が、特急『にちりん13号』に、乗ることになっていた。何とかして、それに、工藤を、乗せなければならない。その役目を、高沢めぐみが、引き受けたんだと思うね」

と、いった。

「すると、あの脅迫状は、やはり、高沢めぐみが、ワープロで、作ったものですか？」

「脅迫状だけでなく、箱根で、トラックを、工藤の車に追突させたのも、彼女だと思うね」

と、十津川は、いった。

「何とかして、五月二十六日に、中津へ行かせようとしたわけですね」

「高沢めぐみは、工藤の秘書だったし、同時に、愛人でもあった。だから、工藤の仕事のことだけでなく、個人的な性格も、よくわかっていたと思うんだ。どうすれば、怖がるとか、怖くなった時、誰のところへ相談に行くかということもね」

「それで、あの脅迫状ですか？」

「五月二十六日に殺すと、強調している。だから、工藤は、二十六日の朝、東京を逃げ出したんだ」

「しかし、うまく、『にちりん13号』に、乗りましたね」

亀井が感心したように、いった。

「朝一番の飛行機で、福岡へ飛んでも、『にちりん11号』には乗れないから、次の13号になってしまう、物理的にね。要は、工藤を、一番の便に、羽田で、まず乗せてしまうことだ」

「どうやったと、思われますか？」

「めぐみは、羽田まで一緒に行ったんじゃないかと、思うんだよ」

「例のポルシェでですか？」

「そうだ。工藤が乗ったのは、羽田発午前七時〇〇分のＪＡＬ３５１便だ。そのあと、彼女は自分のマンションに戻り、清水刑事と一緒に、警視庁へやってきたんじゃないかと思うのだ。時間的には、ゆっくり、間に合うからね」

「それなら、彼女が、うまく、工藤を午前七時〇〇分の便に乗せられたことが、理解できます」

と、亀井がいった。

「これから、高沢めぐみに、会いに行こうじゃないか」

と、十津川は、亀井を誘った。

11

大分県警の原田警部に、平川啓介の妹、平川あかりのことを知らせてから、十津川は、亀井と二人、高沢めぐみを、彼女のマンションに訪ねた。

夜おそくだったが、彼女は、明るい顔で、二人を、部屋に招じ入れた。

「やっと、社長のことも、片付きましたわ。遺体は、中津のお兄様が引き取って、私も、ほっとしました」

めぐみは、十津川たちに、コーヒーをいれてくれながら、そんなことをいった。

「これから、どうするんですか？」

と、十津川が、きいた。

「会社は辞めますわ。辞めて、しばらく、ひとりで、旅行にでも行こうかと思っているんです」

めぐみは、ニコニコ笑いながら、いった。

「旅行は、九州ですか？」

「え？」

「九州へ行って、彼女に会ってくるのかと思ったんですが、違うんですか？」

「彼女って、何のことですの？」

「平川あかりさんのことですよ」

十津川は、ずばりと、いった。

コーヒーをいれていためぐみの手が、一瞬宙で、止まった。

が、めぐみは、黙って、十津川と亀井の前に、コーヒーを置いた。

「どうぞ。インスタントだからあまり、おいしくないかも知れませんけど」

と、めぐみは、いった。

「今度も、向うで、平川あかりさんに、会って来たんじゃないんですか？」

十津川が、コーヒーを、かき回しながら、きく。

「平川あかりさんて、どういう方でしょう？」

「あなたの恋人だった平川啓介さんの妹さんですよ。現在、九州で、特急列車に乗務して、車内販売をやっている筈ですがねえ」

「平川さんに、妹がいたことは知っていましたけど、名前までは、知りませんでしたわ。つき合っていたのは、啓介さんでしたから」

「しかし、彼が亡くなった時、妹さんに、会ったんじゃありませんか？」

と、十津川は、きいた。

「会ったかも知れませんけど、覚えていませんわ。平川さんも、私にとっては、もう過去の人ですから」

めぐみは、肩をすくめるようにして、いった。

「われわれは、あなたと、平川あかりさんの二人が、共謀して、工藤社長を殺したと、思っているんですよ」

亀井が、じっと、めぐみを見つめて、いった。

「そんな大それたことは、しませんわ」

めぐみは、笑って、

「そうですかね。工藤社長は、あなたの恋人を殺した男だ。人を使ってね。平川あかりにとっては、兄の仇だ。だから、二人で、どうやって、彼を殺そうかと、考えたんじゃないのかね？」

と、亀井が、続けた。

めぐみは、「そんな――」とだけいい、コーヒーを、飲んでいる。

亀井は、そんな彼女を、強い眼で見て、

「平川あかりは、特急『にちりん』の車内販売をやっていた。そこで、それを生かした計画を立てた。工藤社長の兄さんが、大分県の中津に住んでいて、彼は、信頼している。難しい事態になると、彼は、中津に帰って、兄に相談していた。あなたは、彼の秘書であり、同時に、愛人でもあったから、こうした彼の気持を、よく知っていたんだと思うね。そこを突つけば、中津に、帰らせることが出来ると考えたんだ」

「何のことかわかりませんけど」

と、めぐみは、いった。

亀井は、構わずに、言葉を続けて、

「平川あかりは、五月二十六日の特急『にちりん13号』の乗務予定だった。工藤社長を、それに乗せることが出来れば、協力して、彼を毒殺することが出来る。そこで、あんたは、ワープロで、脅迫状を書いて、送りつけたんだ。トラックで、彼の車に、追突して見せたりもした。大分のお兄さんに、相談なさったらどうですかと、工藤社長に、あんたは、すすめたかも知れない」

「――――」

めぐみは、黙って、コーヒーを、かき廻している。

十津川は、亀井の話に対する彼女の反応を見ていた。

「五月二十六日に殺すと、脅迫状にあったのは、その日が、平川あかりの『にちりん

13号』の車内販売の日だったからだ」

と、亀井は、いった。

12

めぐみの表情が、次第に嶮《けわ》しくなり、また、余裕がなくなっていくのが、十津川にも、わかった。

(どうやら、われわれの推理が当っていたらしい)

と、十津川は、思った。

「とにかく、あんたの思惑どおり、工藤社長は、五月二十六日に、東京を逃げ出し、博多から、『にちりん13号』のグリーンに乗った。罠《わな》にはまったんだ。車内販売に廻っていた平川あかりが、誰にも疑われずに、工藤社長に、青酸入りの缶ジュースを飲ませて殺してしまった。そうなんだろう？　違うのかね？」

と、亀井が、いった。

めぐみは、顔を上げて、

「何か証拠でもあるんですか？」

と、亀井を、睨んだ。

十津川は、そんな彼女の気持を、はぐらかすように、

「電話をお借りしたいんですが」

と、いい、部屋の隅にある電話で、大分県警の原田警部にかけた。

「どうなりましたか？」

と、十津川は、きいた。

「間違いなく、平川あかりという、車内販売の売り子がいました。平川啓介の妹で、五月二十六日の特急『にちりん13号』に、乗務していました。一応、重要参考人ということで、来て貰って、今、話を聞いているところです」

原田は、弾《はず》んだ声で、いった。

「どうですか？　殺人を、自供しそうですか？」

「わかりませんが、連行する時、覚悟の表情で、何の抵抗も見せませんでしたから、こちらの話の持っていきようで、全てを話してくれると思っています」

「彼女の評判は、どうなんですか？」

と、十津川は、きいた。わざと、声を大きくして、きいたのは、高沢めぐみに聞かせるつもりだったからである。

「仕事熱心で、優しい娘だという評判です。ただ、五月二十六日のあと、無断で、仕事を休んでいます」

「なるほど」

「病気でもありません」

「復讐がすんでしまったので、虚脱状態になっているのかも知れませんね」

と、十津川は、いった。

「私も、そう思っていますし、それなら、自供も、早いと、期待しているんですが」

と、原田が、いった。

十津川は、がんばって下さいと、激励してから、電話を切った。

彼は、椅子に戻ると、めぐみに向って、

「大分県警は、平川あかりを、逮捕したそうですよ」

と、いった。

めぐみは、眉を寄せて、

「私には、関係ありませんわ」

と、いった。

亀井が、すかさず、

「平川あかりに、罪を、全部、押しつけてしまう気なのかね？」

と、いった。

とたんに、めぐみの顔が、ゆがんだ。

(そこが、この女の弱みなのだ)

と、十津川は、思った。

高沢めぐみと、平川あかりは、共犯なのだと、改めて、確信した。

「われわれは、工藤社長のことを、くわしく調べましたよ」

と、十津川は、いった。

「死者に鞭打《むちう》つようで申しわけないんだが、生き方に、問題があった人だと思いましたね。あなたの恋人の平川啓介も、工藤社長が、砂田という男を使って殺したことは、ほぼ、間違いないと、思います。あなたが恋人の仇討ちをする気になったとしても、おかしくはない。そう思いますよ」

「――――」

めぐみは、どう反応していいかわからないという顔で黙っていた。

「どうですか。全部話してくれませんか。その方が、三月に殺された平川さんのためにもなると、思いますがね」

十津川は、丁寧に、いった。

それでも、めぐみの表情は、変らなかった。

十津川は、攻め方を変えてみた。

「私には、わからないことが、一つあるのですよ」

と、十津川は、いった。

「――――」

「あなたは、常に、工藤社長の近くにいた。殺そうと思えば、チャンスは、いくらでもあったと、思いますね。それなのに、実際に、手を下したのは、あなたではなく、九州にいた平川さんの妹だった。なぜ、そうしたのかが、私にはよくわからないのですよ」

十津川が、首をかしげて、めぐみを見たとき、彼女の顔に、初めて、狼狽《ろうばい》の色が、現われた。

彼女は、まるで、自分に恥じるように、俯向《うつむ》いてしまった。

十津川は、その反応に驚きながら、

「このままいけば、殺人が証明された時、主犯は、『にちりん13号』の車内で、工藤社長に、青酸入りの缶ジュースを渡して、飲ませた平川あかりになりますね。多分、あなたは、軽い刑ですむでしょう。それが狙いだったとすれば、あなたは、上手《うま》くやったことになる。脅迫状を書いても、殺す意思はなかったと、いえばいいんですからね」

と、意地悪く、いってみた。

めぐみは、顔をあげて、十津川を見て、

「それは、違いますわ」

と、改まった口調でいった。

「何が、違うんですか？」

と、十津川は、きいた。

「私が、上手くやったというのは、違います。私は、卑怯《ひきょう》なだけですわ」

「意味が、よくわかりませんが」

「本当は、わかっていらっしゃるんでしょう？」

「いや、本当に、わからないんです。だから、最初から、全部、話して下さい」

と、十津川は、いった。

（これで、彼女は、全部、自供してくれるだろう）

という感触を、得ながらだった。

めぐみは、立ち上って、窓のところに行き、暗い外の景色に、眼をやった。

そのまま、十津川たちに、背を向けた恰好で、

「刑事さんがいわれた通り、私が、結婚する筈だった平川が、三月に、新宿で、ケンカの末、刺されて死にました」

と、いった。

一語、一語、かみしめる感じの喋り方だった。

十津川は、亀井と、黙って、聞くことにした。

「私は、信じられませんでしたわ。平川は、ケンカするような人じゃなかったからです。私は、何かあると思って、聞いて廻りました。それで、工藤社長が、人を使って、平川を殺させたに違いないと信じるようになったんです。平川の妹のあかりさんも、私と、同じ意見でした。二人して、工藤社長は、絶対に許せないと、誓ったんです」

めぐみは、窓に向ったままの姿勢で、話し続けた。

「警察にいっても、警察は、砂田という男を捕えて、それで事件は終ったと見ています。だから、彼女と二人で、仇を取ろうと思いましたわ。最初は、私も、その気だったんです。でも、時間がたっていくうちに、私の気持は、少しずつ、ゆらいでいきました。甘い生活と、別れるのが、辛くなってしまったんです。このマンション、車、

毛皮のコート、宝石、みんな、身を委せた代償に工藤が、買ってくれたものですわ。自分では、相手を油断させるために、工藤の女になったのだと、いい聞かせていましたけど、本当は、違ったんです。私は、本当に、ぜいたくがしたかったんですわ」

「別に、悪いことじゃないよ」

と、亀井が、いった。

「私は、このぜいたくな生活を、失いたくないと、思うようになってしまっていたんです。あかりさんは、時々、電話して来ましたわ。彼女は、純粋に、ずっと、兄さんの仇を討つ気持を変えずにいたんです。そのうちに、私の煮え切らない態度に、怒って上京して来ましたわ。そして、多分、私が、尻込みしているのに気付いたんでしょう。工藤を殺すのは、私がするから、青酸カリの入手と、工藤を、大分に来るように仕向けて下さいと、いったんです」

「それで、武田薬局で、青酸カリを、手に入れたんですね？」

と、十津川が、きいた。

「そうですわ。それを、福岡にいるあかりさんに送り、五月二十六日に、工藤が、特急『にちりん13号』に、乗るように仕向けました。脅迫状も、書いて」

「殺したのは、やはり平川あかりさんですか」

「私は、卑怯な女ですわ。自分自身が、嫌になっているんです」

めぐみは、そういって、黙ってしまった。

翌日、大分県警から平川あかりも、自供したという知らせが、入った。

その自供によれば、やはり、青酸入りの缶ジュースを、グリーンのお客へのサービスだといって、工藤に渡したのだという。

「彼女は、工藤が、ジュースが嫌いだということは、知らなかったと、いっています。工藤社長もその時、断われば、死なずにすんだのかも知れませんが、若い美人にいわれて、つい、飲んでしまったんでしょう」

と、原田警部が、いった。

青に染まる死体　勝浦温泉

1

海の見える温泉は、人気がある。

紀伊勝浦温泉も、その一つといえるだろう。

警視庁捜査一課の若い日下刑事は、六月の非番の日、二日がかりで、紀伊勝浦へ出かけた。

大学時代の友人で、M銀行勝浦支店に勤める浜田《はまだ》に、ぜひ勝浦へ遊びに来てくれと、誘われたからだった。

浜田は、日下の非番の日に合せて、休暇をとってくれた。

二人は、大学時代、テニス部に入っていた。二人とも下手だったが、大学自体が弱くて、負けてばかりいたから、同好会に毛の生えたようなものだったといえるかも知れない。

その頃の浜田は、目立たない学生だった。といって、陰気というわけでもなく、いってみれば、平凡な学生といったところだった。

卒業すると、手堅い銀行に就職したのも、浜田らしかった。

その後、一度だけ、同窓会で会っていた。この時の印象は、学生時代より酒が強くなったな、ぐらいのものだった。

去年の四月に、紀伊勝浦支店に転勤になったという、印刷されたハガキが来たが、これはどうやら、全員に出したらしい。

そして、今度の招待だった。面白い露天風呂のあるホテルに案内すると、いっていた。

日下は、南紀白浜空港まで、飛行機で飛んだ。白浜空港は、ジェット機が飛べるように滑走路を延ばす工事中で、今は、プロペラ機のYSしか飛んでいない。

そのせいで、東京から、一時間四十五分かかった。

空港からバスで紀勢本線の白浜駅まで行き、ここからスーパーくろしお7号に乗る。

列車は、海沿いに紀伊勝浦に向う。梅雨の晴れ間の暑い日で、コバルトブルーの海は、きらきら光っていた。

(海はいい)

と、日下は、呟《つぶや》いた。

日下にも、悩みはある。警視庁捜査一課に、刑事として配属されて、三年。その間に、同僚の死にもぶつかっている。犯人の仕掛けた爆弾で、吹き飛んだのだ。一八〇センチの自慢の身体が、肉片となって飛び散った無残な死だった。

いや、この時に感じたのは、怒りと悲しみで、悩みではなかった。日下が悩むのは、もっと暗く重いものだった。いくら犯人を逮捕しても、東京の街はよくなっているのかという疑問と、無力感が、若い日下を悩ませるのだ。

そんな時、日下は中古の愛車を飛ばして海に行く。

たいていは、湘南《しょうなん》の海だ。一時間も、じっと海を見つめていたこともある。それで、心が休まるわけでも、なごむわけでもない。ただそんな時、他にどうしていいかわからなくて、海を見に行く。

(あの湘南の海が、この南紀の海ほど美しかったら、少しは心がなごむかも知れないな)

と、日下は、思ったりした。

紀伊勝浦駅に着いたのは、一三時四九分だった。

改札口に、浜田が迎えに来ていた。

二年ぶりに見る浜田は、陽焼けして逞《たくま》しくなったように見えた。

日下がそれをいうと、浜田は、

「もう、今年になって三回ほど、泳いだからね」

と、笑った。

「そうか。この辺りじゃ、もう泳げるんだ」

と、日下は羨《うらや》ましそうに、いった。

外に出ると、なるほど、太陽はぎらぎらと暑い。

「五月末でも、泳げるよ」

と、浜田は自慢げに、いった。

駅前から商店街を抜けて歩いて行くと、勝浦港に出た。

木の桟橋があって、そこから出る遊覧船に観光客が乗り込もうとしていた。

湾の中に島があって、その島にホテルが建っている。

「あのホテルに、予約してあるんだ」

と、浜田が、いった。

日下は、眩《まぶ》しい太陽を、手で庇《ひさし》を作って避けながら、そのホテルに眼をやった。

「ホテル浦島という名前でね。その栈橋から連絡船が出ているから、乗ってくれ」

と、浜田は、いう。

「君は、一緒に来ないのか？」

「今日中に、やっておかなければならない仕事が出来てしまってね。でも、五時までには、ホテルに行けると思う。僕の名前で、二名分部屋をとってあるから、それまで、ゆっくり休んでいてくれ」

と、浜田は、いった。

日下は、ひとりで栈橋へ歩いて行った。

遊覧船の先に小さな船がとまっていて、「ホテル浦島行」の表示板がある。これが連絡船だろう。時刻表もあって、それには午後十一時が最終になっていた。

連絡船には、すでに七、八人の客が乗っていて、日下が乗り込むとすぐ、船は動き出した。

海風が涼しい。

島に建てられたホテルの玄関口が岸壁にあって、七、八分で、連絡船はそこに着いた。

岸壁では、泊り客か従業員かわからないが、釣りをしている人間がいた。

日下は、そんな景色を見ながら、ロビーに入って行った。

フロントで、浜田の名前をいうと、三階の部屋に通された。窓から、今、出港してきた栈橋が遠望できる部屋だった。

まだ、五時までに、かなりある。日下は、ひと休みすることにした。

朝早く、東京を出て来たので、疲れていた。押入れから枕を出し、日下は、畳の上に横になった。

波の音が、聞こえてくる。

（波の音を聞くのも、久しぶりだな）

と、思っているうちに、日下は眠ってしまった。

起きあがって、顔を洗っていると、浜田が部屋に入って来た。

「おそくなって、申しわけない」

と、浜田が、いう。

「もう、五時か？」

日下はタオルで顔を拭《ふ》きながら、きいた。

「五時二十分だ」

と、浜田は、いう。

「疲れてなければ、このホテルの有名な露天風呂に案内するよ」

「寝たから大丈夫だ」

と、日下は、いった。

浴衣に着がえて、二人は、その露天風呂に出かけた。

ホテルの裏側、外海に面して、洞穴のような露天風呂がある。

洞穴の入口から、外海を眺めて、温泉につかる感じだった。

「名前は、忘帰洞。帰るのを忘れるほど素晴らしいという意味らしい」

と、浜田が、説明する。

「おれたちの他に、誰もいないね」

「ちょっと歩くから、他の客はホテルの中の大浴場に入っているのだろう」

と、浜田は、いった。

「いいねえ。忘帰洞か」

日下は呟き、湯の中で思い切り両手を伸した。

「ここから、沈む夕陽を見るのも、絶景だといわれている」

と、浜田が、いった。

少しずつ、陽が落ちていく。コバルトブルーだった海が、暗く、黒ずんでくる。

「あっ」

と、突然、日下が叫んだ。

「なんだ？」

「今、波間に、人間の頭みたいなものが見えたんだ」

「本当か？」

「ああ」

「しかし、こんな時間に、泳いでる奴なんかいないだろう」

と、浜田は、いう。

「ほら、五、六十メートル先だ。よく見ろ！」

と、日下は、叫んだ。

「あっ、見えた！」

と、浜田も、大声でいい、

「とにかく、ホテルに知らせてくる」

彼はあわてて忘帰洞から出ると、浴衣を着て、ホテルの方に駈《か》けて行った。

残った日下は、じっと波間に眼をこらした。

少しずつ、海は暗くなっていく。波はそれほど高くはないのだが、それでも、小さな人の頭を見つけるのは難しい。

見つけたと思った、次の瞬間には、見えなくなる。

そのうちに、全く、見えなくなってしまった。

（沈んでしまったのか）

と、思っているところへ、浜田が息せき切って、戻ってきた。

「ホテルで船を出して、探してくれるそうだ。どうなった？」

と、浜田が、きいた。

「見えなくなったよ」

「沈んだのか？」

「多分ね」

「そうなると、見つけるのは、大変だな。暗くもなってくるし――」

浜田は、声を沈ませた。

日下は、露天風呂につかっているどころではなくなって、早々に出ると、浴衣を着た。

やがて、ホテルの船が、やって来た。が、すでに暗くなっている。

船の上では、懐中電灯を持った人たちが、それで海面を照らしながら探していたが、何も見つからないようだった。

2

日下は、浜田と部屋に戻り、夕食をとった。

浜田がビールと地酒を頼んでくれたが、日下はそれらに酔えなかった。

「あれは、人間じゃなかったのかも知れないよ」

と、浜田がいったりしたが、日下の心配は消えなかった。

翌朝、小雨が降っていた。

ホテルが警察に連絡して、雨の中、捜索の船が出た。

三隻の船を出しての捜索だったが、結局何も見つけられなかった。

午後になって、漁船が溺死体《できしたい》を発見し、引き揚げて港に戻ったという知らせが、ホテルに届き、日下たちの耳に入ってきた。

(やはり、あれは、人間だったんだ)

と、日下は、思った。

「警察へ行ってくる」

と、日下は浜田に、いった。

浜田は驚いた顔で、

「何しに行くんだ？」

「溺死した人間のことを、聞いてくるんだ」

「しかし、君には関係ないだろう」

「だが、どうしても気になるんだ」

と、日下は、いった。

「刑事の本能というやつか」

「かも知れない」

「わかった。僕が案内するよ」

と、浜田は、いった。

小雨の中を、二人は連絡船で対岸に渡り、浜田が警察署へ日下を連れて行った。

日下は受付で、警視庁捜査一課の刑事であることを告げた。

「昨日、非番で、ホテル浦島に泊ったのですが、たまたま沖で溺《おぼ》れかけている人間を目撃しました。それで漁船が引き揚げたという溺死体のことが、気になりましてね」

日下がいうと、受付の警官はあわてて、吉田《よしだ》という刑事を連れてきた。
四十五、六の吉田刑事は、
「溺死体は男で、背広姿のまま、溺れていました。背広の内ポケットに、運転免許証が入っていたので、身元はわかりました」

といった。

「地元の人ですか?」

「いや、東京の人間です。ええと――」

と、吉田は、手帳を広げて、

「名前は、原口裕《はらぐちゆたか》。住所は、東京都世田谷区等々力《とどろき》×丁目×番地。年齢は四十八歳。今、家族に連絡をとっているところです」

「彼は、何しにこの勝浦に来ていたんですか?」

「今のところ、何もわかっていません。溺死に間違いありませんが」

「すると、なぜ、あんなところで溺れたのかも、わからないわけですね?」

「そうです。遊覧船から落ちたのか、釣りに来ていて船が転覆したのか、まだ何もわかっていません」

と、吉田は、いった。

日下は礼をいって、警察署を出た。

外で待ってくれていた浜田が、

「何かわかった？」

と、きいた。

「溺死したのは、東京の人間だったよ」

「観光客か。どうして溺れたのかな？」

「警察でも、まだわからないらしい。遊覧船から落ちたのかも知れないと、いってい
たよ」

「酔っ払ってたのかな。暑くなると、甲板《デッキ》にいて、落ちる人もいるらしいからね」

と、浜田は、いった。

「なるほどね」

「遊覧船から落ちたとなると、後始末が大変だよ。乗客名簿なんかないだろうから、
乗っていたかどうかで、もめると思うね。補償問題は必ず、こじれるから」

と、浜田は、いう。

日下は昨日見た遊覧船への乗船の光景を思い出した。

どこの遊覧船も同じだろうが、客は切符を買って、どんどん乗り込んでいた。いち

いち船客の名前を乗船名簿に書き込むわけでもない。また、そんなことをしていたら、商売にならないだろう。

「これから、どうする？　今日は泊れないといっていたね？」

と、浜田が、きく。

「明日、出勤しなければならないからね。これから、おみやげを買って帰るよ」

と、日下は、いった。

浜田の推薦する魚屋で、アジの干物などを買い込み、早目の夕食を一緒にしてから、日下は列車に乗った。

南紀白浜からの飛行機は、一五時五〇分の東京行が最終なので、一七時〇六分発の「南紀10号」で名古屋に出て、名古屋から新幹線で東京に戻った。

名古屋で夕刊を買い、車内で広げてみた。やはり、溺死事件のことが、気になったからだった。

〈東京の観光客、紀伊勝浦で溺死
　遊覧船から、転落か？〉

社会面に、さほど大きくない見出しが出ていた。

（遊覧船から落ちたことになっているのか）

と、日下は思いながら、記事を読んでいくと、溺死した原口裕の背広のポケットに、当日の遊覧船の切符があったと書いてあった。

日下は、浜田の言葉を思い出した。

補償問題でもめるだろう、といったことである。

帰京したあと、夜おそくだったが、浜田に電話をかけてみた。

勝浦での礼をいってから、溺死事件のことをいうと、浜田は、

「遊覧船を走らせているK観光は、大変だと思うね。遺族は当然、補償を要求してくるだろうからね」

と、いう。

「遺族は、来ているのか？」

「警察が呼んだんで、奥さんが着いたらしい。僕もくわしいことは知らないんだ。君はなぜ、そんなに関心を持ってるんだ？」

「君がいってたじゃないか。刑事の嫌な病気みたいなものだよ」

と、日下は笑って、電話を切った。

そうはいっても、所詮《しょせん》は遠い紀伊勝浦で起きたことだし、事故である。東京で殺人事件が起きて、その捜査に走り廻るようになると、自然に日下は忘れていった。

七月になると、雨の日が多くなった。

去年は梅雨時でも雨が少く、暑い夏だったが、今年は雨の多い、涼しい夏になりそうだという。

七月十五日に新しい事件が起きて、日下は十津川警部や同僚たちと、現場に向った。

現場は、渋谷区松濤《しょうとう》にある五階建の高級マンションだった。

その五階に住む一人住いの女性が、ベランダから落下して、死亡したというのである。

自殺、他殺、事故死、いずれとも考えられるので、捜査一課の出動ということになった。

一つの居住区が百平方メートル以上という広いマンションで、一カ月の部屋代は、バブルが崩壊した今でも、何十万円という。

「亡くなったのは、原口《はらぐち》ひろみさんといわれて、七月一日に引っ越していらっしゃったばかりなんですよ」

と、第一発見者の管理人が、青い顔で刑事に説明した。

「じゃあ、越して来て、二週間しかたっていないということですか」

と、十津川が、いった。

「そうなんです。だから、信じられませんよ」

「どういう人ですか？」

「何しろ越して来たばかりなので、よくわからないんですが、なんでもご主人が先月、事故で亡くなったんで、等々力の広い家を処分して、ここに引っ越して来たといわれていましたよ」

と、管理人は、いった。

「事故？」

と、日下が、思わず大声を出した。

「どうしたんだ？」

と、十津川が、日下を見た。日下は、管理人に向って、

「ご主人の事故というのは、紀伊勝浦での溺死事故じゃないの？」

と、きいた。

「くわしいことは聞いていませんが、船から落ちて亡くなったみたいなことは、いわ

れていました」

「やっぱりそうだ」

と、日下は、ひとりで肯いた。

「知っているのか？」

亀井刑事が、日下にきく。

「六月の非番の時、友人のいる紀伊勝浦へ行って来たんです」

「ああ、アジの干物を貰《もら》ったな」

「その時、東京の観光客が溺死する事件がありましてね。その仏さんが、確か原口という名前でした」

と、日下は、いった。

「ほう」

と、十津川は、眼を大きくして、

「それじゃあ、君にとって、因縁みたいなものがあるのか」

「大げさないい方をすれば、私は一組の夫婦の死を、紀伊勝浦と東京で見とどけたわけです」

「そりゃあ、確かに、大げさだ」

と、亀井がからかうように、いった。

「紀伊勝浦の溺死事故というのは、別に問題はなかったんだろう？」

と、十津川が、きいた。

「ええ。ただ、遊覧船から落ちたのかどうかで、もめているみたいなことは、耳にしましたが」

と、日下は、いった。

その後、どうなったか、日下は知らないのである。

「それは、補償問題でもめているのか？」

と、十津川は、きいた。

「そう思いますが、調べてみますか？」

「ああ。そうしてくれ」

と、十津川は、いった。

日下は、時刻を見てから、部屋の電話を使って、M銀行勝浦支店にかけ、浜田を呼んで貰った。

「例の溺死のことなんだが、遊覧船の会社と補償問題はどうなってるのか、教えてくれないか」

と、日下がきくと、浜田は、

「もめていたが、解決したみたいだよ」

と、あっさりいった。

「いやに簡単だな」

「最初は、もめる感じだった。うちの銀行もK観光に融資しているんで、他人事じゃないと思って見ていたんだが、急に和解が成立してしまってね」

「和解ね」

「死んだ男の奥さんが、最初は弁護士を立てて争うといってたんだが、急に示談ということになったんだ。奥さんも、争えば長引くと思ったんだろうし、K観光も名前に傷がつかずにほっとして、示談に応じたんだと思うね」

「いくらで和解したんだろう？」

「わからないな。双方とも金額はいわないからね。新聞にも出ていない」

と、浜田は、いった。そのあとで、

「なぜ、東京の刑事の君が、勝浦の溺死事件に興味を持つんだ？」

「溺死した男の奥さん、未亡人が、死んだんだよ」

「え？　なぜ？」

「それを、これから調べるんだ」

と、日下は、いった。

日下は、十津川のところに戻ると、遊覧船のK観光とは和解していたと、報告した。

「それなら、この問題が、原因じゃないな」

と、十津川は、いった。

「殺人《ころし》ですか？」

と、日下は、きいた。

「さあ、どうかな。とにかく調べなければ、結論は出ないよ」

と、十津川は、いった。

原口ひろみの遺体は、司法解剖に廻されることになった。

三十二歳。夫の原口とは、十六歳の年の差がある。美人だった。死んだあとの顔も美しく見えたから、生前はかなり魅力的だったろう。

十津川たちは、彼女のことを調べていった。それは、一カ月前に死亡した夫の原口のことを調べることでもある。

夫の原口は、世田谷区等々力で、ブランド物の輸入販売の店を出していた。テレビが取りあげたほどの洒落《しゃれ》た大きな店で、店内には高級輸入品にふさわしいティールームもあって、等々力では有名な店だった。

原口も、青年実業家ということで、フェラーリを乗り廻していたらしい。

ひろみは、原口と知り合った時、モデルをしていた。六年前、二十六歳の時である。

モデルといっても、一流の売れっ子というわけではなく、同じモデル仲間には、そろそろ、結婚したいと洩《も》らしていたという。

そんな時、原口が現われ、求められるままに結婚した。

ひろみは初めてだったが、原口は二度目だった。

日下は、西本や北条早苗《ほうじょうさなえ》といった同僚の刑事と、この夫婦について聞き込みを行い、その結果を十津川に報告した。

「ひろみの結婚は、実業家夫人ということで、同じモデル仲間に羨ましがられたようですが、結婚したあとは、原口の浮気に悩まされていたようです」

と、日下は、いった。

「原口は、女好きだったということか？」

「そうです。最初の奥さんとも、原口の女性関係が原因で、離婚したようです」

「店の方は、うまくいっていたのか？」

と、十津川は、きいた。

「それが、あまりうまくいかなくて、彼女は苦労したようです」

「しかし、テレビに取りあげられたりして、有名な店だったんだろう？」

「そうです。原口は、成功しているので、四谷あたりにも、2号店を出すつもりだと、友人にいっていたらしいんですが、実際には銀行にもかなりの借金があって、内情は苦しかったようです」

と、西本は、いった。

「原口の女性関係は、いぜんとして、続いていたのか？」

と、亀井が、きいた。その質問には、北条早苗が、

「男の人の女好きは、美人で若い奥さんを貰っても、治らないみたいですわ」

と、皮肉な眼つきで、いった。

「それで彼女は、実業家夫人になっても、苦労したということか」

と、亀井が、苦笑する。

「とすると、夫の原口が死んで、妻のひろみは、かえってほっとしたのかな？」

と、十津川が、いった。

「そうかも知れませんわ」

「夫が死ぬと、彼女はすぐ等々力の家を売って、松濤のマンションに引っ越している

ね。等々力の店は、どうなっている?」

　と、十津川は、きいた。

「店は、そのままです。ひろみは、なかなかこの仕事に、積極的だったみたいですわ」

　と、早苗が、いった。

「しかし、銀行に、かなりの借金があったんだろう?」

「そうです。でも、先月夫の原口が亡くなったとき、二億円の生命保険が入ったそうですから、それで息をつき、店の拡張も、ひろみは考えていたようです」

　と、日下は手帳を見ながら、十津川にいった。

「二億円の生命保険か」

「一応、青年実業家ですから、そんなに高額の保険という感じはありません」

「等々力の家は、いくらで売れたんだ?」

　と、亀井が、日下たちにきいた。

「三億五千万です」

　と、西本が、いう。

「その金も、ひろみの手に入ったわけか?」

「いや、等々力の家は銀行の抵当に入っていましたから、金は返済に廻された筈《はず》です」

と、西本は、いった。

「店の方は、抵当に入ってなかったのか？」

と、十津川は、きいた。

「店も、抵当に入っています」

「ずいぶん借りていたんだな。それで、仕事の方が、苦しかったというわけか」

「そうです。逆にいえば、よく銀行が貸したということです」

と、西本は、いった。

「ひろみの男関係は、どうだ？」

と、亀井が、日下たちにきいた。

「それが、よくわかりません」

と、早苗が、答えた。

「わからないというのは、どういうことなんだ？」

亀井が眉《まゆ》をひそめて、早苗を見、二人の男を見た。

「夫とは、ひと回り以上の年齢差があり、美人だし、夫は女ぐせが悪いとなると、彼女が他の男に傾いても、不思議はないと思って、調べてみましたわ」

と、早苗は、いう。

「それで？」

「噂《うわさ》は、いろいろと聞きました。結婚前につき合っていた男性と、今でも続いているらしいという噂や、彼女は副社長として、ブランド製品の買いつけにヨーロッパに行ったりしているんですが、向うである男性タレントと会っていたといった話も聞きました。でも、どれが本命なのかとなると、わからないんです」

と、早苗は、いった。

「彼女が死んでいたのは、五階のベランダの真下だった。絹のネグリジェ姿でね。ドアには錠がおりていたし、部屋のキーは一本だけ、部屋の中にあった。犯人はもう一本で旋錠して、逃げたんだろう。ところで、あのマンションの一階入口は、住人がボタンを押さなければ、開かないようになっている。殺人ならば、彼女と顔見知りの人間ということだ。だから、彼女の恋人ではないかと、思ったんだがね」

十津川は、部屋の様子を思い出す顔で、いった。

「彼女が口にしなかった男が、いるのかも知れませんわ」

と、早苗は、いった。

「もし、そんな男がいたとすれば、よほど大事にして、隠していたんだろうな」

と、十津川は、いった。

(その男が、あの部屋に入って行き、原口ひろみを、ベランダから突き落して殺したのだろうか？)

日下は、ひとりで、考えていた。

まだ若い日下にとって、女は、わからないというより、謎だらけの存在である。人並みに、恋愛をしたこともあるし、何人かの女性とつき合いもした。だが、本当の女の怖さというのは、知らないような気がしている。

ネグリジェ姿で、死んでいた女を見た時、彼女はすでに死んでいるのに、ひどく怖いものを見たような気がしたのだ。

彼女を殺した男より、殺されている女の方が怖い気がする。これは、日下が、男だからだろうか？

3

大学病院での司法解剖の結果が、報告されてきた。

死因は、頭蓋骨《ずがいこつ》骨折だった。頭から、落下したためと思われた。

これで、他殺の線は、強くなった。

自殺の場合は、どうしても、足から落下するので、全身打撲による死亡になるからである。

事故死の可能性は残るが、ベランダの手すりは、胸の近くまで高く、酔って落ちるということは、まず考えられない。

死亡推定時刻は、七月十四日の午後十一時から十二時とあった。

発見される前日の夜おそく、死亡したことになる。

また、かなりのアルコール分が、検出されたことも、報告書には、書かれていた。

ひろみの部屋の居間には、小さなホームバーが設けられていて、そのカウンターには、ウィスキーのボトルと、グラスと、アイスボックスが並んでいた。

アイスボックスの氷は、すでにとけてしまっていたが、グラスには、ウィスキーが、少し残っていた。

そのグラスに残っていた指紋は、彼女のものだけだった。

ウィスキーのボトルにあった指紋も、同じである。

犯人がいたとすれば、彼が飲んだグラスもあった筈だが、それは消えてしまっていた。犯人が、持ち去ったか、犯行の後、きれいに洗って棚に戻しておいたのだろう。

日下たちは、十津川の指示で、もう一度五階の原口ひろみの部屋を調べることになった。

犯人が残した犯行の痕跡《こんせき》を、探すためである。

間取りは、2LDK。特に、居間は、三十畳の広さがある。

ソファーも、テーブルも、鏡も、キッチンの冷蔵庫なども、全てが真新しい。等々力の家にあったものを、全て捨てるか、売るかしてしまったらしい。

「死んだご主人を、愛していなかったのかも知れないわね」

と、部屋の中を見廻しながら、早苗はいった。

「家具を全部、新調したから？」

と、日下は、きいた。

「それだけじゃないわ。どこを探しても肝心のアルバムがない。原口との六年間の生活を示す写真がないのよ。もっと古いアルバムはあるのにね。彼女の子供の時とか、モデル時代の写真はあるのに」

と、早苗は、いった。

「夫婦って、そんなものかな」

西本が首をかしげた。

「そうだよ。愛していないといっても、何年間か夫婦として暮らしたわけだろう。その間には、愛し合っていた時期だって、あったと思うよ。なぜ全部、処分してしまったのだろう？　夫婦って、そんなものじゃないと思うがね」

と、日下も、いった。

早苗は、笑って、

「男のセンチメンタリズムね。女は、もっとリアリストよ。嫌になったら、あっさり全部捨ててしまうわ」

「そして、新居に引っ越して、新しい男を呼んだのかな。しかし、その男に、殺されてしまえば、世話はないな」

と、西本が、いった。

「そこが、わからないのよ」

と、早苗は、いった。

「殺される理由か？」

と、日下が、きく。

「彼女は、ネグリジェ姿で、犯人と会ってるわ。多分、犯人と一緒に、ウィスキーを飲んだと思うの。彼女にしてみれば、それだけ安心して、相手を迎えたわけでしょう？　それなのに、なぜ相手は、彼女をベランダから、突き落して殺してしまったのかしら？」

「犯人は男だとして、彼は、最初は殺すつもりはなかったんじゃないかな。酒を飲んでいる時は、いい雰囲気だったのかも知れない。酔って喋《しゃべ》っているうちに、何かのきっかけで、二人はケンカになり、男はかっとして、彼女をベランダから突き落してしまったんじゃないか」

と、日下は、いった。

「あなたなら、かっとして、女を殺してしまう？」

早苗が、日下に、きく。

「いや。殴ることはあっても、殺したりはしないよ」

「それなのに、犯人は殺しているわ。だから、よほどひどいことを原口ひろみはいったのか、それとも犯人は、殺すつもりで来たのかね」

と、早苗は、いった。

結局、犯人の痕跡は見つからなかった。

三人は、そのあとパトカーで等々力に向った。

原口ひろみが、等々力の銀行に貸金庫を持っていることが、わかったからだった。

M銀行等々力支店に、ひろみは貸金庫を持っていた。

支店長に話して、その貸金庫を見せて貰った。

「原口ひろみ様は、渋谷区松濤に引っ越したので、うちの渋谷支店の方に貸金庫も通帳なども移したい、とおっしゃっていました」

と、支店長は、いった。

貸金庫の箱の中には、預金通帳や株券、宝石などが、入っていた。

日下が、注目したのは、通帳の定期のページだった。そこに、一億五千万円という金額が、今年の七月三日の日付で、定期預金として記入されていたからである。

「これは？」

と、日下がきくと、支店長は、

「それは、亡くなったご主人の生命保険が下りたんですよ。それを、うちの定期にして下さったんです」

「あれは、二億円でしたね」

「はい。そのうち一億五千万を、定期に入れて頂いたんです」

「残りの五千万は？」

と、日下は、きいた。

「それは、差し当って必要といわれて、現金でお持ちになっている筈ですが」

と、支店長は、いった。

「しかし、あのマンションに、そんな大金はなかったな」

と、日下がいうと、早苗も、

「あのマンションにあった現金は、二百万足らずだったわ」

と、いった。

「それなら、何か、お買いになったんじゃありませんか」

と、支店長は、いった。

（五千万もの買物か）

と、日下は思ったが、それは口には出さなかった。

三人が支店長に礼をいい、貸金庫を元に戻して引き揚げようとすると、支店長は、
日下に、

「日下さまでしたね？」

と、声をかけてきた。

警察手帳を見せた時、名前を見たのだろう。

日下だけ、立ち止って、

「そうですが」

「確か、うちにいる浜田と、同じ大学を同期で卒業されたとか」

「ええ」

と、肯いてから、そうだ、ここはM銀行なのだと改めて思った。

「彼から、前に、警視庁に日下という刑事がいて、同窓だと聞いたことがありまして。それを、思い出しましたもんですから、失礼いたしました」

支店長は、ニコニコ笑いながら、いった。

「ちょっと、待って下さい。彼は、ここで働いていたんですか？」

と、日下は、きいた。

「ええ。この支店に、二年間おりました。今は、紀伊勝浦支店におります。優秀な人間ですから、来年あたり、また東京に戻ってくると思います」

「彼はここで、どんな仕事をしていたんですか？」

「貸付の方をやっていました」

「そうですか。貸付ですか――」

日下は、急に語尾を濁していうと、銀行を出て、パトカーのところに戻った。

先に乗り込んで、彼を待っていた西本が、

「どうしたんだ？　変な顔をして」

と、きいた。

「いや、何でもない」

「あの支店長に、いい娘がいるんだがといって、見合いでもすすめられたのか？」

西本が、ニヤニヤ笑いながら、いった。

「見合い？」

「ああ。銀行の支店長なんかは、顔が利くから、五、六人の娘の写真を預ってるものだよ」

と、西本はいい、車をスタートさせた。

4

日下は、パトカーの中で、紀伊勝浦で会った浜田のことを、考えていた。

連絡船のこと、島の中のホテルのこと、忘帰洞という露天風呂のこと、そして浜田の顔が、きれぎれに浮んでくる。

浜田が、M銀行等々力支店にいたということが、ショックだったのだ。

しかも、貸付の仕事をやっていたという。

原口裕は、自宅と店を担保にして、M銀行から、多額の借金をしていた。

当然、貸付担当の浜田は、それを知っていた筈である。

融資を決めるのは、支店長だろうが、その事務手続をするのは、貸付担当の浜田だった筈である。

当然、原口とも、妻のひろみとも、何度か顔を合せていただろう。

それなのに、紀伊勝浦で溺死した原口について、「実は、よく知っている人なんだ」と、浜田はなぜ、日下に話さなかったのだろうか？

銀行員は、客について、あれこれ話してはいけないという規則でもあるのだろうか？

（それに、原口が、浜田のいる紀伊勝浦に行ったというのも、単なる偶然なのだろうか？）

そんなことまで、日下は、考えてしまう。

捜査本部に戻ると、十津川に、

「明日、紀伊勝浦に、行かせて下さい」

と、日下は、いった。

「何のために、紀伊勝浦に行きたいんだ？」

十津川は、日下を見て、きいた。

「それは、申し上げられません」

「今度の事件に関係があるのか」

「それも、今は、いえません」

「弱ったな」

と、十津川は、苦笑していたが、

「いいだろう。行って来たまえ。飛行機で行くのか？」

「いいえ。新幹線と、紀勢本線を使って行くつもりです」

「何時の新幹線に乗るんだ？　上司として、一応、知っておきたいからね」

「一〇時発の新幹線に乗るつもりです」

と、日下は、いった。

翌日、日下は、一〇時〇〇分東京発のひかり２２１号に乗り込んだ。

自由席に腰を下す。列車が動き出してしばらくすると、若い女が日下の隣に腰を下して、

「お早よう」

と、声をかけてきた。

驚いて顔を向けると、北条早苗だった。

「何をしているんだ？」

と、日下がきくと、早苗は笑って、

「昨日、引きつったような顔で、警部に、明日、紀伊勝浦に行かせて下さいっていったでしょう。だから、警部が心配して、私に一緒に、行って来いって」

「独りにさせてくれ」

と、日下は、いった。

「警部は、こうもいったわ。きっと、あいつは、怒ったような声で、放っといてくれというだろうが、その時は、お前は勝手に、南紀のコバルトブルーの海を楽しんで来いって」

と、早苗はまた、笑いながらいう。

「参ったな」

と、日下は、呟いた。

車内販売が廻ってくると、早苗は勝手に、コーヒーを二つ注文した。

「飲むと、少しは、頭がすっきりするわ」

と、早苗は、いった。

「警部の指示なら仕方がないが、向うへ着いたら、邪魔はしないでくれよ」

と、日下は、いった。

「何かと、対決するみたいね」

「そんなことはないよ」

「顔が緊張してるわ」

「バカをいうな」

「男一人で乗り込んで行ったら、相手だって、警戒してしまうわよ。私とカップルで行けば、相手は安心して、何かわかるんじゃないかしら」

「何のことをいってるんだ？」

「六月十六日に起きた溺死事件のことで、もう一度、紀伊勝浦に行くんでしょう？」

「まあ、そうだが――」

「それで、向うにいる大学の同窓生にも、会う」

「なぜ、知ってるんだ？」

と、日下がきくと、早苗は、

「非番で旅行に行くといったとき、向うに大学の同窓の奴がいて、招待してくれたんだといってたわよ」

「そうだったかな」

「やっぱり、コーヒーを飲んで、頭をすっきりさせた方がいいわね」

と、早苗は、いった。

名古屋で、紀勢本線の特急「南紀7号」に乗りかえる。

七月に入って、雨の日が続いていたのだが、二日前から梅雨前線が北上して、急に真夏の太陽が顔をのぞかせた。

今日も、強烈な夏の太陽が、降り注いでいる。

日下は、窓のカーテンを閉めた。

勝浦が近づくと、早苗はショルダーバッグから、折りたたみの帽子を取り出して、広げてかぶった。ツバの広い、黒い帽子を、ちょっと斜めにかぶると、彼女の雰囲気ががらりと変って見えた。

「なんで、そんな恰好を？」

と、日下がきくと、早苗は、

「あなたはどう見ても、刑事って顔をしてるわ。そのうえ、一緒に行く私が女刑事の雰囲気じゃあ、たちまち警戒されてしまうでしょう。だから、ちょっと雰囲気を変えてみたの」

と、早苗は、いう。

「ああ。女は、化けるね」

「女は、怖いわよ」

と、早苗はふざけた調子で、いった。

日下は、原口ひろみの死体に恐ろしさを感じたのを、思い出した。あれは、死体だから怖かったのではなかった。死体としては、むしろ美しかった。あの怖さは、何だったのだろうか？

犯人がどんな男かはわからないが、日下は、殺した男の方が青い顔で怯《おび》えていて、殺された女の方が、頭蓋骨骨折にも拘《かかわ》らず、美しく犯人を見下しているような幻想に襲われたのだった。

日下は早苗と、紀伊勝浦駅で降りた。

暑い夏の陽は、容赦なく照りつけている。

日下は、六月にここで浜田と会った時のことを思い出しながら、早苗を案内して、勝浦港へ向って歩いて行った。

例の桟橋に着く。

今日も遊覧船がとまっていて、観光客が乗り込んでいく。

日下は、沖に見えるホテルを指さして、

「あのホテルに、君ひとりで、泊ってくれ。僕は先月のことで、顔を知られているし、刑事だとわかってしまっている。僕は、こちら側のホテルに泊る」

と、説明した。

「わかった。私はふらふら歩き廻って、あなたの知りたいことを調べてみるわ」

と、早苗は、いう。

「僕の知りたいことが、わかるのか？」

「わかるわ。簡単だから」

と、早苗は笑っていい、ひとりで、桟橋に向って歩いて行った。

（簡単だって？）

日下は眉をひそめながら、大きな黒い帽子が、観光客の中に入って行くのを見送った。

そのあと日下は、こちら側に建つ旅館に向った。

学校の夏休み前というので、幸い、部屋は空いていた。

ひとまず部屋に入り、窓を開けて、島のホテルに眼をやった。

連絡船が、ホテルに向って走っていくのが見える。その甲板に、大きな黒の帽子がゆれている。

（早苗だ）

と、すぐわかった。

一緒に、犯人を追いかけている時は、あまり感じなかったのだが、こうして帽子をかぶった早苗を見ると、意外に美人だったんだなという気分になった。

日下は、サングラスをかけ、旅館を出た。頭がくらくらするほど、照りつけてくる陽差しは強かった。

団体客を乗せた大型バスが、ゆっくりと走り、みやげもの店には、観光客がむらがっていた。港全体が、がやがやとやかましい。

日下は、商店街に入り、M銀行勝浦支店の見える喫茶店に入った。

カウンターに腰を下し、アイスコーヒーを頼んでから、中のマスターに、

「M銀行があるんだね」

と、日下は、話しかけた。

「ああ、ありますよ」

と、三十五、六歳のマスターは、肯いた。

「僕の友だちが、M銀行の勝浦支店で働いているといってたんだが、マスターはあの銀行をよく知ってる？」

「あそこに預金してるし、借金もしてますよ」

と、マスターは、笑う。

「浜田という友だちなんだが、あそこで働いているかな？」

日下がとぼけてきくと、マスターは、

「浜田さんなら、知ってます。確か去年から、あの支店に移って来たんですよ。その時、うちにも、あいさつに来ましたよ。支店長代理の名刺を貰いました。その後も何回か、訪ねて来ましたね」

「じゃあ、ちゃんと働いてるんだ」

と、日下は、いった。

「ええ。いろいろと、融資の相談に乗ってくれたりしますよ。若いのに、しっかりしている人ですよ」

と、マスターは、いった。

「評判もいいんだ？」

「ええ。評判いいですよ。仕事熱心だからね」

「学生の頃はあまり飲まなかったけど、ここに来てからは、飲むようになったのかな？　それなら、今夜あたり、誘ってみたいんだが」

と、日下は、いった。

「そうね。浜田さんと飲んだことがありますよ。昨夜も、会いましたよ」

と、マスターは、いった。

「昨夜もって、どこかのバーか何かで？」

「かえでというクラブがあるんですよ。ここでは、一番人気のある店でね。町のお偉方なんかも、よく行く店です。昨夜そこで、飲んでましたよ」

と、マスターは、いう。

「高い店ですか？」

と、日下は、きいた。

マスターは、笑って、

「私なんかが行ける店ですよ。この町じゃあ高い方だけど、タカが知れてます」

「行ってみようかな」

「お客さんは、東京の方ですか？」

「そうだけど」

「それなら、小さな店で、びっくりするかも知れませんよ。それがかえって、東京の人には、面白いかも知れませんけどね」

と、マスターは、いった。

「夜になったら、覗《のぞ》いてみるよ。ところで浜田に聞いたんだけど、先月ここで、事故があったんだってね。なんでも、東京の観光客が海で溺れたと、聞いたんだけど」

日下は、何気ない感じで切り出したのだが、とたんにマスターの顔がこわばるのが見えた。

「私は、何も知りませんよ」

と、マスターは、眼をそらせるようにして、いった。

「でも、小さなこの町では、大さわぎになったんじゃないの?」

「どうですかね。私には興味がないから」

と、マスターは、いった。

(信じられない)

と、日下は、思った。

東京の観光客が遊覧船から海に落ちて死亡したというのは、この町では恰好の話題の筈ではないか。

それに、ここのマスターは、話好きのようなのだ。

それなのに、急に、そっけなくなってしまった。

(何か、おかしい)

と、日下は、思った。

マスターが個人的な理由で、六月の溺死事件について話すのを拒否しているとは、思えなかった。何か、別の力が働いているとしか、日下には思えない。

観光客らしいグループが、どやどやと入って来てしまったので、日下は店を出ることにした。

いったん旅館に戻ってみると、北条早苗から電話があったと、知らされた。

沖のホテル浦島に電話してみたが、彼女は外出中だった。

仕方がないので、夕食をすませてから、もう一度かけてみる。

今度は、早苗が出た。彼女はそちらに行くといい、連絡船の桟橋で、午後七時過ぎに会った。

陽が落ちて、ぎらつく太陽が姿を消し、海からの風が涼しい。

二人は、海沿いを歩きながら、話した。

「この町は、おかしいわ」

　と、早苗は、いった。

「おかしいって？」

「六月の事件のことを、聞いて廻ったのよ。この小さな町の、大きな事件でしょう。だから、いろいろと話してくれるんじゃないかと思ったわ。それに事故で、殺人事件でもないんだから、簡単に話してくれると思ったのよ。でも誰もが、なぜか口をつぐんでしまうのよ。おかしいわ」

　と、早苗は、いった。

「僕も、同じ目にあったよ。喫茶店でコーヒーを飲みながら、マスターに事故の話を聞こうと思ったんだが、拒否されてしまった。どうもあの事件に対しては、眼に見えない箝口令《かんこうれい》が敷かれているような気がしたな」

　と、日下も歩きながら、相槌《あいづち》を打った。

「誰のことを、気にしているのかしら？　多分、K観光じゃないかしら」

　と、早苗は、いった。

「問題の遊覧船を動かしているK観光か」

「そう。死んだ原口の遺族というか、奥さんとの間では、示談が成立しているけど、

K観光にとって、傷は傷だと思うわ。その上、今度は和解した原口ひろみが殺されたから、余計、K観光にとって、触れてもらいたくない事件なんじゃないかしら」

「つまり、箝口令を敷いているのは、K観光ということか」

「ええ。この会社は、この小さな町では、大きな地位を占めているんじゃないかしら。他の交通関係にも手を伸していて、この町の沢山の人がK観光で働いていたり、そのおかげをこうむっているんだと思うのよ。だから、K観光が直接あれこれいわなくても、遠慮して、あの事件について、黙ってしまうんだと思うんだけど」

と、早苗は、いった。

「君は、あの事故が原口ひろみ殺しにどこかで、つながっていると思うか？」

と、日下は、きいた。

早苗は、急に立ち止まって、日下を見た。

「何を考えているの？」

「何って？」

「六月の事件は、溺死だったんでしょう？」

「ああ、そうだ」

と、日下は、肯いた。

「ひろみは、夫を愛していなかった。これは、はっきりしている。だから、原口がこの勝浦で死んだことを、ひろみは喜んでいると思うね。だから、さっさと家を売り払って、マンション暮しを始めた。ところが、その彼女が、殺されてしまった。となると、六月の事故も、怪しく思えてくる」

「でも、あなたと、お友だちが、原口の溺れるところを、目撃したんでしょう？」

「ああ、そうだよ」

「じゃあ、駄目ね」

「しかし、いろいろと、変なこともあるんだ。原口が、あの日、なぜ、この勝浦に来ていたのか？　一人で、遊覧船に乗っていたのか？　遊覧船から落ちるなんてことがあるのか」

「ここの警察に、聞いてみる？」

「ああ、聞いてみたいよ。だが、事故として処理してしまっているからね。ここの警察がどこまで、あの事故について調べているか、あまり期待できないと思っているんだ」

と、日下は、いった。

「じゃあ、どうするの？」

「今夜、かえでというクラブに行ってみようと思っている。一緒に来てくれると、ありがたい」

「カムフラージュになるから？」

「まあ、そうなんだ」

と、日下は、笑った。

九時になって、日下は早苗と、かえでというクラブを探して、入って行った。

なるほど、地方のクラブとしては、かなり広い。客も入っている。

日下と早苗は、奥のテーブルに着き、ビールを頼んだ。

ホステスも五、六人いるのだが、日下が女連れなので、遠慮したのか、他のテーブルに行ってしまった。

「浜田は、時々、ここへ来ているらしい」

と、日下は小声で、いった。

「この町の名士が来ているって感じね。M銀行の人間なら、ここでは名士の一人じゃないの」

と、早苗は、いった。

三十分ほどした時、五、六人のグループがどやどやと、入って来た。他で、飲んで来たらしく、声高に、喋りながらの来店だった。

ママが、飛んで行ったところを見ると、早苗のいう、この町の名士たちらしい。

日下は、その中に、浜田の姿を見つけた。

M銀行は、大手銀行だから、そこで働く浜田は、若いが、名士の仲間入りをしているのだろうか？

日下は、声をかけずに、浜田の様子を、離れたテーブルから、見ていた。

浜田のグループは、妙に、盛り上っていた。ママが、シャンペンを持って来させ、乾杯の音頭をとっている。

（何か、祝いごとかな）

と、日下は、思った。

見ていると、どうやら、その中心は、浜田のようだった。

若い、美人のホステスが、彼等のところに呼ばれ、ママがけしかけて、彼女が浜田に、キスをした。

それを見て、他の連中が、拍手をする。

（浜田の誕生祝いなのか？）

と、思ったが、バースデイケーキは、テーブルにない。

早苗がトイレに立ち、テーブルに戻って来ると、日下に小声で、

「あなたのお友だちは、銀行を辞めるらしいわ」

と、いった。

「M銀行を辞める？」

「ええ。あれ、お別れパーティなんだって」

「辞めて、どうするんだろう？」

「さあ。でも、本人は、ニコニコしているわ」

「それは、ここから見てでもわかるよ。だから、バースデイパーティかと、思ったくらいなんだ」

「ちょっと変った人ね」

と、早苗は、いった。

「なぜ？」

「だって、今は就職難だし、脱サラブームも、下火になってきた時期でしょう。それにM銀行は大手銀行だし、二十八歳の若さで、等々力でもこの勝浦支店でも、貸付の業務を委されていたんでしょう。エリートコースを歩いていたといってもいいんじゃないのかな。それなのに、急に辞めるといい、しかも、ニコニコしている。変ってい

ると思うわ」

　と、早苗は、いうのだ。

「浜田はむしろ、地味で口数の少い男だったんだがなあ」

　と、日下は、いった。

「それは、大学時代でしょう？」

「まあ、そうだけどね」

「男も、女も、変るわよ」

　と、早苗は、いった。

「そうかも知れないが、六月に会った時は、銀行を辞める気配なんて、全く、無かったんだがね」

「じゃあ、何かあったのかしら？」

「あったのなら、それを知りたいね」

「直接、聞いてみる？」

「そうしてみよう」

　と、日下はいい、浜田のいるテーブルの方に歩いて行った。

5

日下が声をかけると、浜田はびっくりしたように、顔をあげて日下を見た。

「何しに来たんだ？」

と、浜田が、きく。

日下が、何か適当なことをいおうとした時、いつの間にか早苗が傍に来ていた。

「私にも、紹介して」

と、いった。

浜田は、急に微笑して、

「なんだ、彼女が一緒なのか」

「まあね」

と、日下はあいまいに肯き、早苗に、

「M銀行勝浦支店で働いている浜田だ」

と、紹介した。

浜田を取り巻いていた一人が、酔った顔で、

「浜田さんのお友だちなら、一緒に飲みませんか。今日は彼がM銀行を辞めるので、お別れパーティをやってるんですよ」

と、日下に、声をかけてきた。

日下は、初めて知ったような顔をして、

「銀行を辞めるのか？　どうして？　もったいないじゃないか」

と、浜田に、いった。

「最近、自分の好きな事をしたくなったんだ。サラリーマン生活に、あきたのかな」

と、浜田は、いう。

「具体的に、新しい仕事は、決ってるのか？」

「決ってる」

「何をするんだ？」

「まだ、ちょっと、発表したくないんだ。始めたら、連絡するよ」

「好きなことをするには、金がかかるだろう？　資金は、あるのか？」

と、日下は、きいた。

「M銀行に勤めて、六年なんだ。多少は、貯めてるよ」

と、浜田は、いった。

「原口という男が、六月に、ここで溺死したろう？　その奥さんが、今度は東京で殺されてしまった。この事件を、どう思う？」

と、日下はいきなり、きいた。

浜田は、表情をかたくして、

「僕には、関係がない！」

と、声を荒くした。

「しかし君は、原口さんとも、奥さんとも、顔見知りだったんだろう？　だから、いろいろと考えることがあると、思ったんだがね」

「知り合いじゃないよ」

「おかしいな。君は前に、M銀行等々力支店で、貸付の仕事をやってたんだろう。原口夫婦は、M銀行から融資を受けているんだから、当然、君と会っている筈だよ」

と、日下は、いった。

浜田は、「バカをいうな」と、呟き、急に席を立って、

「僕は帰る！」

と、いった。

一緒に来た男たちも、ぞろぞろと浜田と店を出て行った。

日下は、ぼうぜんと見送っていたが、

「おかしいわ」

と、早苗が、傍で呟いた。

「ああ、変だ」

と、日下も小声で、いった。

二人も、店を出た。

日下は、早苗を桟橋まで送って行ったが、その途中で、

「浮かない顔をしてるわね」

と、早苗が、いった。

「そうかね」

「大学時代の友人を疑うのは、辛い？」

「いい気分のものじゃないよ」

と、日下は、いった。

「でも、急にM銀行を辞めるというのは、変だわ」

と、早苗は、いった。

「しかし、辞めるのは自由だし、僕だって、刑事を辞めたいと思ったことがあるから

ね」

「わかるけど、彼の場合は、間が良すぎるというか、悪すぎるというか、不自然な感じがして仕方がないわ」

と、早苗は、いった。

彼女が、ホテル浦島への連絡船に乗り込むのを見送ってから、海岸通りを、自分の泊る旅館に向って歩き出した。

(浜田の奴、何をやったんだ?)

と、考えながら歩いていたとき、突然背後で、バイクのエンジン音が、大きくうなった。

振り向いた時、黒っぽいバイクが、自分に向って猛烈な勢いで、突進してくるのが眼に入った。

避けたつもりだったが、はね飛ばされて、転倒した。激痛が、足に走る。

「バカヤロウ! 気をつけろ!」

と、罵声《ばせい》を残して、バイクは日下の視界から消えて行った。いや、日下が、気を失ったのだ。

6

女の顔が、のぞき込んでいる。

その顔が、ぐにゃぐにゃとゆがんでいたが、はっきりしてくると、北条早苗だった。

「大丈夫？」

と、早苗の顔が、いった。

「ここは？」

と、日下は、きいた。

「救急病院。連絡船の上から、あなたがバイクにはねられるのが、見えたのよ。それで島へ着いてから、一一九番したの」

「足が痛いな」

と、日下は、顔をゆがめた。

「左足を、骨折しているのよ。頭も打ったんだけど、そちらは大丈夫ですって」

と、早苗は、いった。

「バイクは？」

「見つかっていないわ。浜田さんじゃなかった？」

「バカヤロウと怒鳴っていたが、あの声は、浜田じゃなかったよ」

と、日下は、いった。

「じゃあ、彼が頼んで、あなたをはねさせたのかも知れないわね」

と、早苗が、いう。

「俺が、クラブで、いろいろと彼に質問したからか？」

「かも知れないわ。友だちだということを、忘れた方がいいかも知れないわよ」

と、早苗は、いった。

彼女の言葉で、余計左足の痛みが、激しくなったような気がした。

看護婦が来て、痛み止めの注射をしてくれた。そのせいか、日下は眠った。

次の日の午後、突然、病室に十津川が現われた。

「北条君から、電話があってね」

と、十津川は、励ますような笑顔でいった。

「大丈夫ですよ。こんなのは、すぐ治ります」

と、日下は、いった。十津川が来てくれたことが、嬉《うれ》しくもあるのだが、恥しくもあった。

「彼女には、ここの警察署へ行って貰っている」

と、十津川は、いった。

「私をはねたバイクのことでですか？」

「それもあるが、六月の溺死事件のことを、詳しく知りたいと思ってね。どうやら、それが始まりで、東京で原口ひろみが殺されたり、君がはねられたりしているんだから」

と、十津川は、いった。

「私も、そんな感じはするんですが、はっきりしません」

日下は、正直に、いった。

「そのうちに、はっきりしてくるさ。カメさんたちには、原田夫婦のことを、徹底的に調べさせているからね。何かわかれば、電話してくる筈だ」

と、十津川は、いった。

早苗が戻って来たのは、三時間ほどしてからだった。

「勝浦警察署で、話を聞いて来ました。こちらではやはり、六月の事件は事故死と断定して処理してしまっていて、再捜査の意志はありませんわ」

「やっぱりな」

と、日下は、いった。

「原口が、なぜその時勝浦に来ていたかは、調べたんじゃないのか？」

と、十津川が、きいた。

「一応調べたといっていました。翌日、妻のひろみが来たので、質問したところ、彼女は、夫の原口はひとり旅と温泉が好きなので、紀伊勝浦にふらりと出かけたんだろうと証言したということでした」

「それは、おかしいな」

と、十津川は、いった。

「おかしいですか？」

と、日下が、きいた。

「ああ。西本刑事たちが調べたところでは、原口という男は女好きで、ひとりで温泉めぐりするなんて、考えられないそうだからね」

「じゃあ、あの時も、女が一緒だったんでしょうか？」

と、早苗が、きく。

「いや、それなら遊覧船にひとりで乗るなんてこともないだろう。だから私は、ひとりで勝浦に来たんだと思うが、温泉を楽しみに来たのでも、遊覧船に乗るためでもなかったと思っているんだよ」

と、十津川は、いった。

「じゃあ何の用で、原口はこの紀伊勝浦へ来たんでしょうか？」

と、日下が、きいた。

「温泉めあてじゃなければ、誰かに会いに来たとしか考えられないね。この勝浦に、誰か知っている人間がいたんだ」

「浜田ですか？」

「彼のことは、知っていたんだろう？」

「そうです」

「それなのに浜田は、原口を知っていることを、黙っていた」

「ええ。それで、浜田を疑い始めることになったんですが――」

と、日下は、いった。

「勝浦警察署で聞けたことは、それだけか？」

と、十津川は早苗に、きいた。

「浜田さんのことも、いろいろと聞けましたわ」

と、早苗は、いう。日下は、びっくりして、

「じゃあ、ここの警察も、浜田のことを調べていたのか？」

「そうじゃないの。警察の中にも、M銀行勝浦支店からお金を借りている人が何人もいて、浜田さんは貸付担当だから、顔見知りだということなのよ。だから、彼があと一週間で辞めることも知っていたし、辞めて南紀白浜でペンションを経営することも知っていたわ」

と、早苗は、いった。

「ペンションの経営？」

「ええ。もうペンションを一軒買いとって、今年の夏からオーナーになるそうよ」

「よくそんな資金があったなあ」

「M銀行から融資を受けたんじゃないかしら？」

「これから辞めるところから、金は借りられないだろう」

と、日下は、いった。

夜になって、東京の捜査本部の亀井から、病院にいる十津川に電話が入った。

「面白い発見が、一つありました」

と、亀井はいい、言葉を続けて、

「原口ひろみのことを調べていたところ、彼女が若い男とホテルに入るのを見たという目撃者が出て来ました。ホテルは新宿のSホテルで、日時は今年の三月の日曜日です。そこで、このSホテルで、フロント係やルームサービス係に会って話を聞き、若い男の似顔絵を作りました。どうもこの男とは、何回かSホテルで会っていたようです。この似顔絵ですが、これからFAXでそちらに送ります」

と、いった。

すぐFAXで送られてきた似顔絵を、早苗が病院の事務室から病室へ持って来た。

早苗は黙ってそれを、ベッドにいる日下に見せた。

日下の眼が、大きくなる。

「やっぱり、だったみたいね」

と、早苗は、いった。

「君の友人か？」

と、十津川が、きく。

「そうです。浜田の顔です」

「等々力の支店に勤務している時に、関係が出来たんだろうな。その関係が、彼が紀伊勝浦支店に移ってからも、続いていたということだよ」

と、十津川は、いった。

「そうでしょうね」

と、日下は、いった。が、自然に沈んだ声になった。予想していたことでも、いざ
それがはっきりしてくると、浜田が友人だけに重苦しい気分になってくる。

「こうなってくると、一つの結論に達せざるを得ないな」

と、十津川は、いった。

「それは、私にいわせて下さい」

と、日下は、いった。

「君は、無理しなくてもいい」

「いえ。私は自分で、今回の事件に決着をつけたいんです」

と、日下は、いった。

「それなら、君の推理をいってみたまえ」

と、十津川は、いった。

「浜田が、東京の等々力支店で貸付担当をやっていた時、原口夫婦と知り合いになりました。原口ひろみは夫への不満から、浜田と親しくなり、関係が出来ました。その頃浜田は、紀伊勝浦支店に転勤したが、ひろみとの関係は続いていました」

と、日下は、上半身だけベッドから起こして、十津川にいった。

「続けたまえ」

「ひろみの夫への嫌悪は、どんどん大きくなり、そのうちに憎しみに変っていったと思います。東京のホテルで、勝浦から上京した浜田と会っている時、つい夫への不満をもらしたんだと思いますね。それが高じて、ひろみは浜田に、夫を殺してくれないかと頼んだんだと思います。東京で殺したのでは自分に疑いがかかるから、勝浦で殺してくれと、頼んだんじゃないか。もちろん、大金を払うと約束したんだと思います」

と、日下は、続けた。

「それで、溺死に見せかけて殺すことを、浜田は計画した――？」

「そうです。どうやって原口を、この勝浦に、呼び寄せたのかはわかりませんが、多分、金儲《もう》けの口があるから来てくれませんかとでも、浜田が電話したんじゃないかと思います。原口は金儲け話なら飛びついて来たでしょうし、相手がM銀行勝浦支店の人間だし、等々力支店時代に世話になっている浜田の話だから、信用したと思いますが」

と、日下は、いった。

「ここへ原口を呼び寄せて、溺死に見せかけて、殺したか」

「私が浜田と一緒に露天風呂で、原口が溺れかけるのを目撃したことが邪魔になっていますが、浜田が原口を殺したとすれば、あとのことは納得がいきます」

と、日下は、いった。

「君は、原口ひろみ殺しも浜田じゃないかと、考えているわけだろう?」

と、十津川が、きく。

「今になると、そう思わざるを得ません」

「動機は?」

「金だと思います。原口ひろみは、死んだ夫の保険金二億円のうち、一億五千万を定期預金に入れましたが、残りの五千万を現金化しています。ところが、その五千万がどこにも見当りません」

と、日下は、いった。

「その五千万が、原口を殺してくれたことへの謝礼だったというわけね?」

と、早苗が、いった。

「多分ね。浜田はそれを受け取りに、七月十四日の夜に上京した。ところがいざとなって、ひろみは、謝礼をケチったんじゃないかな。一応、五千万の現金は用意したが、渡すときになって、五千万は多過ぎると考えたんじゃないか。一千万くらいで十分だと、思ったのかも知れない。そこで浜田は、かっとなった。彼女をぶん殴り、気を失っているところを、ベランダに引きずり出し、そこから放り出した。そのあと、五千万円を奪って、逃げた。もちろん、これは今のところ推理でしかないが、五千万を奪っていたら、今回南紀白浜のペンションを買い取る資金になったと思うね」

と、日下は、いった。

「その浜田は、われわれがあれこれ調べ始めたので、勝浦に居づらくなって、逃げ出すことを考え、M銀行を辞めるというわけだろうね」

と、十津川は、いった。

「問題は、どうやって、浜田の犯行だと、証明するかなんですが」

日下は、天井に眼をやった。

「忘帰洞といったかな?」

と、十津川が、きいた。

「露天風呂ですね。忘帰洞です」

「君は島にあるホテル浦島へ行き、しばらく温泉療養をしたらどうだね?」

と、十津川は、いった。

「明日になれば、何とか杖をついて、歩けるようになりますよ。温泉療養なんか、必要ありません」

「いや、温泉療養をした方がいい。そして、忘帰洞に、浜田を招待したまえ。前に君は、彼に、忘帰洞に招待されたんだろう?」

「そうです」

「それなら、そのお礼だといって、一緒にその露天風呂に入ったらいい。彼だって、南紀白浜に行く前に、君と一緒に露天風呂に入りたいだろう」

と、十津川は、いった。

「入りたいかどうかわかりませんが、来させますよ。来なければ疑われると思わせれば、来ると思います」

「君たちが、前に入ったのは、夕方だったね?」

「太平洋に沈む夕陽が、きれいだといわれましてね」

と、日下は、いった。

「それなら、今度も、その時刻がいいね」

と、十津川は、いった。

「浜田と、忘帰洞で、夕陽を見ろというわけですか?」

「そうだ」

「それで、どうなりますか?」

と、日下が、きいた。

「とにかく、見るんだ。いつなら、行けるね?」

と、十津川が、きいた。

「明日でも、大丈夫です」

日下は、張り切って、いった。

翌日、日下は、松葉杖姿で退院し、早苗にガードされるような恰好で、連絡船に乗り、ホテル浦島に向った。

今日は、朝から快晴で、連絡船の客も白っぽい服装が多い。

「ホテルでは、心細いでしょうけど、ひとりで部屋に入って下さい。私はロビーにいて、万一の時は駈けつける。これは、警部の指示なの」

と、早苗は連絡船の中で、いった。

ホテル浦島に着くと、日下は、予約しておいた部屋に入った。

十津川警部が何を考えているのかは、わからない。が、日下は、もう一度、浜田に会ってみたかった。彼に対する疑いを持ったまま、勝浦から、東京に戻りたくなかった。

三時を回ってから、日下は浜田に電話をかけた。

「日下だよ」

と、いうと、浜田は、一瞬、黙ってしまったが、

「ああ。何の用だ？」

と、きいた。

「今、君に、前に紹介して貰ったホテル浦島に泊っている。バイクにはねられて、足を骨折してしまってね。その治療をかねてるんだ」

「知らなかった。大丈夫なのか？」

「ああ、どうということはない。君は、M銀行を辞めるんだろう？」

「自分で、仕事がやりたくなったんだ。サラリーマン生活に、あきたんだよ」

「羨ましいな。この勝浦を出るのか？」

「ああ」

と、肯いたが、浜田は行先をいわなかった。

「それなら、君が勝浦を出て行く前に、もう一度会いたいな。こっちへ来てくれないか。君ともう一度、忘帰洞で、一緒に露天風呂に入りたいんだ」

「今日か？」

「何か、まずい理由でもあるのか？」

と、日下は、わざとからむようないい方をした。

「別に、そんなことはないが――」

「じゃあ、来てくれよ。僕も足が治ったら、東京に帰らなければならないんだから」

と、日下は、いった。それでも、電話の向うで浜田が、迷っている感じだった。そこで日下は、もう少し、圧力をかけてみることにした。

「実は、僕の同僚や上司は、東京での殺人事件について、君を疑ってるんだ。例の、原口の未亡人殺しだよ。僕は、絶対にそんなことはないといってるんだ。そうだろう？」

「そっちへ行くよ。五時頃でいいか」

と、浜田はやっと、いった。

「よかった。待ってるよ」

と、日下は、いった。

そのあと、部屋にあったホテル周辺の地図に眼をやった。

今まで、このホテルは勝浦湾の沖にある島だと思い込んでいたのだが、地図で見ると、半島なのだ。ただ、その半島の付け根のあたりに道路が通じていないので、ホテルに連絡船が通っているということらしい。今、道路の開通の工事中だということも、書いてあった。

問題の忘帰洞は、ホテルの裏側、半島の太平洋側にある。

そちら側には、他に、ラクダ島などの名所があるので、遊覧船はこの半島の外側に出て、忘帰洞の沖をめぐって、桟橋に帰って行く。

(その時、原口は、船から落ちたのか?)

落ちて、溺れかけたところを、偶然、目撃したのだろうか?

それを別に不思議に思わなかったのだが、ここへくると、どうも偶然すぎるような気がしている。

(ひょっとして、目撃者に作りあげられたのではないか?)

そんな気がするのだ。

7

五時になって、浜田は連絡船でやって来た。

浜田は、日下がひとりでいるのを見て、ほっとした表情になった。そのことが、一層、日下の疑いを深めてしまう。

「足は本当に大丈夫なのか?」

と、浜田が心配そうに、きく。

「ああ、大丈夫だ。そんなに、ヤワじゃないよ」

と、日下は、笑った。

六時半になったところで、日下は浜田を、忘帰洞に誘った。

「これでお別れだと思うから、君ともう一度、露天風呂に入って、夕陽を見たいんだ」

と、日下は、いった。本当に見たいということもあったが、そういえば、浜田が断われないだろうという計算もあった。

浜田は、一瞬迷いの表情になってから、「いいよ」と、いった。

二人は、浴衣姿で、忘帰洞まで歩いて行った。

他に、客の姿はなかった。

夕陽が、ゆっくりと沈もうとしている。二人は、湯の中に身体を沈めて、海に眼をやった。

勝浦湾の中は、べた凪《な》ぎだったが、外海は、やはり大きくうねっている。

（六月のあの時も、波間に、浮き沈みする人の頭を見たのだが――）

と、日下は思い、自然にじっと見つめてしまう。

海の色も、暗くなってきた。

「あっ」

と、日下は、思わず声をあげた。

浜田が、ぎょっとしたように、

「何だ？」

と、きく。

「あそこに、人の頭が見える！」

と、日下が、叫んだ。

「何処に？」

「ほら、向うの波間だよ。黒い人の頭が見えるじゃないか。あっ、見えなくなった。溺れてるんじゃないか」

と、日下は、大声でいった。

「おれが、ホテルに知らせてくる！」

浜田が、いって、飛び出して行った。

（あの時と、同じだ）

と、思いながら日下は、じっと沖を見すえた。太陽は沈んで行き、海はますます暗くなっていく。

見すえたが、もう、人の頭は、見えなくなってしまった。

浜田は、なかなか戻って来なかった。ホテルの船が、助けに来る様子もない。

日下は、しびれを切らして、露天風呂から出た。

浴衣を着て、松葉杖をつきながら、ホテルへ戻って行った。

ロビーに入って行くと、早苗が、笑いながら寄って来た。

「心配だから見に行こうと思ってたところよ。露天風呂で、溺れちゃったんじゃないかと思って」

と、早苗は、いった。

「浜田が、戻って来なかったんだ。沖で、人が溺れていたんで、助けを呼びに行った筈なのに」

日下が、腹立たしげにいうと、早苗は、また笑って、

「浜田さんなら、着がえて、あわててホテルを出て行ったわよ。今頃、連絡船で、向う岸に着いているんじゃないのかな」

と、いった。

「なぜ、逃げたんだ？　溺れてる人がいたのに」

「波間に、黒い人の頭みたいなものが見えたんでしょう？」

「ああ。そうだ」

「六月のあの日と、同じように？」

「ああ」

と、肯いてから、

「あれは、人の頭じゃないのか？」

と、早苗を見た。

「違うわ。六月の事件の時もね」

「どういうことなんだ？」

と、日下は、きいた。

「警部が罠《わな》を仕掛けたのよ。黒く塗ったゴム風船におもしをつけて、海に流したの。海は暗くなっているし、波間に見えかくれするから、人間が溺れかけていると錯覚する。六月の時も、同じことをしたんじゃないかと、警部がいってね」

「警部が、やったのか」

「実際にやったのは、この勝浦の漁師さん。警部が、頼んだのよ。漁師さんなら、潮の流れにも詳しいから、どこで流せば、丁度あなたたちが忘帰洞にいる時、その沖を流れていくか計算できるわ」

「じゃあ、六月のあの時も？」

「そう。多分、浜田さんも地元の漁師さんに、同じことを頼んだんじゃないのかしら。警部は、そう考えてるわ。そうしておいて一方で、原口さんをどこかで溺死させて、海へ流しておいたんだとね」

「浜田の奴、その仕掛けが見破られたと思って、逃げ出したのか」

と、日下は、いった。

「彼は、沖に見えた人の頭が、本当は人の頭じゃないとわかったのよ。同じことを自分もやっているから。今頃、自分が犯人とばれたと思って、マンションに引き返して、逃げる準備をしていると思うわ」

と、早苗は、いった。

「じゃあ、追いかけよう」

と、日下は、いった。

「大丈夫よ。警部が、ここの警察と話し合って、浜田さんのマンションに、張っているから。逃げようとするところを、逮捕するつもりよ。私たちは、その知らせがくるのを、ここでコーヒーでも飲みながら、ゆっくりと待っていましょうよ」

と、早苗はいい、日下をロビーの奥の喫茶店に連れて行った。

彼女が、コーヒーを注文する。

だが、日下は落ち着けなくて、

「共犯者がいるじゃないか。そっちは、どうするんだ？」

と、きいた。

「共犯って、若い、地元の漁師さんのこと？」

「若いって、なぜ、わかるんだ？」

「あなたをバイクではねたのは、若い男だったんでしょう？」

「ああ。バカヤロウと怒鳴った声は、若い男だった」

「それなら、若い漁師さんよ。浜田さんは六月に、彼に風船を使ったトリックを頼んだんだと思う。そして今度はあなたがまた勝浦に現われたので、浜田さんは怖くなって、同じ男にあなたを襲わせたのよ。同じ男なら、若い漁師さんということになるわ」

「その男は？」

「今頃、もう捕まっていると思うわ」

と、早苗は、楽観的ないい方をした。

「しかしどうやって、見つけるんだ？」

「そんなの簡単でしょう。浜田さんが人殺しを頼んだということは、よほど負い目がある男だわ。だから、その若い漁師は、M銀行にお金を借りていて、返しきれずにいる。だから浜田さんから、金を貰って動いたんだわ。それと、いつもバイクに乗っている男。これで、限定できるじゃないの」

と、早苗は、いった。

「なるほど。その通りだな」

と、日下は、肯いたが、

「おもしをつけて、黒く塗ったゴム風船を流すというやつだがね。僕の見ているうちに、沈んでいったんだ。人が溺れて、沈むようにね。あれは、どうやって？」

「簡単だわ。風船に小さな穴をあけておけば、自然に沈んでいくわよ」

と、早苗は、いった。

日下は、自分の頭を叩いて、

「どうも頭がおかしくなってしまってね。そんなことも、わからないなんて――」

「仕方がないわ。今回の事件の犯人は、あなたの友人でしょう。どうしても犯人とは思いたくない気持が、働いてしまうからだわ。私だって、友人が犯人だったら、頭の働きは鈍くなってしまうと思うわ」

と、早苗はなぐさめるように、いった。

「君にも、優しいところがあるんだな」

照れ臭いので、日下は皮肉めかして、いった。

二時間ほどして、十津川が連絡船に乗って、やって来た。

「どうなりました？」

と、日下がきくと、十津川は、

「君には気の毒だが、浜田を逮捕したよ。逃げ出そうとしたところをね。逮捕したあとは、素直に自供した。原口を勝浦に呼び出して、溺死させたことも、今月に入って東京に行き、金のことでこじれて、原口の奥さんを殺したこともね」

と、いった。

「共犯は、捕まったんですか？」

と、日下は、きいた。

「ああ。浜田を捕まえる前に、地元の警察が逮捕した。地元の二十五歳の漁師だ。やはり金のために、浜田を助けて、黒塗りのゴム風船を流したり、君を殺そうとしたりしたんだ。彼の自供もあって、浜田は、もう逃げられないと観念して、犯行を認めたということもあったんだろうね」

と、十津川は、いった。

「一つ聞きたいんですが」

と、日下は、いった。

「何だ？」

「浜田は最初から利用するつもりで、六月に、この勝浦に私を招待したんでしょうか？　彼は、何といっていますか？」

と、日下は、きいた。

十津川は、すぐには答えず、考えていたが、

「浜田は、君のことは、今のところ何もいっていない。やはり、気が咎《とが》めるんだろう」

と、いった。

「でも、彼は、私を利用しました。私を、溺死の目撃者にしたんです。自分のアリバイ作りに、利用したんです」

と、日下は、いった。

「腹が立つか？」

「ええ」

「人間は、変るものさ。良く変る奴もいれば、悪く変る奴もいる」

と、十津川は、いった。

日下が、黙っていると、立ち上って、

「私は、三上部長に報告に帰京するが、君たち二人は、もう一日、この温泉を楽しんでいきたまえ」

と、十津川は、いった。

最上川殺人事件

1

父が死んだことを知らせてくれたのは、山形県の酒田警察署だった。
六月十七日。まだ、梅雨の最中である。
簡単な電話連絡で、最上川《もがみがわ》で、溺死《できし》したというだけなので、詳しいことはわからない。
とるものもとりあえず、可奈子《かなこ》は、翌日、羽田から庄内《しょうない》空港までの飛行機に乗った。
可奈子は、山形にも、酒田にも、行ったことがなかった。
酒田という地名は知っていたが、山形県のどの辺にあるかも知らず、あわてて、地図で調べ、空路で行くのが一番早いと、知ったくらいだった。

父の合田徹《ごうだとおる》は、精密機械メーカー合田精器の社長の座を弟に譲ってから、気ままに、旅行を楽しんでいた。

五十五歳の若さで、なぜ、急に、社長の座をおりたのか。多分、母の急死が原因だったろうと、可奈子は、勝手に考えていた。

母の明江《あきえ》は、「身体の丈夫なのが、私の取り柄」というように、学生時代、バレーボールで鍛えた身体は、頑健で、社長夫人になってからも、婦人会の役員をやったり、地区のバレーボールクラブを指導したりと、走り回っていた。

父の合田の方は、どちらかといえば、病弱な方で、母の明江には、おれの方が、きっと先に死ぬだろうから、あとのことは頼むと、よくいっていたのだが、丈夫な筈《はず》の母の方が、突然、亡くなってしまった。

それも、近くの公民館で行われたママさんバレーボール大会に、監督として出ることになり、自転車で出かけて、車にはねられたのである。

合田は、危険だから、車を使いなさいといっていたが、明江は、身体を鍛えるには、自転車が一番といって、止《や》めなかった。

それが、結局、命とりになって、母は、車にはねられて、亡くなってしまった。はねたのは、外車らしいというが、一年たった今でも、犯人は捕まっていない。

病弱な自分が死なず、医者とは無縁に見えた妻の明江が急死してしまったことに、世の無常を感じての引退ではないかと、一人娘の可奈子は、勝手に考えていたのである。

社長を辞めてから、父の合田は、日本全国を旅して回るのを楽しみにして、今回も、可奈子には、「東北の温泉めぐりをしてくる」といい残して、出かけた。

東北の何処だとは、いっていなかった。行き当たりばったりの旅が、一番いいというのが、父の口癖だった。

東京を出発したのが、確か、六月十五日。そして、二日後の十七日、突然、父の死を、知らされたのである。

羽田から五十五分で、庄内空港に着いた。一時間足らずの旅なのに、可奈子には、ひどく遠い感じがした。それは多分、急死して遠いところへ行ってしまった、父のことがあったからだろう。

空港から、タクシーに乗り、酒田市に向かう。

走り出すと、可奈子は、眼を閉じた。

彼女に対しては、放任主義の父であった。子供のことは、母親に委《まか》せて、仕事一途《いちず》な父でもあった。

可奈子が、N大の仏文を卒業したあと、フランスで、二、三年遊んで来たいというと、父は、何もいわず、黙って、その費用を出してくれた。

「私は、金は出すが、口は出さぬ主義だ」と、当時、はやった某球団社長の口調を真似ていったのを、妙に鮮明に覚えている。真面目な父は、多分、甘い父親だと思われるのが恥ずかしくて、照れ隠しに、いったのだろう。

可奈子が、就職の道を選ばず、翻訳と、現代フランス案内みたいな雑文書きの道を選んでも、父は、何もいわなかった。

家では、父はほとんど喋《しゃべ》らず、いつも、母が一方的に、喋っていたような気がする。それでも、夫婦仲は良かった。

父は、私生活では、まったく、母に寄りかかっていたようなところがあった。それだけに、母の突然の死は、父の胸に、ぽっかりと、大きな穴をあけてしまったのかも知れない。

社長を辞め、日本中を旅行して回ることで、父の胸の、その大きな穴は、埋められていたのだろうか？

「お客さん、着きましたよ」

運転手の声で、可奈子は、眼を開けた。

車は、酒田警察署の前で、とまっていた。

2

木村《きむら》という中年の刑事が、応対してくれた。

「お父さんは、お気の毒なことでした」

と、木村は、悔やみをいってから、事情を説明してくれた。

最上川には、「最上川芭蕉《ばしょう》ライン舟下り」という観光ものがある。

昔、松尾芭蕉が、舟で、最上川を下ったという故事にちなんだもので、距離は、約十二キロ。冬は、ビニールを舟にかぶせた雪見船が人気だという。

四月から、十一月は、普通の舟で、一日、七、八便。一時間の舟下りである。

途中の両岸の景色を楽しむ他、船頭が、最上川舟唄《ふなうた》などを聞かせてくれる。

「合田徹さんは、六月十六日の午後に、この舟下りに乗られましてね。最初から、気分が悪かったのか、舟べりにもたれていたと、船頭はいっています。そのうちに、多分、合田さんは、吐こうとして、身を乗り出されたんだと思います。あっという間に、舟から、転落されましてね。船頭の急報で、大さわぎになり、他の舟も協力して探しました。丁度、梅雨時で、水量が増えていたし、芭蕉の句にもあるように、流れが速くて、なかなか、見つかりませんでした。翌朝、やっと、下流で見つかったんですが、その時は、もう手おくれでした」

と、木村は、いった。

「そんなに簡単に、落ちてしまうんですか？」

可奈子は、きいてみた。彼女の考える観光船というのは、海や、湖で見る船で、船室が完備されていて、船から落ちるなどということは、考えにくかったのだ。

木村は、問題の舟の写真を見せてくれた。

「こんな風に、底の平らな木造舟で、舟べりも、低いのですよ。それで、身を乗り出すと、落ちる危険があるんです」

と、木村は、いった。

写真には、十五、六人の客が、舟底に、腰を下《おろ》している。確かに、舟べりは、高くなくて、立ち上がったりすれば、怖いだろう。

「船頭や、他の客の証言もあり、溺死に間違いないので、事故死という結論になりました」

と、木村は、いった。

叔父《おじ》で、現在、会社の社長をやっている合田琢《たく》も駈《か》けつけ、可奈子と二人、木村の案内で、父の遺体と対面した。

その顔に、苦痛の表情が浮かんでいないことが、可奈子にとって、唯一の救いに感じられた。

翌十九日に、父の遺体を、酒田市内の火葬場で荼毘《だび》に付し、その日のうちに、叔父と一緒に、東京に戻った。叔父は、父が亡くなった最上川を見ていかないかと誘ったが、可奈子は、辛《つら》くなるだけだからと、断わった。

父は、社長の椅子を弟に譲ったあとも、一応、監査役ということになっていたから、二十二日に、社葬が、行われた。

遺言書も見つかり、顧問弁護士が立ち会って、開示された。

合田精器は、弟の現社長が、引き続き、経営していくこと、二十億余りの個人財産は、一人娘の可奈子が、引き継ぐことが決まった。

税理士に頼んで、相続税などで、税務署と折衝して貰《もら》うなどして、全てが終わったのが、六月の末だった。

少しずつ、可奈子自身も落ち着いて来て、七月に入ったら旅行してみよう、行くなら、やはりパリがいいと、思った。

七月五日に出発と決めて、向こうのホテルや、飛行機の予約に走り回っているとき、可奈子は、一通の手紙を受け取った。

差出人の名前は、「最上峡芭蕉ライン観光・広報担当　後藤秀」と、なっていた。


〈突然、お手紙を差しあげます。

当社は、最上川芭蕉ライン舟下りを、主催しております。出発地点の舟番所には、芭蕉翁《おう》にふさわしくと考え、お客様に俳句を書いて頂き、それを、投句箱に入れて頂いております。毎月末にそれを開け、県内の秀《すぐ》れた俳人に頼み、選をして頂いています。優秀な句をよまれた方には、記念品をお送りしております。六月三十日にも、箱を開け、約五十通の投稿を見ていたところ、六月十六日に、最上川で亡くなられた合田徹様のものが、入っておりました。酒田警察署で伺ったところ、娘さんがおられると知り、貴女《あなた》様に、お送りしたいと考えました。或《あ》いは、貴女様の悲しみを、倍加させることにしかならないかと、危惧《きぐ》致しましたが、これは、お父上のものであることは、間違いないので、同封させて頂きました。

気持ちが落ち着かれましたら、ぜひ、最上川舟下りを楽しみに、おいで下さい。

敬具

〈合田可奈子様〉

封筒には、投句の紙が、同封されていた。

間違いなく、父の字で、「東京都世田谷区《せたがや》深沢《ふかさわ》×丁目　合田徹」とあり、句は、二句、記入してあった。

紅葉が　炉端に映る　静けさか

秋風が　奇人変人　撰《え》り分ける

父が、俳句をやっていたというのは、可奈子は、聞いたことがなかった。

しかし、間違いなく、父の筆跡である。

(いったい、どういうことなのだろうか?)

と、可奈子は、考え込んでしまった。

3

これより少し前、警視庁捜査一課の十津川警部は、部下の刑事と一緒に、四谷《よつや》三丁目のマンションに来ていた。

「ヴィラ四谷」の三〇二号室。２ＬＤＫの部屋の表には、表札の代わりに、「中条《なかじょう》探偵事務所」の看板が、掛かっている。

十二畳の洋間が、事務所になっていて、奥の六畳が、寝室という間取りだった。

十津川は、その事務所の床に、俯《うつぶ》せに倒れている死体を、眺めていた。

四十二歳の瘦《や》せた男が、この事務所の主の中条修《おさむ》だった。

ジーンズと、白のＴシャツという恰好《かっこう》で、中条は、後頭部を割られて死んでいる。

多分、ハンマーか、スパナで、滅多打ちにあったのだろう。噴き出した血は、すでに乾いて、後頭部に、こびりついていた。

「死後、十五、六時間といったところかな」

と、検視官が、呟《つぶや》いている。

十津川は、腕時計に、眼をやった。現在、午後二時十五分だから、昨夜の午後十時から十一時ということか。

死体を発見したのは、このマンションの管理人で、ドアのカギは、開いていたし、部屋の明かりはついていたという。

事務所の隅に置かれたキャビネットは、四つの引き出しが、全て、開けられ、中身は、からっぽになっていた。

「私立探偵の事務所ですから、キャビネットの中には、それまでに調査した報告書の控えや、撮った写真などが、入っていたんでしょうね」

と、亀井刑事が、いった。

「犯人は、それを奪うために、やって来て、中条修を殺した、ということかな？」

「だと思うんですが、なぜ、被害者が、ドアを開けて、犯人を部屋に入れたのかが、わかりません」

と、亀井は、いった。

「金か」

十津川が、短くいう。

「どういうことですか？」

「中条修という男のことを、詳しく調べてみてくれ。性格、評判。そして、最近、どんな仕事をやっていたかだ」

と、十津川は、いった。

鑑識が、部屋の写真を撮り、指紋を採取し、それがすむと、司法解剖のために、死体は運ばれて行った。

刑事たちは、被害者のことを調べるために、一斉に、聞き込みに走った。

四谷警察署に、捜査本部が設けられ、そこに、聞き込みの刑事たちから、少しずつ、連絡が、入ってきた。

同業の私立探偵の間を回っていた西本と日下の二人が、電話をかけてきた。

「中条の経歴ですが、元、北海道警の刑事です。同業者には、上役と意見が合わず、依願退職し、上京して、私立探偵を始めたと、いっていたようですが、どうやら、セクハラをやって、警察を退職したというのが、真相のようです」

と、西本が、十津川に、いった。

「仕事は、順調だったのか？」

と、十津川が、きく。

「あまり、うまくは、いってなかったようです。調査の仕事というのは、信用第一ですからね。いきなり始めて、客がつくというものではないんでしょう。中条は、元刑事というのを、売り物にしていたといいます。つまり、警察に友人がいるということを、宣伝に使っていたわけです。それが、去年の十一月頃から、急に金回りが良くなったというのです」

「なぜ、そうなったかは、わからないのか？」

「どうも、いいスポンサーがついたんじゃないかと、同業者は、見ています」

「スポンサーって、何のことだ？」

十津川は、首をひねって、きいた。

電話口に、日下が出て、

「こういうことです。金持に頼まれた仕事が、入ったんじゃないか。その依頼主は、その調査のためには、いくらでも、金を出してくる。だから、中条は、その仕事だけやっていれば、金に困らなくなったというのです」

「どんな仕事なんだ？」

「中条は、それについて、何も話さなかったそうです。依頼主に、秘密を守ってくれといわれていたのか。或いは、中条が、大事な金蔓《かねづる》を隠しておきたかったのか、多分、両方だったろうと思います」

「調査報告書の控えは、盗まれているんだから、その仕事の内容は、結局、わからず、になるのか？　それでは、犯人に、近づけないぞ」

十津川が、厳しい声でいうと、日下が、

「一つだけ、突破口があります」

「どんなことだ？」

「問題の仕事ですが、中条一人では、手に負えなかったとみえて、何人もの人間を、金で傭《やと》っていたことが、わかりました」

「他の私立探偵を傭ったということか？」

「いいえ。他の私立探偵には、頼まなかったようです。折角つかんだスポンサーを、横取りされるのが、怖かったからだと思います。それで、同業者は傭わず、アルバイトを、何人か傭って、働かせたようです」

と、日下は、いった。

「その人間は、見つかりそうなのか？」

「見つけます」

と、日下は、いった。

中条修が、取引きに使っていた銀行が、わかった。

K銀行の四谷三丁目支店である。

そこへ調べに行った三田村《みたむら》と、北条早苗の二人は、捜査本部に帰って来ると、中条の預金通帳の写しを、十津川と亀井に見せた。

去年の十月から、急に、多額の金が、それも、毎月、規則的に振り込まれていた。

その金額は、今年の四月までに、四千万円に達し、更に、五月六日には、二千万円という大金が、振り込まれている。その合計は、六千万円に達している。

それに対して、支出は、一千三百万円。多分、それで、何人もの人間を傭ったのだろう。

「この大金の振込人ですが、名前は、小田進《おだすすむ》で、K銀行の新宿支店に、毎回、現金を持ち込んで、振り込んだといっています」

と、三田村は、いった。

「どんな人間なんだ?」

「それを、K銀行新宿支店へ行って、窓口で聞いたんですが、現金を持ってくるのは、中年の男だったり、若い男女だったりしたそうです。多分、小田進という男に頼まれて、銀行に金を持って行き、振り込みの手続きをしていたんだと思います」

「そうなると、小田進というのも、偽名の可能性が、高いな」

と、十津川は、いった。

翌日になると、司法解剖の結果が出た。死因は、やはり、鈍器で、後頭部を強打されたことによる脳挫傷《のうざしょう》である。

死亡推定時刻も、検視官がいったように、六月二十日の午後十時から、十一時の間だった。

だが、中条に傭われていたとみられる人間たちは、なかなか、見つからなかった。

4

可奈子は、手紙をくれた後藤秀という男に会って、父の俳句のことを聞いてみたくなった。

七月四日の朝、東京を出発し、東北新幹線で古川に出て、そこで陸羽東線《りくうとう》、さらに陸羽西線に乗りかえて、古口《ふるくち》に向かう。

電話しておいたので、後藤秀が、迎えに来てくれていた。

手紙の文面から、年輩の男だろうと思っていたが、会ってみると、意外に若かった。

多分、三十二、三歳だろう。

「すぐ、ご案内しましょう」

と、後藤は、いった。

歩いて、七、八分で、最上川の川岸に出た。

そこに、江戸時代の舟番所を模した建物があり、「戸沢藩舟番所」と、書かれていた。

その前に、観光バスや、自家用車が、駐《と》まっている。

後藤に案内されて、入ると、中には、土産物の売り場があり、軽い食事もとれるようになっていた。

十五、六人の観光客が、すでに入っていて、お茶をよばれたり、土産物を、物色したりしている。

建物の裏が、舟着場になっていて、のぞくと、何隻かの舟下りの舟が、つないであった。

出発の時間が来て、観光客たちが、ぞろぞろと舟着場へ出て行き、建物の中は、急に、静かになった。

後藤は、可奈子を、土産物店の脇にある投句箱の所へ、案内した。

〈松尾芭蕉に負けずに、素晴らしい句を作って、投稿して下さい。毎月、優秀な句に、

記念品を差しあげます〉

と、書かれ、見覚えのある用紙が、置いてあった。投句箱には、錠が、かかっていた。

「父は、ここで、俳句を作って、この箱に入れたんですね」

と、可奈子は、いった。

「そうだと思います」

と、後藤が肯《うなず》く。

「でも、父が俳句を作るなんて、ぜんぜん知りませんでした。一度も、作るのを見たことがありませんもの」

可奈子が、首をひねると、後藤は、微笑して、

「それなら、お父さんは、ここで初めて作ったんじゃありませんか。この辺りは、松尾芭蕉の奥の細道のルートですから、お父さんも、それに触発されたんだと思いますよ」

と、いった。

可奈子は、父の俳句を書いた用紙を、取り出して、

「後藤さんは、俳句をおやりになるんですか？」

と、きいた。

「観光の仕事をやっていますので、勉強はしていますが、上手《うま》くはありません」

と、後藤は、いった。

「後藤さんが見て、父のこの二つの句は、どうなんですか？」

可奈子がきくと、後藤は、弱ったなという表情で、

「楽しい句だと思いますね」

「つまり、下手くそということでしょう？」

「弱ったな」

「私は、素人だけど、この二つの句が、下手だというのはわかりますわ。第一、父がここへ来たのは、六月なのにどちらも、紅葉だとか、秋風だとか、季節が間違っていますわ」

「それは、多分、お父さんが、思い出の中の出来事を、詠んだんだと思いますが」

と、後藤は、いってから、

「ここの係の女性で、お父さんのことを覚えているのがいるんです。彼女を呼びましょう」

と、付け加えた。

可奈子が、お願いしますというと、後藤は、小柄な、三十歳ぐらいの女を、連れて来てくれた。

「父のことを、本当に、覚えているんですか？」

と、可奈子が、きくと、その女は、

「あとで、舟から落ちて、亡くなったというので、よく覚えているんです」

と、いった。

「じゃあ、父が、ここで俳句を作って、投句箱に入れるのも、見ていたんですか？」

と、可奈子は、きいた。

「ええ」

と、相手は、肯く。

「父は、一人だったと思いますけど？」

「いいえ」

「誰か一緒にいたんですか？」

驚いて、可奈子は、きいた。

「ええ。男の方二人と一緒でしたわ」

と、女は、いった。

「他の観光客が、偶然、父の傍にいたということじゃないんですか？」

「そうは、見えませんでしたわ。前から、知り合いのように、私には、見えました」

と、女は、いう。

「父が、あの用紙に、俳句を書いた時のことを、話して下さい」

と、可奈子は、いった。

「ええと、お父さんのお名前は――？」

「合田です。合田徹です」

「合田さんは、最初、向こうに腰を下して、他のお二人と、お茶を飲みながら、舟の出発を待っていたんですよ」

と、女は、離れたところに置かれた床几《しょうぎ》を、指さした。

「それからどうしたんですか？」

「急に、合田さんが立ち上がって、こっちへ、いらっしゃったんです。そして、私に、ここで俳句を作って、箱に入れたら、いつ、開けるのかと、聞いたんですよ。それで、毎月末に、箱を開けると、お話ししたら、熱心に、俳句を、作り始めたんです」

「他の二人は？」

「あわてて、こっちへ来て、何をしてるんだと、合田さんに聞いてましたね。合田さんは、折角、ここへ来たんだから、俳句を作ってみたいんだと、いって」

「他の二人も、作ったんですか？」

「いいえ。でも、合田さんが、どんな句を作るのか、熱心に見てましたよ」

と、女は、いう。

「その二人ですけど、どんな男の人だったか、教えて下さい」

と、可奈子は、いった。

「一人は四十歳くらいで、もう一人は、三十代かしら。若い方は、背が高くて、タレントのN・Kに、顔や、感じが似てましたよ」

と、女は、微笑した。

「父と、その二人の人は、仲が良さそうでしたか？」

と、可奈子が、きくと、女はちょっと考えてから、

「二人の方は、合田さんに、なれなれしく話しかけてたけど、合田さんの方は、困ってるみたいでしたよ。困っているというか、怖がっているというか――」

「父が、怖がっていたんですか？」

「私には、そんな風に見えただけですが」

と、女はいった。

「それで、三人は、一緒に舟に乗ったんですね？」

と、可奈子は、きいた。

「ええ」

「なぜ、父は、そんな風に嫌がっている二人と、一緒の舟に乗ったんでしょうか？」

可奈子が、きくと、女は、またちょっと考えてから、

「あの二人が、どうしても、舟に乗せたかったんじゃないかしら？　合田さんは、少々、気分がすぐれなかったみたいでしたよ」

と、いった。

「そういえば、父は、舟の中で吐こうとして、川に落ちたんじゃないかと、警察でいわれました」

可奈子は、酒田警察署での話を思い出して、いった。

「そうですか。気のせいかも知れませんけど、合田さん、青い顔をなさっていましたよ」

「父は、ここで俳句を作ってから、すぐ、舟に乗ったんでしょうか？」

と、可奈子は、きいた。父のことを、出来るだけ詳しく聞きたかったのだ。

女は、小さく首を横に振って、

「いったん、向こうへ戻って、お茶をお飲みになってから、舟に乗られたんですよ」

と、いう。

「私も、舟に乗ってみたくなりました」

と、可奈子は、後藤に向かって、いった。

新しく、七、八人の観光客が、やって来て、また賑《にぎ》やかになった。

可奈子は、そのグループと、次の舟下りに乗ることになった。

料金は、千九百三十円。

後藤が、一緒に、乗ってくれることになった。

建物の裏にある舟着場に、他の観光客と一緒に、出て行った。

底の平たい和船である。改めて、舟べりが低いなと思いながら、可奈子は、乗り込んだ。

平たい舟底には、もうせんが敷いてあり、簡単なテーブルが置いてある。客は、そのテーブルに向かい合う形で、腰を下す。

可奈子は、後藤と向かい合って、腰を下した。

舟には、初老の、陽焼けした船頭と、二十歳くらいの、若い助手が、乗ってきた。

助手の方は、見習いという感じで、頼りない。

その助手が、お茶を配り、希望者には、お弁当を渡して歩く。

舟は、桟橋を離れ、川の中流に向かう。東北を代表する川だけに、川幅は広い。

水量も多く、流れも速い。

舟は下流に向かって、滑るように、進む。

船頭は、客扱いに馴《な》れている感じで、駄洒落《だじゃれ》を連発して、笑いを誘い、河岸の景色を説明し、そのうちに、最上川舟唄を、歌い出した。

いい声だった。きっと、民謡を長いこと、習っているのだろう。

河岸は、緑一色である。

山を覆う樹々が、水際まで迫っている。紅葉の季節になったら、さぞ、美しく、燃えるように見えるだろう。

ところどころに、滝が見える。

最上四十八滝というらしい。後藤は、パンフレットを取り出し、実直な感じで、それを、可奈子に説明してくれる。

「どうして、こんなに、私に親切にしてくれるんです？」

と、可奈子が、きくと、後藤は、眼をぱちぱちさせて、

「実は、僕も、去年、母が死んで、肉親を失ったやり切れなさが、よくわかるんです」

と、いった。

「でも、会社の方は、いいんですか？」

可奈子が、きくと、後藤は、笑って、

「大丈夫です。今日は、休みを取りましたから」

と、いった。

一時間足らずで、終点の草薙《くさなぎ》温泉に着いた。

「念のために、ここの滝沢屋という旅館を、予約しておきました。お疲れでしたら、泊まって下さい。僕の名前になっています」

と、舟から降りるときに、後藤が、いった。

可奈子は、その厚意に甘えることにした。身体が疲れたというより、ここで、何か考えたいと、思ったからである。

純和風の旅館だった。二階の部屋に入り、窓を開けると、最上川の流れが見える。

可奈子は、父の作った二つの句を取り出して、考え込んだ。

5

三田村刑事が、一人の男を、捜査本部に連れて来た。四十二、三歳の男である。

「久保正《くぼただし》さんです。外車の販売をやっているS社の方です」

と、三田村が、十津川に、紹介した。

「外車のセールス？」

「そうです」

と、久保が、肯《うなず》き、

「この刑事さんの話では、中条さんのことで、聞きたいということですが？」

「そうです。中条修さんが殺された事件を捜査しています。あなたが、彼から頼まれて、私立探偵の仕事を手伝っていたんですか？」

と、十津川が、きくと、久保は、困惑した顔になって、

「会社には、内密なことなので、秘密は、守って頂けますか？」

「もちろん、守ります」

十津川が約束すると、久保は、ほっとした顔で、

「誰かが紹介したのかも知れませんが、中条さんが、僕の自宅マンションに訪ねてみえたんです」

「彼とは、前から、知り合いだったんですか？」

「とんでもない。初めて、いきなり訪ねて来て、人助けの仕事で、しかも、金になる仕事を、引き受けてくれというんです」

「それで？」

「外車のセールスで、忙しいといったら、外車のセールスをしながらやれる仕事だといわれました。その方が、いいんだといわれましてね」

「それで、引き受けた？」

「ええ。人助けだといわれたし、借金もあって、お金が必要でしたから」

「どんな仕事ですか？」

と、十津川が、きくと、久保は、手帳を取り出して、それを見ながら、

「去年の六月二日に、世田谷の駒沢《こまざわ》公園の近くで、自動車にはねられて亡くなった女性がいる。その車は、シルバーメタリックの外車だから、あなたは、外車のセールスをしながら、それらしい車や、持主を探して欲しい。噂《うわさ》でも構わないといわれました。それなら、出来ると思って、会社に内緒で、始めたんです」

「ひかれたその女性の名前は、わかりますか？」

「それは、教えてくれませんでしたね」

と、久保は、いった。

どのくらいの金を貰《もら》っていたのかと聞くと、一カ月に十万円で、何か摑《つか》んで連絡すると、その度に、余分に、一万から、五万の金をくれたという。

「多分、僕の他にも、何人も、アルバイトを傭っていたと思いますよ。それらしいことを、彼が、口にしていましたからね」

と、久保は、いった。

「それで、あなたは、犯人の車を見つけ出したんですか？」

十津川が聞くと、久保は、小さく首をすくめて、

「駄目でしたね。見事に、犯人の車を見つけたら、成功報酬を百万円くれるというので、必死に、探したんですがね」

と、いった。

十津川は、三田村と、北条早苗の二人に、更に、私立探偵の中条に傭われている人間を、探すように指示しておいて、亀井と、問題の事故について、調べることにした。

駒沢公園近くで起きた交通事故といえば、世田谷警察署の交通係が、担当した筈で

ある。

十津川と、亀井は、世田谷署に、出かけた。

問題の事故を担当したのは、池田《いけだ》という刑事だった。

「あれは、残念ながら、まだ、未解決でして」

と、恐縮した顔でいうのへ、十津川は、

「今日は、別に、君を非難するために来たんじゃないんだ。この事故のことを、詳しく話して貰いたいだけだよ」

と、いった。

池田は、世田谷区内の地図を出して来て、

「事故は、この地点で起きました。駒沢公園の近くの路上です。近くの公民館で行われたママさんバレーに、監督として出場することになっていた、四十八歳の合田明江という主婦が、自転車で走っているとき、車にはねられて、死亡しました」

「合田明江。四十八歳か」

「そうです」

「家族は？」

「夫と、娘が一人います」

「シルバーメタリックの外車が、はねたというのは、間違いないのか？」

と、亀井が、きいた。

「目撃者は、小学二年の女の子でした。彼女に、いろいろな車の写真を見せた結果、どうやら、色はシルバーメタリックで、外車らしいとなったのですが、それでも、問題の車は、発見できませんでした」

池田は、口惜しそうに、いった。

「被害者の家族だが、今、どうしているか、わかるかね？」

と、十津川が、きいた。

「夫の合田徹は、合田精器の社長でしたが、妻が亡くなったあと、急に、社長の座を弟に譲って、旅行を楽しむ生活を始めました。妻が急死して、世の無常を感じ、あくせく働く生活ではなく、生活を楽しむことにしたのではないかといわれていましたが、先日、旅先で亡くなりました」

「亡くなった？」

「そうなんです。東北の温泉めぐりの途中、最上川の舟下りをしていて、川に落ちて、溺死《できし》したそうです」

と、池田は、いった。

「娘の方は、どうだ?」

「娘の可奈子は、ＯＬにはならず、翻訳の仕事をしていると聞いています。今度の父親の死は、ショックだと思います。これで、天涯孤独になってしまったわけですから」

と、池田は、いった。

「合田徹だが、どんな人間なんだ?」

十津川は、地図に眼をやりながら、きいた。

「四、五回、会いましたが、生真面目で、典型的な仕事人間という印象でした。それだけに、余計、妻の急死は、ショックだったと思います。仕事一途《いちず》な生き方に、疑問を感じて、人並に楽しむことにしたというのも、良くわかります」

と、池田は、いった。

「彼は、亡くなった妻を愛していたんだろうね?」

と、亀井が、きいた。

「そう思います」

「彼が、私立探偵を傭って、妻をはねた車を探しているという噂を、聞いたことは、なかったかね?」

と、十津川は、きいた。

「いえ。そんなことをしていたんですか？」

「まだ、はっきりとはしてないんだがね」

十津川は、あいまいに、いった。

彼は、捜査本部に戻る途中、パトカーの中で、亀井と、この問題について、話し合った。

「合田徹が、私立探偵を傭った可能性は、大いにありますね」

と、亀井は、いった。

「そして、問題の車と、犯人を見つけたか？」

「そうですね。最上川で、水死したというのが、ひっかかって来ます」

「しかしねえ」

と、十津川は、首をかしげて、

「警察が、一年かけても見つけられなかったんだ。それを、いくら、金にあかして、調べたとはいえ、私立探偵に、車と、犯人が、見つかるものかねえ」

「私も、そこが、疑問ですが、頼まれた私立探偵が殺され、調査資料が、盗まれています」

と、亀井は、いった。

「カメさんは、中条が、犯人を見つけたから、殺されたと思うのか？」

「そうだとすると、中条は、当然、合田に知らせたと思います。中条の預金は、五月に、急に、二千万も増えています。それは、成功報酬として、合田が、支払ったものじゃないでしょうか」

と、亀井が、いった。

「合田は、犯人を捕まえようとした。だが、犯人は、逆に、合田を、最上川に誘い出して、溺死させたということも、考えられるわけか」

十津川は、いい、捜査本部に戻ると、山形県警に、電話を入れた。

最上川で起きた溺死事件のことで聞きたいというと、酒田警察署の木村刑事に回された。

木村は、やや訛《なま》りのある口調で、

「あれは、溺死に間違いありません。外傷はありませんでしたし、舟下りの船頭も、合田徹さんが、川に落ちるのを目撃しています」

「なぜ、落ちたんですか？」

と、十津川は、きいた。

「船頭の話ですと、合田さんは、舟に乗ってから、気分が悪かったらしく、舟べりにもたれていたんですが、吐こうとして、身を乗り出して、川に落ちたと思われます。舟べりの低い舟ですから」

と、木村刑事は、いった。

「溺死に、疑問な点はないわけですね？」

「ありません。舟の中で、他の客とケンカして、突き落されたというわけでもありませんから」

「家族には、知らせたんですね？」

「もちろん、知らせました。翌日、一人娘の合田可奈子さんが駈け付け、少しおくれて、合田さんの弟が来て、こちらで、茶毘に付されました」

と、木村は、いった。

「舟に乗った時、気分が悪かったというのは、どうしたんですかねえ？」

と、十津川が、きくと、

「そこまでは、こちらでは、わかりません」

という答が、返ってきた。

電話が切れると、十津川は、亀井に向かって、

「向こうでは、合田の溺死について、何の疑いも持っていないようだな」

「仕方がないでしょう。向こうは、私立探偵が、合田徹の奥さんの事故の件を調べていて殺されたことは、まだ、知らないと思いますから。知れば、少し、考えが変わると思いますね」

と、亀井は、いった。

6

可奈子は、眼をさました。

まだ、窓の外が暗い。昨夜は、よく眠れなかった。

もう一度、眠る気にもなれず、布団の上に、腹這《はらば》いになり、枕元に置いた父の俳句に、眼を落した。

昨夜も、おそくまで、この二つの俳句を、見ていたのだ。

父が、ひそかに俳句をやっていたとは、思えない。仕事一途で、無趣味を絵に描いたような人だった。

俳句をやる人は、たいてい、仲間がいるものだ。同人誌を出したりする。自分の句を発表する場が欲しいからだ。

だが、父に、俳句の仲間がいるという話は聞いたことがないし、同人誌を見たこともなかった。

それなのに、舟番所で、父は突然、俳句を作って、投句箱に入れている。それも、二句も。

(なぜ、そんなことをしたのだろうか？)

と、可奈子は、考えてしまう。

芭蕉の最上川下りの場所に来て、急に、俳句を作る気になったのだろうか？

それも、おかしいと思う。父が、旅に出るようになってから、山形以外にも、芭蕉の足跡のある地方に行っている。

父は、日光《にっこう》にも行っていて、そこから、可奈子に絵ハガキをくれた。日光は、芭蕉が、「あらたふと　青葉若葉の　日の光」と、詠んだところだが、絵ハガキには、そんなことは書かれてなかったし、もちろん、俳句も書いてなかった。

この用紙には、住所と名前が記入されているから、自分が死ねば、世田谷の自宅に送られることは、わかっていた筈である。

(私への伝言なのだろうか？)

と、可奈子は、思った。

それなら、なぜもっとはっきりと書かなかったのだろうか？

なぜ、こんな下手くそな俳句を、残したのだろうか？

可奈子は、起き上がると、洗面所へ行き、冷たい水で顔を洗って、今度は廊下の籐《とう》椅子に腰を下し、お茶をいれて飲みながら、考えることにした。

舟番所で働く女性の話では、父は、二人の男と一緒だったという。

彼女の話の様子では、父は、その二人から脅かされていたようにも、思えるのだ。

（脅かされている中で、何かを伝えようとしたのではないだろうか？）

もし、そうだとすると、父は、助けてくれと、他の人に、救いを求めることも出来なかったのかも知れないし、この用紙に助けてくれとは書けなかったろう。

二人の男が、父の手元をのぞき込んでいたからである。

切羽つまった父は、俳句に託して、何かを、言い残そうとしたのではないのか？

しかし、二つの句をいくら、読み直しても、伝言を、読み取ることは、出来ない。

第一、生まれて初めて、俳句を作った父に、そんな芸当が出来るとは、思えなかった。

だから、もっと、簡単なことなのだ。初めて、俳句を作った父にも出来ることだろう。

俳句は、五、七、五と、言葉を並べれば、上手い下手は別にして、出来あがってしまう。
可奈子は、もう一度、二つの俳句を見つめた。
（ああ！）
と、可奈子は思った。
簡単な隠し言葉だったのだ。
可奈子は、ボールペンを持って来て、二つの俳句の横に、仮名を並べていった。
㋙ウヨウガ　㋺バタニウツル　㋛ズケサカ
紅葉が　炉端に映る　静けさか
㋐キカゼガ　㋖ジンヘンジン　㋓リワケル
秋風が　奇人変人　撰り分ける
〈コロシ　アキエ〉
これが、父が伝えたかった言葉ではないのだろうか。
〈殺し、明江〉
母の自動車事故が、殺しなのだということなのか。それとも、自分は、殺される。

明江のことでということなのか。

八時になって、部屋で朝食をとった。それをすませて、窓から、最上川を眺めていると、後藤が、寄ってくれた。

「よく眠れたか、心配になって、寄ってみました。川の音が、聞こえませんでしたか?」

と、後藤が、きく。

「これを見て下さい」

と、可奈子は、後藤に、二つの俳句の横につけたカタカナを見せて、

「〈殺し、明江〉になるんです。明江は、母の名前です」

「驚いたな。気がつきませんでしたよ」

後藤が、びっくりした顔で、いう。

「それは仕方がないわ。後藤さんは、母の名前も、母が去年、交通事故で亡くなったことも、ご存じなかったんだから」

「もし、あなたの考えが正しいとすると、お父さんの水死も、不審になって来ますね」

と、後藤は、いった。

可奈子は、肯いて、

「そうなんです。山形の警察に、もう一度、父の死を、調べて貰いたいわ」

「それは、無理かも知れませんよ」

「なぜ？」

「警察は、溺死と決めてしまっているし、遺体も、もう荼毘に付されてしまっていますからね。警察は、いったん決めた結論を、なかなか、変えませんよ」

「どうしたらいいかしら？」

と、可奈子は、後藤を見た。こんな瞬間、自分が、天涯孤独なのだと、強く感じてしまう。

「お父さんは、東京から、いきなり、最上川へ来たんですか？」

と、後藤が、きく。

「出発したのが六月十五日で、舟下りに乗ったのが、十六日の午後だから、いきなり、ここへ来たわけじゃないと思いますけど」

「じゃあ、お父さんは、十五日に、何処かに泊まって、翌日の午後、舟番所に来たことになりますね。それまでの間に、二人の男と一緒になったと見ていいかも知れませんね」

と、後藤は、いった。

「父は、東北に、温泉めぐりに行くと、いっていたんです」

可奈子がいうと、後藤は、フロントから、東北の観光地図を借りて来て、テーブルの上に、広げた。

「東北といっても、広いですからね。十五日に、最上川からあまり離れた温泉や町に、泊まったとは思えません。近い場所で、魅力のある温泉に、泊まったのではないかと思いますね」

と、後藤は、いう。

可奈子も、地図を見ながら、

「東京から行く時、いきなり、北の青森に行き、そこから戻るということは、ないと思うの。東京に近い所から、北に向かって、足を延ばすというのが、普通だから」

と、いった。

最上川の南として、温泉地を探してみた。

最上川の南の東北地方と限定しても、温泉は、数が多い。

福島県だけでも、飯坂《いいざか》温泉、東山《ひがしやま》温泉、二岐《ふたまた》温泉、磐梯熱海《ばんだいあたみ》温泉、芦ノ牧《あしのまき》温泉、いわき湯本温泉など数が多い。

この他、宮城県でいえば、鳴子《なるこ》温泉、作並《さくなみ》温泉、秋保《あきう》温泉、遠刈田《とおがった》温泉がある。山形県でも、天童温泉、蔵王《ざおう》温泉、上山《かみのやま》温泉、赤湯温泉、温海《あつみ》温泉、銀山《ぎんざん》温泉など、目白押しだった。

「お父さんは、どんな温泉が好きだったんですか？　大きくて、賑《にぎ》やかな温泉地が好きだったのか、それとも、秘湯が好きだったのか？」

と、後藤が、きく。

「父の性格から考えて、秘湯好みだと思ったんですけど、実際には、草津《くさつ》とか、伊香保《いかほ》とか、熱海みたいな大きな温泉ばかり、回っているんです」

と、可奈子は、いった。

それも、不思議なことの一つだったのだ。

「よし。それでやりましょう」

と、後藤が、いった。

可奈子が、戸惑って、

「それって？」

「福島、宮城、山形の有名温泉の旅館、ホテルに、当たってみるんです。十五日に、あなたのお父さんが、泊まらなかったかどうか」

「何十軒もあるんでしょう?」

「いや、何百軒もありますよ」

「それに、全部、電話するんですか?」

「二人でやれば、一日で出来ますよ」

と、後藤は、いった。

「二人って、後藤さんには、仕事があるんでしょう?」

「そうです。社長にいわれました。あなたに協力して、事故の真相を調べるのが、広報の仕事だと」

後藤は、微笑し、フロントから、今度は、東北地方の旅館、ホテルの案内を借りて来た。それには、全ての旅館、ホテルの住所と、電話番号が、記入されていた。

「あなたは、この部屋の電話を使って下さい。僕は、自分の携帯を使います」

と、後藤は、いった。

二人で、分担して、旅館、ホテルにかけ始めた。

しかし、可奈子の父が、十五日に泊まった旅館、ホテルは、なかなか、見つからなかった。

疲れると、二人は、一休みして、また、電話をかけ始めた。

昼過ぎになって、やっと、宮城県の秋保温泉から、反応があった。

秋保のRホテルに、十五日、合田徹という名前で泊まった客がいるというのである。

「とにかく、行きましょう」

と、後藤は、いった。

二人は、古川に出て、そこから、東北新幹線で、仙台に向かった。

座席に腰を下すと、可奈子は、じっと、考え込んだ。

考えるのは、父のことだった。

こうなると、父が、ただ、舟下りの舟から落ちて、溺死したとは、思えなくなってくる。

父は、必死で、SOSを発信したのだ。下手くそな俳句に託して。

きっと、父は、殺されたのだ。だが、誰が、父を殺したのだろうか？

座席を立っていった後藤が、車内販売の駅弁と、お茶を買って戻って来た。

その一つを、可奈子に渡して、

「まだ、昼食を食べてなかったんですよ。腹がへっては何とかというから、とにかく、食べて下さい」

と、いった。

「すいません」

と、可奈子は、いった。

「これから、大変ですよ」

後藤は、膝《ひざ》の上で、駅弁を開けながら、いった。

「大変って？」

「ずっと考えていたんですが、あなたのお父さんは、事故に見せかけて、殺された可能性がある。その場合、犯人を見つけるのは、大変ということです」

と、後藤は、いった。

「ええ」

「運良く見つけたら、あとは、警察に委《まか》せなさい」

と、後藤は、いった。

仙台で降りると、タクシーを拾い、秋保温泉に向かう。二十五、六分で、秋保温泉のRホテルに着いた。

可奈子は、フロントで、自分の名前をいい、父が、十五日に、ここに泊まった時のことを、話して貰った。

「合田さんは、午後三時頃、チェックインされました。その時、フロントで、原口さんのことを聞かれて、ロビーで、お会いになっていましたよ」

と、フロント係は、いう。

「原口さんて？」

「前日から、お泊まりになっていたお客さまです。多分、ここで、落ち合う約束になっていたんだと思います。夜、お二人で、芸者を呼んで、楽しく、お過ごしになりました」

「それで、翌日、一緒に出かけたんですか？」

と、可奈子は、きいた。

「そうです。ご一緒に、午前九時に、チェックアウトなさいました。タクシーで」

と、フロント係は、いった。

「その時、父が呼んだ芸者さんの名前は、わかりますか？」

「ええ。千鶴《ちづる》さんです」

「その芸者さんを、今夜、呼んで下さい。それから、今日、ここに泊まりたいので、部屋を二つお願いします」

と、可奈子は、いった。

7

　私立探偵の中条は、調べていくと、十五、六人の外車のセールスマンに、同じことを調べさせていることが、わかった。

　その中の一人、平野肇《ひらのはじめ》という三十五歳の外車セールスマンが、十津川の期待していた答を、もたらした。

　中条から、百万円の成功報酬を貰ったというのである。

　早速、十津川は、平野と会って、詳しい話を聞くことにした。

　中野のマンションで、会った。

「幸運でしたよ」

　と、平野は、まず、十津川と亀井に、笑顔で、いった。

「偶然、駒沢で、人をはねたという外車のオーナーの噂を耳にしたんです。それで、中条さんに話したら、それを調べて、信用できるというので、百万円貰いました」

　と、平野は、いうのだ。

「その噂というのを、詳しく、説明して下さい」

十津川が、いった。

平野は、煙草に火をつけ、ゆっくりと煙を吐き出してから、

「何でも、酒の席で、酔った男性が、つい、洩《も》らしたというんです。駒沢公園近くの道路で、中年の女を、はねてしまった。それを夢に見て、眠れないんだと。それを、耳にしたんで、中条さんに電話したんです」

「その酔った男の名前は？」

と、亀井が、きいた。

「桜田《さくらだ》という四十代の男性だと聞きました。フルネームはわかりません。乗っている車は、ジャガーです」

と、平野は、いった。

十津川と、亀井は、今度は、ジャガーの輸入、販売をしているディーラーに、当たってみることになった。

その結果、新宿の英国車の営業所で、桜田という客のことが、わかった。

桜田要《かなめ》という男に、二年前、ジャガーを売ったという。色は、シルバーメタリック。

桜田要の住所は、杉並区永福町《えいふくちょう》だった。

十津川は、この桜田要という男について、慎重に、調べることにした。

年齢四十五歳。職業は、エッセイストで、最近は、紀行文や、全国温泉案内などを、さまざまな雑誌に寄稿していて、自分の車を駈《か》って、旅行していることが多いとわかった。

子供はなく、妻の京子《きょうこ》も、工業デザイナーとして、活躍していることが、わかった。

去年の暮れに、近くの修理工場で、桜田は、ジャガーの左フェンダーを、修理していることが、続けて明らかになった。

「桜田さんの話だと、いたずらされたということでしたね。朝起きて、車に乗ろうとしたら、左フェンダーが、凹《へこ》んでいたというんです」

と、修理工場のオヤジは、十津川に話した。

この事実を受けて、この日、捜査会議が、開かれた。

十津川が、これまでの捜査を総括した。

「次のような構図が、出来あがります。去年の六月に、駒沢公園近くの道路上で、合田明江という女性が、自転車で走っていて、車にはねられて、死亡しました。世田谷署で調べましたが、問題の車が、シルバーメタリックの外車らしいことはわかったが、いまだに、犯人は、わかっていません。被害者の夫で、合田精器社長の合田徹は、社長の椅子を、弟に譲り、ひそかに、私立探偵の中条を傭い、妻をはねた犯人探しを始めたのです。中条は、外車のセールスマン十五、六人に金を渡し、事故の噂を集めさせました。その結果、平野というセールスマンが、桜田要というエッセイストのことを、耳にして、連絡したようです。合田にも、当然、このことは知らされたと思われます。その合田が、六月十六日に、最上川の舟下りで、川に落ちて、溺死してしまいました。単なる事故死と、思われましたが、私立探偵の中条が殺されてみると、合田の死も、事故死では、片付けられなくなりました。合田が、妻をはねて殺した犯人として、桜田を追いつめたため、逆に殺されてしまったのではないかということです」

「その桜田要は、今、何処にいるんだ？」

と、三上刑事部長が、十津川に、きいた。

「彼は、今、週刊Wに、紀行文を連載中で、その取材のために、東北、北海道を回っていると、妻の京子は、証言しています」

「君は、どう思っているんだ？　桜田要という男が、合田徹や、私立探偵の中条を、殺したと思っているのか？」

と、三上が、きいた。

「状況的には、その可能性が強いと思っています。しかし、不審な点が、ないわけでもありません」

と、十津川は、いった。

「どんな点が、不審なんだ？」

「世田谷署の交通係が、必死で調べたにもかかわらず、はねた車も、運転していた人間も、わからなかったのです。わかったのは、シルバーメタリックの外車らしいということだけです。それなのに、なぜ、私立探偵に、それがわかったのか？　それが、不思議です」

「それは、中条が、十五、六人の外車のセールスマンを傭って、うまく、調べたからだろう？」

「また、犯人が、酔って、はねたことを口走ってしまったというのも、出来すぎた話のように思えるのです」

と、十津川は、いった。

「しかし、桜田要という男が、浮かんできて、彼のジャガーが、修理に出されていたことも、わかったわけだろう？」

と、三上が、いった。

「その通りなんですが――」

「とにかく、桜田要を見つけて、事情聴取すれば、わかるんじゃないのかね」

と、三上は、いった。

「現在、桜田要の所在を、全力をあげて、調べています」

と、十津川は、答えた。

8

夕食の時、可奈子と、後藤は、芸者の千鶴に来て貰った。

三十代の、色白な芸者だった。最初、後藤にすすめられ、ご機嫌で、秋保小唄《こうた》を、手拍子で唄ってくれていたが、可奈子が、自分の名前を告げ、父のことで聞きたいというと、急に、居ずまいを正して、

「あのお客さんのことなら、よく覚えていますよ。優しい方で、過分に、ご祝儀を頂いたんです」

と、いった。

「父は、原口という人と、一緒だったんですね?」

可奈子は、確かめるように、きいた。

「ええ。ご一緒でした。あまり親しくは、見えませんでしたけど、とても、気を遣っ

ていらっしゃいましたよ」

　と、千鶴は、いう。

「二人が、どんなことを話していたか覚えていませんか？　どんなことでも、構わないんですけど」

「男の人のことを、いっていましたよ。合田さんは、連れの方に、その男の人に間違いなく会わせてくれるんでしょうねと、しきりに、念を押していらっしゃいましたわ」

「それに対して、原口さんは、どう答えていたんです？」

「向こうへ行ったら、必ず、会わせますと、いってました。合田さんに、沢山、お金を貰ってたみたいですよ」

　と、千鶴は、いう。

「お金を？」

「そんな感じがしたんですけどね」

「会わせるという男の人の名前は、いっていましたか？」

　と、可奈子は、きいた。

「確か、桜井とか、桜田とかいってましたわ。そう、桜田さん」

「父は、その桜田さんに、会いたがっていたんですね？」

「ええ。そう見えましたよ」

「何処で、会うことになっていたんですか？」

「最上川の舟下りじゃありませんか？　連れの男の人が、地名をいってたんですけどねえ」

「最上川の舟下りじゃありませんか？　それとも陸羽西線の古口駅？」

後藤が、助け舟を出すように、いった。

千鶴は、眼を光らせて、

「ええ。最上川という言葉を、いってましたわ。舟下りということを、いっていたかどうかは、忘れましたけど」

と、いった。

「桜田というのが、どういう人なのか、父と、連れの人は、何かいっていませんでしたか？」

可奈子は、少しでも、父のことを知りたくて、必死に、きいた。

千鶴は、じっと考えていたが、

「何だか、よく旅行をしている人みたいですよ。そんなに、旅ばかりして、それで食べていけるんなら、楽でいいなって、思ったのを、覚えていますから」

「旅ばかりしている人？」

と、可奈子は、呟いた。それで、父は急に、社長を辞め、旅行を始めたのか。

「他に、何か覚えていることはない？」

と、後藤が、千鶴に、きいた。

「一つ、気になったことがあるんですよ」

と、千鶴が、いった。

「どんなこと？」

「連れの人が、合田さんに、こんなことを、いったんです。警察なんかに知らせちゃいけません。そんなことをしたら、相手は、姿を消してしまって、会えなくなりますよって」

「それに対して、父は、何と、いったんでしょう？」

と、可奈子が、きいた。

「よくわかっているって。それで、このお二人は、何かよくないことに関係しているんじゃないかって、一瞬、思ったりしたんですよ」

と、千鶴は、いった。

彼女が、父のことで覚えているのは、これくらいだった。

九時になると、千鶴は、他のお座敷があるといって、帰って行った。

後藤は、食事のあと、お茶を、可奈子にいれてくれてから、

「お父さんは、その桜田さんに会いに、最上川に行ったんだと、思いますね」

「でも、会えなかったんだわ」

と、可奈子は、いった。

「なぜ、そう思うんです？」

「会えていたら、あんな、ＳＯＳみたいな俳句を作る筈がないと思うの」

「じゃあ、お父さんは、騙《だま》されたというわけですか？」

「ええ。そして、最上川に、落されて、溺死したんです」

「去年あなたのお母さんが亡くなったんでしたね？」

「ええ。車にはねられて、亡くなったんです。父は、それから、急に、会社を辞めて、一人で旅行に行くようになったんですけど――」

と、可奈子は、いってから、急に、眼を光らせて、

「父は、ずっと、母をひいた犯人を探していたのかも知れない」

「警察は、犯人を見つけられなかったんですか？」

「ええ」

「それなのに、よく、お父さんは、見つけられましたね」

「だから、殺されたのかも知れないわ」

と、可奈子は、いった。

「もし、あなたのいうことが当たっていたら、お父さんが会いたがっていた桜田という人が、お母さんをひいた犯人ということになりますね」

後藤は、いった。

「ええ」

「しかし、おかしいな」

と、後藤が首をかしげた。

「どこが？」

「桜田という男が、犯人だとしても、自動車事故というのは、たいてい、双方の不注意ということになって、そんなに大きな罪にはなりませんよ。過失致死だから。それなのに、お父さんまで殺してしまうでしょうか？　今度は、自動車事故ではなく、殺人になりますからね」

と、後藤は、いった。

「でも、社会的な地位のある人間だったら、人をひいて殺したというのは、致命傷になるから、必死になって、父を殺そうと考えるかも知れないわ」

と、可奈子は、いった。

「なるほど。そんな風に考えることも、出来ますね」

「何とかして、桜田という人を見つけ出したい。それに、父を誘い出して、殺した犯人も」

「舟下りの時、二人の男が、お父さんと一緒にいたということでしたね」

「四十代と、三十代の男。きっと、その二人は、桜田に頼まれて、父を誘い出して、殺したんです。お金を、沢山貰って」

可奈子は、口惜しそうにいった。

「若い方は、タレントのN・Kに、顔が似ているといってましたね?」

「ええ」

「昨日、N・Kの写真を探して、持って来ました」

と、後藤はいい、ポケットから、週刊誌の切り抜きだというN・Kの写真を取り出して、可奈子に渡した。

個性の強い顔である。可奈子は、どちらかといえば、好きなタレントだったのだが、今は、嫌いだった。絶対に嫌いだ。

「どうしたら、桜田という男を、見つけられるかしら？」

可奈子は、自信なげに、いった。その男のことを、何も知らないのだ。

「普通なら、警察に委せなさいと、いうところだけど、警察が、果して、あなたの話を信じてくれるかどうか」

「多分、駄目だわ。警察は、いまだに、母をはねた車を見つけ出せないんだから。わかっているのは、シルバーメタリックの外車らしいということだけ」

「それで、いきましょう」

「え？」

「犯人は、多分、東京の人間ですよ」

「ええ」

「こっちは、犯人の名前もわかってるんです。東京の外車ディーラーで、桜田という客がいるか聞いて回れば、わかるかも知れませんよ。この男が、新車で、買ったのなら」

と、後藤は、いった。

可奈子も、顔を輝かせて、

「そうだわ。明日、東京に帰って、すぐ、調べてみます。だから、後藤さんは、会社へ帰って」

「東京で、誰か助けてくれる人が、いるんですか？」

「いえ」

「それなら僕も、東京へ一緒に行きますよ。乗りかかった舟だ」

と、後藤は、いった。

9

翌朝、早い朝食をすませると、Rホテルをチェックアウトして、二人は新幹線で、東京に向かった。

東京に着くと、まっすぐ、成城《せいじょう》にある可奈子のマンションにタクシーを飛ばした。

父が、買ってくれたマンションだった。

3LDKの部屋に入ると、後藤は、眼を見張って、

「すごい部屋ですね。僕の1LDKのマンションとは、ずいぶん違う」

「父が、私を甘やかした証拠みたいなもの」

と、可奈子は、笑って見せた。

彼女が、コーヒーをいれ、それを飲んでから、二人は、受話器を取り、東京中の外車ディーラーに、かけまくった。

可奈子は、死んだ父の名前を使った。父の合田徹は、若い時から、ベンツ、ジャガー、ＢＭＷと、外車ばかり乗り継いで、外車のディーラーにとっては、いい客だったからである。

答は、意外に早く見つかった。

新宿にある英国車の営業所で、桜田要という客が、シルバーメタリックのジャガーを購入したと、教えてくれた。

「合田様にも、ジャガーを購入して頂きまして、ありがとうございます。よろしく、お伝え下さい」

と、営業所長は、いった。

（父は、亡くなってるのに）

と、思いながら、可奈子は、礼をいって、電話を切った。

可奈子は、今、メモした桜田要という文字と、電話番号、それに住所を、青い顔で、見つめた。

（この男が、母をはね、父を溺死に見せかけて殺したのか）

そう考えると、身体が、ふるえてくる。

「どうします？」

後藤も、青い顔で、可奈子に、きいた。

「この男に、会ってみたい」

「会って、どうするんです？」

「問い詰めて、母をひき殺し、父を殺したことを白状させてやりたい」

「危険ですよ。多分、お父さんも、同じことをしたいと思ったんじゃないですか？ただ、相手の過失致死で、逮捕させたいのなら、警察に通報すればいいわけですからね。お父さんとしては、自分の眼の前で、謝罪して貰いたかったんだと思います。それが、かえって、相手を凶暴にさせ、相手は、お父さんを事故に見せかけて、殺してしまった。あなただって、危ないですよ」

と、後藤は、いった。

「危険なのはわかっているけど、父が希望していたことを、私の力で、実現させたいの。それから後のことは、警察に委せるわ」

と、可奈子は、いった。

後藤は、しばらく考えていたが、

「賛成できないが、あなたが、どうしてもというのなら、反対はしませんよ。まず、どうしたいんです？」

「桜田要という人に、電話してみます。その応対で、どうするか決めたい」

と、可奈子は、いった。

「それなら、まず、僕が電話してみましょう。あなたより、冷静に、話せると思うから」

と、後藤は、受話器を取り上げた。

ディーラーが教えてくれた電話番号を、押した。

後藤は、緊張した顔で、相手の声を待った。

「もしもし。桜田ですが」

という女の声が聞こえた。

「桜田要さんのお宅ですか？」

後藤が、確かめるように、きいた。

「はい」

「桜田さんは、いらっしゃいますか？」

「主人は、ただ今、取材旅行に出ておりますけど」

「何処へ行かれたんでしょうか？」

「出版社の方ですか？」

「そうですが――」

「明後日《あさって》には、帰って参りますけど、お急ぎでしたら、明日は、鬼怒川《きぬがわ》温泉に泊まりますので、そちらへ、連絡して下さいませんか？　Sという旅館で、電話番号は――」

と、相手は、いった。

後藤は、電話を切った。興奮しているのが、自分でもわかるという顔で、

「どうやら、桜田という男は、マスコミの仕事をしているみたいですね」

と、いった。

「明日は、鬼怒川温泉ですって？」

「そうです。S旅館に泊まり、明後日、東京に帰ってくるようです。どうしますか？　帰京するのを、待ちますか？　それとも、明日、鬼怒川温泉に行ってみますか？」

後藤が、きく。

「明後日まで、待つのは嫌。鬼怒川に行ってみたいわ」

と、可奈子は、いった。

10

捜査本部は、戸惑っていた。

桜田要という人間を、調べていくにつれて、この男が、恐ろしい犯罪に走るようには、見えなかったからである。

「しかし、どんな人間でも、車で人をはねて殺してしまうことはあるだろう？」

と、捜査会議で、三上刑事部長が、いった。

「その通りです。誰でも、いつ、自動車事故を起こすかわかりません」

十津川は、肯いた。

「それに、その事故を、ひた隠しにすることもある筈だよ」

「その通りです」

「じゃあ、どこが、おかしいんだ？」

「合田徹を、殺したことが、わからないのです。刑事部長のいわれるように、桜田が、車の運転を誤り、合田明江をひき殺したこと、それを、隠そうとしたことは、事実かも知れません。しかし、更にそれを隠そうとして、合田徹まで殺すというのが、わからないのです。彼は、そういう男ではないような気がするのです。事故で、人を殺すことはあっても、意識して、殺人を犯す人間ではないと思うのです。合田徹に会っても、事故を否定するか、偶然の事故と主張する。そういう人間です」

と、十津川は、いった。

「だが、現実に、合田徹は、最上川の舟下りで、川に落ちて、溺死しているんだ。もし、これが本当の事故死なら、今回の事件は、幻になってしまうぞ」

と、三上は、いった。

「それで、悩んでいるんです」

と、十津川は、いった。

三上は、苦虫を噛《か》み潰《つぶ》した顔で、

「悩んでいるだけじゃあ、どうにもならんじゃないか。一刻も早く、解決しないと、また、犠牲者が出るかも知れないぞ」

「その通りです。いろいろと、推理は、出来るのですが」

と、十津川は、いった。

「その推理を聞かせたまえ」

と、三上は、いった。

「前にも申し上げましたが、警察が、なかなか、ひき逃げ犯人を見つけられなかったのに、合田徹が私立探偵の中条を傭って、犯人を見つけ出した。それが、不思議で、仕方がないのです」

「それは、中条が、外車のセールスマンを傭うという手段を使い、その方法が成功して、桜田要という人間が、浮かび上がってきたわけじゃないのかね」

と、三上は、いった。

「世田谷署の池田刑事の話ですと――」

「合田明江が事故死した件を調べた交通係の刑事だな」

「そうです。彼も、実は、桜田要のことを、調べたそうなんです。シルバーメタリックのジャガーの持主なので」

「それで？」

「犯人とは、考えられなかったので、容疑圏外に置いたというのです」

「捜査が、不十分だったんだろう」

「それで、池田刑事に、なぜ、桜田要を、犯人ではないと考えたか、その理由を聞いてみました」

「彼は、どう答えたんだ？」

「内密に、桜田の車を調べたが、車体に、傷はなかったからだというのです。修理した形跡もなかったと」

「それこそ、捜査のミスだろう。桜田のジャガーの左フェンダーが凹《へこ》んでいて、それを近くの修理工場で、修理したのは、わかっているんだから」

と、三上は、いった。

「そうなんですが、日時が、違っているんです」

十津川は、冷静な口調で、いった。

「どういうことなんだ？」

「われわれが、摑んだ修理の話は、去年の暮れ近くなんです。ところが、池田刑事が、桜田要の車を調べたのは、問題の事故のあった約一カ月後の七月十四日なのです」

と、十津川は、いった。

「それを、君は、どう解釈するのかね？」

三上が、いらいらした顔で、きいた。

「もう一つ、桜田は、車を修理に出したとき、駐車場に駐《と》めておいたのを、誰かに、いたずらされたといっています」

「それで？」

「桜田の言葉を信じ、池田刑事の捜査が誤っていないとすると、次のような結論になります。桜田は、ひき逃げ犯人ではないという結論です」

「しかし、桜田要をひき逃げ犯と確認して、中条に知らせ、百万円の成功報酬を手に入れた外車セールスマンの平野の証言は、どうなるんだね？」

「その平野ですが、今、亀井と西本の二人が、彼のマンションに行き、問題の証言について、話を聞いています」

と、十津川は、いった。

「証言が、嘘《うそ》だと思うのか？」

「嘘の可能性があります」

と、十津川は、いった。
十五、六分して、亀井から、電話が、入った。
「平野は、死にました」

と、亀井は、いきなり、いった。

「死んだ？」

「自宅マンションの七階屋上から転落死です。今朝、新聞配達が、中庭に倒れて死んでいる平野を発見したといっています」

「自殺――ではないな」

「百万円の成功報酬を手に入れたのに、自殺は、おかしいですよ。間違いなく、殺されたんだと思います」

と、亀井は、いった。

「では、犯人は？」

と、十津川は、きいた。

「今、西本刑事と、手掛かりを求めて、平野の部屋を、調べています。まだ、これといったものは、見つかりません」

と、亀井は、いった。

二時間ほどして、亀井が、西本と、帰って来た。

「平野には、どうやら、自分が殺されるかも知れないという不安があったようです」

と、亀井が、十津川にいった。

「それらしいものが見つかったのか？」

「いえ。何も見つかりませんでした。がっかりして、帰ろうとした時、管理人が来まして、平野から預かっているものがあるというのです。自分が死ぬようなことがあったら、これを、警察に届けてくれといって、手紙を預かったというので、それを預かって来ました」

と、亀井は、一通の封書を、十津川に渡した。

白い封筒の表には、ただ、「遺書」とだけ書いてあり、裏には、平野の名前が書いてあった。

十津川は、中身を取り出した。右上がりの、ちょっと読みにくい字が、並んでいる。

〈私は、誰かに殺されるかも知れない。そんな予感がするのだが、誰が、犯人か、私にも、見当がつかない。

それで、ここに、私が巻き込まれた事件をありのままに、書いておきたい。

私は、英国車のディーラーに、セールスマンとして、働いている。

ある日、人を介して、中条という私立探偵に会った。彼が、私に話したことは、奇妙なアルバイトの話で、去年、駒沢公園近くで、人がひき殺された。その犯人を探している。犯人の車は、シルバーメタリックの外車だった。その外車を見つけてくれたら、百万円の成功報酬を払うというのだ。しかも、毎月十万～二十万の手当も払うという。考えれば、外車のセールスをしながら、耳をそばだてて、事故を起こしたシルバーメタリックの外車の噂をつかめばいいことだった。

それで、私は、この話を承知した。しかし実際に、いくら、耳を立てても、そんな噂は、聞こえて来なかった。何カ月も、空しく過ぎた時、突然、私に、匿名の電話が、かかってきた。

男の声で、君に、百万円を儲《もう》けさせてやると、いうのだ。問題のひき逃げ犯は、桜田要という男で、車は、シルバーメタリックのジャガーである。その車が、はねたことは左フェンダーが凹んでいることでわかる。このことを、知らせれば、君は、百万円を手にすることが出来るというのだ。

私は、すぐには、信じることが出来なくて、それなら、君自身が、知らせて百万円を手にしたらいいだろうといってみた。その男は、自分は、理由《わけ》があって、名乗り出ることが出来ない。君が嫌なら、他の者に、この話を聞かせるという。私は、あわてて、イエスといい、すぐ、私立探偵の中条に、この桜田要という男のことを知らせた。

そのあと、中条が、どう桜田のことを調べたのかわからないが、彼は、私に、百万円の成功報酬をくれた。

そして、中条は、私に、これまでのことは、全て忘れること、他人に話すと、殺されるかも知れないと、脅した。

私は、肝心のことは、何も知らないのだ。知らされてもいないし、匿名の電話の主が、どこの誰なのかもわからない。

それが、不安でならないのだ。

百万円を手にしたのは、幸運だったが、ひょっとして、底の知れぬ事件に、知らないうちに巻き込まれていたのではないだろうか？

万一、私が死んだら、それは、自殺や事故死ではなく、私は、殺されたのだ。警察にお願いしたい。犯人を見つけ出して、私が巻き込まれた事件の真相を明らかにして欲しい。〉

読み終わると、十津川は、その手紙を、亀井に渡した。

煙草に火をつけ、亀井が、眼を通し終わってから、

「カメさんの意見を聞きたい」

と、いった。

「カギは、この中の電話の男でしょう」

と、亀井は、いった。

「それで？」

「私立探偵に調査を依頼したのは、被害者の合田明江の夫、合田徹だと思います。頼

まれた中条は、外車のセールスマンを集めて、加害車両と、犯人を探した。そして、匿名の電話です。その電話の男が、桜田要の筈がありません。自分で、自分を、告発するわけはありませんから」

「では、誰が、電話したと思うんだ？」

と、十津川は、きいた、

「桜田要という男が、ひき逃げ犯というのは、事件全体を見て、おかしいのではないかと思っています。合田徹まで殺してしまうのが、理屈に合いません。それを考えると、匿名の電話の主こそ、ひき逃げの真犯人ではないかと思います」

と、亀井は、いった。

「なるほどね。その男は、たまたま、シルバーメタリックのジャガーの持主の桜田要を知っていて、彼を犯人に仕立てあげようとしたということか？」

「そうです」

「だが、なぜ、そんなことをしたのかな？」

「そのあと、合田徹が殺されています。そのことが、真相に近いんじゃないかと思います」

「合田徹を誘い出して殺すことがかね？」

「そう考えると、納得がいくのです。桜田は、旅するのが仕事です。当然合田は、彼を追って旅に出ます。合田を、何処か、旅先で殺せるわけです」

と、亀井は、いった。

11

可奈子と、後藤は、鬼怒川温泉にいた。

桜田の泊まったホテルに電話してみると、彼は、朝食をとったあと、鬼怒川の渓谷、龍王《りゅうおう》峡を見に行ったと教えられた。

小雨が降っていたが、二人は、傘を借りて、龍王峡に出かけた。

鬼怒川に沿って、遊歩道が、作られている。

いつもなら、観光客も多いのだろうが、今日は、ウィークデイで、雨も降っているので、人の姿はなく、川の流れの音だけが、大きく、聞こえている。

「誰もいないわ」

と、可奈子がいうと、後藤は、

「この先に、〝虹見《にじみ》の滝〟という名所があるそうですから、そっちへ行ってるのかも知れません」

と、いった。

二人は、遊歩道を歩いて行く。

可奈子が、先に立っていると、突然、背後で、「アッ」と、後藤が、悲鳴をあげた。

驚いて、振り向くと、後藤が倒れ、傘が、飛んでいる。

その代わりに、レインコート姿の男が二人、立って、可奈子を見ていた。一人の男が、スパナを握っている。それで、後藤を殴りつけたらしい。

悲鳴をあげようとした。が、声が出ない。代わりに、可奈子は、二人を睨《にら》んだ。

三十歳くらいの背の高い男と、中肉中背で、四十歳くらいの男だった。

可奈子は、最上川の舟番所で聞いた男たちのことを、思い出していた。

「バカな女だ」

と、若い方が、スパナを持った手を、ぶらぶらさせながらいった。

「何をするの？」

可奈子は、やっと、声が出た。

「二人とも、ここで死ぬんだ。鬼怒川の渓流に落ちて死ぬ。心中に見えるかも知れないな」

と、もう一人の男が、いった。

「桜田要の命令なの？」

と、可奈子がいうと、二人の男は、急に、笑い出した。

「そんな男のこと、まだ信じているのか？」

年上の男が、馬鹿にしたように、いった。

「――」

可奈子は、必死に頭を働かせた。どういうことなのだろう？

なぜ、この男たちは、父を殺し、今度は、私まで殺そうとしているのか？

ふいに、ある言葉が、頭に浮かんだ。外車のディーラーに聞いて回ったとき、英国車のディーラーの営業所長がいった言葉だ。

「合田さまに、よろしくお伝え下さい」

と、いったのだ。

可奈子は、てっきり、父によろしくといったと思ったのだが、今になって考えれば、おかしいのだ。父が、すでに死んでいるからではない。父は、最近もっぱら、ベンツを愛用していたからだ。英国車のディーラーの営業所長が、よろしくお伝え下さいというのは、おかしいのだ。

だから、「合田さま」といったのは、父のことではない。あと、合田といえば、今、合田精器の社長をやっている叔父の合田琢しかいない。あの叔父は、確か、シルバーメタリックのジャガーに乗っていた！

「そうだったの」

と、可奈子は、青白い顔でいった。

「本当の犯人は、叔父さまなのね？　そうなんでしょう！」

可奈子が、声を張りあげると、二人の男たちの背後から、ゆっくりと人影が近づいて来て、レインコートのフードをあげて、可奈子を見た。

「私だよ」

「やっぱり叔父さまね」

「そうだ」

「なぜ、こんなことをしたの？」

「聞いてどうするんだ？」

「本当のことを知れば、あの世へ行って、父や母に教えてあげられるわ」

「最後の親孝行というわけか」

と、叔父は、笑ってから、

「ある理由があって、私は、義姉《あね》の明江さんを殺さなければならなくなった。それで、自転車に乗った明江さんを、車ではねて殺した。兄貴は、世をはかなんで、私に、社長を譲って、引退した。うまい具合だと思っていたら、兄貴は、世をはかなんだというのは嘘で、自由な時間を持つと、金をばらまいて、必死に、ひき逃げ犯を、探し始めたんだ。私は困ったことになったと思った。私が犯人とわかれば、ただの事故とは思われない。刑務所に放り込まれ、社長の椅子も失う。だから、私は、桜田要という男を犯人にして、兄貴を、最上川に誘い出し、この二人に、殺して貰ったんだ。そうしたら、今度は、君だ。君と、そこに倒れているバカな青年だ。君たちまで、殺さなければならなくなった」

「この人は、関係ないわ」

「駄目だな。多分、君に惚《ほ》れて、いいところを見せようとしたんだろうが、そういう助平心が、命取りということだ」

叔父は、冷たくいい、二人の男に、

「始末してくれ。金は払う」

と、いった。

二人の男が、ゆっくり、近づいてくる。可奈子は後ずさりした。足が滑り、転倒した。

二人の男が、ゆっくりと、クローズアップになってくる。

思わず眼を閉じた時、雨雲の中に、拳銃《けんじゅう》の音が、走った。

続いて、もう一発。

二人の男が、ぎょっとして、立ちすくむ。

「動くな！　動くと、容赦なく、射殺するぞ！」

と、威嚇するような男の声が聞こえた。

可奈子が、眼を開けた。その瞳《ひとみ》の中に、小走りに近づいてくる五、六人の人影が見えた。

12

後藤は、すぐ救急車で、鬼怒川の病院に運ばれ、可奈子は、パトカーで、宇都宮警察署へ運ばれた。

若い刑事が、コーヒーをいれてくれた。

そのあと、四十代の刑事が、「警視庁捜査一課の十津川警部です」と、あいさつした。

　もう一人は、亀井という刑事だと、いう。

「後藤さんは、明日にも、退院できるそうです。後頭部を殴られたので、心配しましたが、骨には異常がないそうです」

　と、十津川が、いった。

「なぜ、助けに来て下さったんですか？」

　可奈子が、きくと、十津川は、頭に手をやって、

「正直にいって、あなた方を助けに、あの現場に行ったのではないのです。東京で、中条という私立探偵が、殺される事件が起きて、その捜査をしていたのです。彼は、あなたのお父さんから、例のひき逃げの車と、犯人を見つけてくれと頼まれていたんです。中条は、外車のセールスマン十五、六人を使って、探させていて、桜田要というジャガーのオーナーを見つけ出したわけです」

「その人は、何の関係もないんです」

　と、可奈子はいった。

「われわれも、おかしいと思いました。ひき逃げは確かに犯罪だが、過失致死ということで、大きな罰はない。それなのに、ひき逃げを隠すために、殺人まで犯すだろう

か、とね。そのうちに、桜田要という名前を、中条に知らせた、外車のセールスマンまで、自殺に見せかけて、殺されてしまいました。とにかく、桜田という男に会って、話を聞かなければならないと思いましてね。奥さんに聞いたら、鬼怒川温泉にいるという。ここに来たら、今度は、龍王峡に出かけたという。そこで、行ってみたら、あなた方が、殺されかけていたということです。つまり、怪我の功名というわけなのです」

十津川は、照れ臭そうに、いった。

「叔父は、なぜ、両親を殺したんでしょう？　それを知りたいんです」

と、可奈子は、いった。

「これから、連中の訊問《じんもん》をしますから、わかると思います」

と、十津川は、いった。

13

合田琢と、二人の男とは、分けて訊問することになった。

まず、十津川と亀井が、取調室で、合田を、訊問した。

合田は、煙草をくれといい、十津川が渡すと、うまそうに一服してから、

「妙なものですね」

と、いった。

「何がだ？」

と、十津川が、きくと、

「義姉を殺したら、思いがけなく、合田精器の社長の椅子が、転がりこんできた。こんなうまい話はないと喜んでいたのが、こんなことになるんですからね。その社長の椅子を、失いたくなくて、殺人に走った。おかしなものです」

合田は、小さく、笑った。

「問題は、なぜ、義姉の明江さんを、車ではねて、殺したかだ。偶然、そうなったわけじゃないんだろう？」

「当たり前でしょう。私は、十五年間、無事故、無違反なんだ。誤って、人をはねたりはしない」

と、合田は、いった。

亀井が、苦笑して、

「そんな自慢はするな。早く、ひき殺した理由を話せ」

と、叱りつけた。

「私は、合田精器の副社長をやっていた。ナンバー2でも、一応満足していた。二年前、女が出来た」

「浮気か？」

「そのつもりだったが、少し深入りしてしまった。その上、その女の亭主が、S組の幹部だった」

「ゆすられたのか？」

「莫大《ばくだい》な金を要求されたよ。払わなければ、兄の社長に話すというんだ。私の妻にもだ」

「それで、払ったのか？」

「副社長の地位を利用して、会社の金を流用した。ところが、義姉の明江が、私が、その女と一緒にいるところを目撃したんだ。それだけでなく、明江は、お節介にも、その女のことを調べ始めたんだ。私は、当惑した。下手をすれば、会社の金を横領して、S組の幹部に渡したことが、バレてしまう」

「それで、交通事故に見せかけて、殺したのか？」

と、十津川が、きいた。

「仕方がなかったんだ。明江の口を封じないと、身の破滅だ。そう思って、自転車に乗った明江を、車ではね飛ばした」

「それから？」

と、十津川は、先を促した。

「今もいったように、兄貴は、私に会社を譲って、引退するといい出した。私は、躍り上がったよ。社長になれば、会社の金を横領したことも、何とか、誤魔化せると思ったからだ」

「ところが、兄の合田徹さんが、ひき逃げ犯人を探し始めたんだな？」

と、十津川が、いった。

「兄の個人資産は、二十億もある。それを使って、調べていったら、私が、犯人とわかってしまうのではないか。私は、恐ろしくなった」

「それで、桜田要か？」

「私は、新宿の営業所で、ジャガーを購入した。同じ営業所で、同じジャガーを買った人間として、桜田要の名前を知っていた。それに、彼は、旅のエッセイストで、いつも、旅行している。それも、都合がいいと思ったのだ。それで、彼をひき逃げ犯として、彼のジャガーの左フェンダーを凹《へこ》ませておいたんだ」

と、合田は、いった。

「兄の合田徹さんを、桜田に会わせるといって、最上川の舟番所に呼び出し、殺したんだな？」

「そうだ」

「あの二人だが、何処かで見た顔だと思っていたんだが、S組の組員じゃないのか？」

と、亀井が、合田を睨《にら》んだ。

合田は、首をすくめて、

「毒をくらわば、皿までというやつだよ。S組に、また金をやって、殺しの出来る人間を、二人、紹介して貰ったんだ」

と、いった。

「私立探偵の中条や、外車セールスマンの平野まで殺したのは、なぜなんだ？」

と、十津川は、きいた。

「平野には、私が、電話で、桜田要の名前を教えた。それに不審を持たれては困るので、口を封じただけだ」

「中条の方は？」

「あいつは、小ずるい奴だ。兄貴を殺したあとで、突然私を訪ねて来て、こういうんだ。どうも、今度の事件は、おかしい。合田夫妻が死んで、一番トクするのは誰か考えてみた。そうすると、合田精器の社長になったあんたなんだと」

「それだけで、殺したのか？」

「あいつは、こうもいった。これから、全力をあげてあなたのことを調べるつもりだとね」

「金で、買収しようとは、思わなかったのか？」

と、亀井が、きいた。

合田は、苦笑いして、

「あいつは、際限なく、金を欲しがる男だよ。金をいくら払っても味をしめて何回でも、欲しがるんだ」

と、いった。

＊

可奈子は、十津川から、説明を聞いた。

可奈子は、腹だたしげに、

「母はそんなことで、叔父に殺されたんですか？」

と、いった。

「若いあなたは、そんなことというが、犯人の合田琢にとっては、自分の一生を左右することに、思えたんだと、思いますよ」

と、十津川は、いった。

「桜田要さんは、本当に、何の関係もなかったんでしょうか？」

「今朝、ホテルをチェックアウトするところを、会ってきました。今度の事件のおかしなところで、桜田要は、何も知らなかったんです。自分の周囲で、殺人事件が、起きていることもです。でも、それが、彼にとっては、幸運でしたよ。気付いて、桜田が、いろいろ首を突っ込んでいたら、彼も、殺されていたかも、知れませんからね」

と、十津川は、いった。

可奈子は、その足で、退院する後藤を、病院に迎えに行った。

後藤は、まだ、頭に包帯を巻いていたが、元気だった。

二人は、一緒に、ＪＲ宇都宮駅まで行った。ここから、後藤は、東北新幹線の古川経由で古口に帰り、可奈子は、東京に帰る。

可奈子は、下りのホームで、後藤を送ることにした。

「落ち着いたら、もう一度、最上川の舟下りをしてみたいんです。その時は、また、案内してくれます？」

と、可奈子は、いった。

「秋の紅葉は、美しいですよ」

「それより前に、行きたいんです」

可奈子が、いうと、後藤は、微笑んで、

「僕は、早ければ、早いほど、歓迎ですよ」

と、いった。

阿波鳴門殺人事件

第一章　陽光の下で

1

すでに晴天が三日続いて、五月二十三日も暑かった。
朝から雲一つない青空が広がり、鳴門《なると》の町も海も、もう夏の気配だった。
淡路島との間に大鳴門橋が完成してから、鳴門には、新旧二つの名物ができた。一つは、もちろん東洋一の吊橋であるこの連絡橋で、もう一つは、渦潮《うずしお》である。

わずか一・三キロの幅しかない鳴門海峡に、海水の干満によって激しい流れが生まれ、それが巨大な渦潮を作る。

一日四回である。

この渦潮の見物のため、観潮船《かんちょうせん》が出ているが、大鳴門橋ができてからは、橋の上に車をとめて、眼下の渦潮を見物する人もいる。しかし、橋の上は駐車禁止だから、違反である。

もう一つの見物の方法は、橋の袂《たもと》にある鳴門公園から、望遠鏡を使うことだった。

ここには、いくつかの観潮用の展望台がある。海に面して、千畳敷展望台、お茶園《ちゃえん》展望台、七州園《しちしゅうえん》展望台、それに鳴門山展望台などである。この四つの展望台には、鳴門公園バス停から歩いて行ける。

千畳敷展望台の近くに土産物《みやげもの》店があって、鳴門わかめや、阿波《あわ》の竹人形、でこ人形などを買う観光客で賑《にぎ》わっていた。

大阪から車でやってきた若いカップルも、この土産物店で阿波踊りの人形を買ったあと、千畳敷展望台に向かって歩いていった。

午後三時に近く、暑かったので、二人ともアイスクリームをなめながら歩いた。

大鳴門橋に続く本州四国連絡道路の下まできたとき、ひとりの男が、よろめきながら、自分たちに向かって、近づいてくるのにぶつかった。

頭から血を流している男を見て、女は、悲鳴をあげて、青年にしがみついた。なめていたアイスクリームは、地面に落としてしまった。

青年のほうは、黙って、血だらけの男を睨《にら》みつけた。

男は、助けを求めるように、右手を二人に向かって差し出し、何かいった。が、その声はか細くて、カップルには聞こえなかった。

男の頭からは、血が流れ続け、蒼白《あおじろ》い顔が真っ赤に染まっていた。

「おい、大丈夫か？」

と、青年はやっと声をかけた。怯《おび》えから、声がかすれている。

だが、男は、小さく唸《うな》り声をあげて、その場にくずおれてしまった。

男の身体が、小さくけいれんを続けている。それは、まるで、虫ピンに刺された昆虫のように見えた。

若いカップルが、あわてて一一九番しに走ったのは、男が倒れてから二、三分してからである。

2

救急車が駆けつけ、男を鳴門市内の救急病院に運んだのは、さらに五十分以上たってからだった。

鳴門市内から現場の鳴門公園まで、片道だけでも、車で二十五分はかかるからである。

男は、救急車の中で死んだ。

男は、頭部に深い裂傷を負っていた。

鳴門警察署から、パトカーで、徳島県警の刑事が病院に駆けつけた。

時刻は午後四時を回っていた。

刑事たちは、眉《まゆ》をひそめながら、死体を見つめ、その死体の所持品を調べた。

「この人、知ってますよ」

と、若い刑事が、指揮をとっていた三浦《みうら》警部にいった。

「本当か？」

「確か、トラベルミステリーを書いている作家ですよ。名前は、北川京介《きたがわきょうすけ》」

「その名前なら知っているよ。北海道を舞台にした小説を読んだことがある。しかし、作家の顔は知らなくてね」

と、三浦はいった。

（それにしても、殺人事件を書く人間が殺されるとは、皮肉なものだな）

三浦は、そんなことを考えながら、被害者のポケットを調べていった。

財布には、三十万近い金が入っていた。カルチエの腕時計もそのままだから、物盗りの犯行とは思えない。

同じ内ポケットから、二つに折った封筒が出てきた。

〈北川京介様〉

となっている。若い田中《たなか》刑事のいうとおり、この被害者は、やはり、作家の北川京介のようである。

三浦は、手袋をはめたまま、封筒の中身を取り出した。

〈僕は、徳島県鳴門市に住む高校一年生です。北川先生の本は、出ると必ず買って、読んでいます。いつも面白くて、夢中で読んでしまいます。それで、先生にお願いなんですが、僕の住んでいる鳴門を舞台にして、書いてくれませんか？　鳴門の渦潮で有名ですし、大鳴門橋が完成して、淡路島ともつながりましたから、面白い小説になると思います。ぜひ、書いてください。

鳴門市撫養《むや》町××　木島《きじま》　功《いさお》〉

封筒の消印を見ると、一カ月前になっていた。

（こんなファンレターがきたので、今日、取材にきたということなのだろうか？）

と、三浦は改めて死体を見直した。

そのほか、被害者のポケットにあったものを、三浦はテーブルに並べていった。

キーホルダー
煙草（ラーク）二十本入りで、十五本残っている
百円ライター
運転免許証
百円玉二枚、十円玉三枚
クレジットカードなどカード五枚（これは、財布に入っていた）
サインペン

「北川京介が鳴門に取材にきたとすると、ひとりで、というのはおかしいですね」

と、田中刑事がいった。

「作家の取材というのは、ひとりでやるんじゃないのか？」

「それは知りませんが、出版社の人間が、ついてくるんじゃありませんか？　ひとりできたのなら、カメラかノートを持っているはずですよ」

「なるほどな。すぐ鳴門公園に行って、聞き込みをやってみてくれ。目撃者を探すんだ。被害者に連れがいたかどうか、知りたいからな」

と、三浦はいった。

田中刑事のほかに、二人の刑事がパトカーで現場の鳴門公園に飛んで行き、聞き込みを開始した。

土産物店の女店員が、被害者を覚えていた。

「もうひとり、三十二、三の男の人と一緒だったわ」

と、彼女はいった。

「ここで、何か買ったのか？」

と、田中刑事がきいた。

「買いに寄ったらしいんだけど、年上の人が、お土産は仕事をすませてからでいいといって、二人で千畳敷展望台のほうに、歩いていったわ」

「三十二、三の男のことを、話してもらいたいんだ。人相は？」

「細面《ほそおもて》で、眼鏡をかけてたわ。どっちかというと、おとなしい感じ」

「服装は？」

「背広で、ネクタイをしてたわ。きちんとしてた」

「持ち物は？」

「持ち物？」

「そうだ。カメラは、持っていなかった？」

「ええ、持ってたわ。カメラとボストンバッグね」

「そのほかに、何か覚えてることはないかな？」

と、田中がきくと、女店員は「そうねえ」と首をかしげて考えていたが、

「眼鏡の人が、もうひとりのことを、先生と呼んでたわ」

「先生ね。二人が、何できたかわからないかな？　バスできたのか、それともタクシーか？」

「そりゃあ、タクシーよ」

「なぜ、タクシーとわかるんだ？」

「だって、眼鏡の人が『先生、タクシーを待たせておいたほうが、よかったんじゃありませんか』って、いってたもの。だから、いってあげたの。タクシーなら、すぐ呼べますよって」

と、彼女は得意そうにいった。

3

夕方には、二人を乗せたタクシーの運転手も、見つかった。

JR鳴門駅前に営業所のあるタクシー会社の運転手で、午後二時過ぎに、二人を乗せたといった。

「鳴門公園まで乗せて行きましたよ。着いたのは、二時四十分ごろでしたね。待っていましょうかって、きいたんですが、いいよといわれたんで、帰ってきたんです」

「車の中で、二人がどんな話をしていたか、覚えているかね？」

と、三浦警部は運転手にきいた。

「車の中では、年上のお客に、いろいろと質問されましたよ。一日に何人ぐらい客を乗せるのかとか、新婚さんは、どんなルートを回るのかとかですよ。なんで、そんなことをきくんですかって、私がきいたら、若いほうが、小説に書くんでいろいろと取材しているんだって、いっていましたね。年配の小柄な男の人が、小説を書く先生みたいでしたよ」

と、運転手はいった。

「二人は、仲がよさそうだったかね？」

「仲がいいかどうかは知りませんが、作家の先生は、やたらに威張ってましたよ。小説家というのは、あんなに威張るものなんですかねえ」

「若い男のことを、小説家は、何と呼んでいたね？」

「久保《くぼ》君とか、呼んでいたと思いますが、確かじゃありませんよ」

と、五十二、三の運転手はいってから、

「あのお客が、どうかしたんですか？」

「小説家のほうが、千畳敷展望台の近くで殺されたんだ」

「へえー。それじゃあ、一緒にいた若い男が、犯人ですか？」

「それは、わからないが、とにかく、見つけて、ききたいことがあるんだ。あんたも、見つけたら、すぐ警察に連絡してほしい」

と、三浦はいった。

ほかにも、目撃者は見つかった。問題の若い男と思われる人間が、ひとりで、鳴門公園から鳴門駅の方角に向かって、歩いているのを見たという地元の人の証言である。

時間は、北川京介が襲われた直後と思われ「蒼い顔をして、何かに追われるように歩いていた。すれ違うとき、顔をかくすようにしました」ということだった。

この男の似顔絵も、作成された。それを見ながら、三浦は、

(これは、簡単に解決しそうだな)

と、思った。

明日、東京の各出版社に照会すれば、この男の身元は、すぐ割れるだろう。どこかの出版社の人間に違いないからである。そして、出版社は、東京に集中している。

だが、翌日まで待つ必要はなかった。深夜になって、問題の男が、捜査本部の置かれた鳴門警察署に、出頭してきたからである。

土産物店の女店員やタクシーの運転手が証言したとおり、瘦《や》せて、眼鏡をかけた三十二、三歳の男だった。

彼は、疲れ切った顔で、三浦警部に対して、

「東京の東文社《とうぶんしゃ》の久保守《まもる》です」

と、名乗り、名刺を差し出した。

三浦は、相手を椅子にかけさせてから、

「自首してきたわけかね？」

と、高飛車に出た。

久保の顔が、一層、蒼くなった。

「自首って、何のことです？　僕は、北川先生を殺してなんかいませんよ」

「じゃあ、なぜ、今まで、逃げ回っていたのかね？」

「どうしていいか、わからなかったからです。北川先生と二人だけで鳴門へきて、先生が突然殺されれば、僕が疑われる。そう思うと、怖くて仕方がなかったんですよ。といって、逃げれば、一層、疑われると思って、こうして出頭したんです。事情を説明しようと思ってですよ」

「ぜひ、説明してほしいね」

と、三浦はいい、テープレコーダーを持ってこさせ、スイッチを入れた。

「録音するんですか？」

久保が、怯えたような眼になって、三浦を見た。

「殺してないんなら、構わないだろう？」

「それはそうですが——」

「じゃあ、始めよう。被害者とは、古くからの知り合いなのかね？」

三浦は、あくまでも、高飛車なきき方をした。

「ここ五、六年のおつき合いです。僕は、雑誌の編集をやっていまして、うちの社は、北川先生の本を、年間二冊前後、出させてもらっています」

久保は、その本のタイトルをいくつか口にした。三浦の知らないものもあれば、知っているものもあった。彼が読んだ、北海道を舞台にした作品も入っている。

「鳴門には、取材に来たんだね？」

「そうです。北川先生のところに、鳴門の高校生からファンレターが来まして、それに、鳴門を舞台にした作品を書いてほしいとあったんです。今まで、先生の作品には、鳴門を書いたものがなかったんで、ぜひ、行きましょうということになりまして」

「いつも、被害者と二人で、取材旅行に行くのかね？」

「編集次長が同行して、三人で行くこともあります。僕が北川先生と取材旅行をしたのは、今回で三度めです」

「いつも、上手《うま》くいってたのかね？」

「ええ。上手くいっていましたよ」

「喧嘩《けんか》になることも、あったんじゃないのか？」

三浦がきくと、久保は、顔色を変えて、

「そんなことはありません。北川先生は、僕が気に入っていて、久保君と行くと、リラックスできていいといわれてたんです。うちの編集次長に、きいてもらえばわかりますよ」

「じゃあ、今日のことを話してもらおうか。何時に、東京を出たんだ？」

「先生とは、東京駅で待ち合わせて、午前七時〇四分発の『ひかり73号』に乗りました。切符の手配なんかは、僕がやりました」

「午前七時ねえ。早いんだな」

「北川先生は、忙しい方なので、今回も二泊三日の日数しか取れなくて、それで、最大限の取材をしようとすると、どうしても、朝早く東京を出発しなければならなかったのです」

と、久保はいう。

三浦は、じろりと久保を見て、

「そんなに忙しいのなら、飛行機を使えばよかったんじゃないのかね？　東京―徳島間に、一日往復五便が飛んでいる。飛行機なら、一時間十五分で徳島に着くよ」

「北川先生は、飛行機が嫌いなんです」

「なるほどね。午前七時〇四分発の新幹線に乗ったあとは、どうなったんだ？」

と、三浦は先を促した。

久保は、手帳を取り出して、それを見ながら、

「乗ったのは、グリーン車です。午前八時過ぎに食堂車へ行って、少しおそい朝食をとりました。これが、そのときの領収書です」

「いつも、領収書を貰うのかね？」

「取材旅行ですから、かかった費用は、すべて領収書をつけて、会社に報告します」

「わかったよ。そのあとは？」

「岡山に着いたのは、一一時二〇分です。ここから、一一時二八分発の徳島行『うずしお7号』に乗りかえました。高松駅で駅弁を買って食べ、池谷《いけのたに》駅で鳴門線に乗りかえ、鳴門に着きました。鳴門駅に着いたのは、時刻表どおり一四時〇一分です」

「駅前でタクシーを拾って、鳴門公園へ向かったんだね？　運転手が証言してるよ」

「そうですか。鳴門公園に着いてから、土産物店で、鳴門の渦潮を見るのにいちばんいい場所をきいたら、千畳敷展望台と教えられて、歩いていきました。その途中で、急に北川先生が、煙草がないから買ってきてくれないかといわれたんで、僕は、土産

物店に引き返し、自動販売機で煙草を買って戻りました。そうしたら、北川先生が血まみれで倒れ、若いカップルが騒いでいたんです。僕は、動転してしまって、逃げだしてしまったんです」

「なぜ、逃げたんだ？　殺してないんなら、逃げることはないだろう？」

「確かにそのとおりなんですが、あのときは、反射的に逃げてしまったんです。そのあと、どこをどう歩いたかわかりません。やはり、事情を説明したほうがいいと考えて、こうして出頭したんです」

「もう一度、きくが、被害者が、急に煙草を買ってきてくれといって、君は、ひとりで土産物店に引き返し、自動販売機で煙草を買って、戻ったのかね？　そうしたら、被害者が、血まみれで倒れていた。そうかね？」

「そのとおりです」

「嘘《うそ》をいうんじゃない！」

と、三浦は久保を怒鳴りつけた。

「嘘なんかついていませんよ」

久保は、必死の顔でいった。

三浦は、背後のキャビネットから、透明なポリ袋に入ったラークの箱と百円ライターを取り出して、久保の前に置いた。

「これは、被害者の上衣のポケットに入っていたものだ。ラークは、まだ十五本残っているんだ。ライターもある。それなのに、なぜ君に、煙草がないから、買ってきてくれと頼むんだ？」

と、三浦がいうと、久保は、驚いた顔でラークの箱を見ていたが、

「これは、本当に、北川先生が持っていたんですか？」

「そうだ。これでも、まだ嘘をつくのか？」

「しかし、先生が煙草を買ってきてくれといったのは、間違いないんですよ。これが、そのとき買った煙草です」

久保は、自分のポケットから新しいマイルドセブンを出して、三浦に見せた。

三浦は、相変わらず厳しい顔で、

「ラークじゃないな」

「僕の行った自動販売機には、外国煙草がなかったんです。それで、マイルドセブンを買いました。確か、北川先生は、国産ならマイルドセブンがいいと、おっしゃったことがありましたから」

「嘘をつくんじゃない！」

と、三浦は怒鳴った。

「嘘なんかついていませんよ。僕は、本当のことをいってるんです。北川先生がラークをまだ持っていたのは、知りませんでした。多分、勘違いで、僕に煙草を買ってきてくれと頼んだんだと思います。片方のポケットになかったんで、煙草が切れたんだと、勘違いしてですよ」

久保は、必死の形相でいった。

三浦は、皮肉な眼つきで、久保を見すえた。

「片方のポケットに入ってなければ、もう一方のポケットを探すもんだよ。おれは、ヘビースモーカーだから、よくわかるさ。それとも、被害者は、煙草がたくさん残ってても、不安になって、余分に買いにいかせる癖があったのかね?」

「そんなことは、ありません」

「それなら、おかしいじゃないか。君は、日ごろから、横暴な被害者に腹を立てていた。今度の取材で、鳴門へきたとき、それが、我慢の限界まできた。千畳敷展望台へ行く途中、君は思わず、被害者の背後から、後頭部を殴りつけたんだよ。あのあたりに落ちていた石の塊りでも拾って、それで殴ったんだろう。だが、血が吹き出したとたんに、君は怖くなって、逃げだした。しかし、逃げていては、かえってまずいと思い、下手《へた》な嘘を考えてから出頭した。違うのか？」

「違いますよ。僕は、北川先生を殺してなんかいない。信じてください。怖くなって逃げたのは、間違っていましたが、僕は、本当のことをいってるんです。信じてください」

4

三浦は、翌二十四日から、裏付け捜査に入った。

久保は、北川京介との今回の取材旅行のスケジュールを話したが、それが果たして本当かの確認である。

五月二十三日は、渦潮を見物したあと、鳴門市内を見て、市内の「鳴門グランドホテル」に泊まることになっていたという。

三浦が部下の刑事に確認させたところ、間違いなく、そのホテルに、北川京介他一名で予約がされていた。

二十四日は、午前九時にチェックアウトし、タクシーで池谷駅に出て、九時四七分発の「うずしお6号」に乗る。

高松着一〇時四九分。高松発一一時一〇分の「いしづち9号」に乗車し、松山に向かう。松山着が一四時〇七分。松山市内を見たあと、タクシーで道後温泉に行き「ホテル道後」に一泊。

これも、確認がとれた。「いしづち9号」の乗車券、特急券も、久保は持っていた。

二十五日は、道後温泉を出発して、帰京するのだが、この切符も、久保は用意している。

二泊三日の取材だから、当然の用意だが、そのことが、三浦を考え込ませた。

しかし、だからといって、久保は無実ではないかという方向に、思考は動かなかった。むしろ、逆だった。

これだけ、スケジュールを煮詰めておきながら、北川京介を殺したということは、よほど腹にすえかねたに違いないと、三浦は思い、また、日ごろの恨みつらみを晴らすために、もっともらしく、スケジュールを立てたのではないか、とも考えた。

「久保の逮捕状を、出してください」

と、三浦は捜査本部長の林《はやし》に要請した。三浦のつもりでは、すぐにでも応じてくれると思ったのだが、林本部長は、意外にも、

「今の状況では、無理だよ」

と、いった。

三浦は、眉をひそめて、

「なぜですか？　久保以外に、犯人はいませんよ」

「証拠は、あるのかね？」

「財布も、現金も、クレジットカードも盗られていないから、物盗りの犯行じゃありません。そして、あの時刻に、あの場所に、被害者がいるのを知っていたのは、久保だけです。また久保は、煙草の件で嘘をついています」

と、三浦は並べていった。

眼がきつくなっているのは、慎重な林の態度に、腹を立てていたからである。

久保が、マスコミ関係者だから、必要以上に慎重になっているのだと、三浦は、思っていた。

「凶器も、まだ見つかっていないんだろう？」

と、林がきく。

「久保が出頭してきたのは、夜になってからです。その間に、海にでも捨ててしまったんでしょう。見つからなくても、不思議はありません」

と、いってから、

「あの男以外に、犯人は考えられません」

と、繰り返した。

「証拠が必要なんだよ、三浦君。こういう事件では、マスコミの扱いも大きくなるから、慎重のうえにも慎重に捜査を進めるようにと、県警本部長も、いっておられるんだ」

「マスコミが、怖いということですか？」

「そうじゃない。証拠さえあれば、どうということもないんだ。だから、証拠を見つけるんだ。白昼の殺人なら、目撃者だっているかもしれんじゃないか」

と、林はいった。

「目撃者が見つからなければ、令状は、出ませんか？」

「地検だって、慎重なんだよ。君は、久保が犯人に間違いないというが、考えてみれば、状況証拠だけだろう。決定的な証拠が欲しいんだ。まだ時間があるんだから、それを見つけたまえ」

と、林はいった。

5

翌日、昼前に、北川京介の妻が、飛行機で飛んできた。

三十五歳のまゆみは、北川にとっては後妻で、彼女自身も仕事を持っていた。三浦にくれた名刺には、インテリアデザイナーの肩書がついている。

「昨日、ご自宅に電話したんですが、お留守のようでしたが?」

と、三浦はきいた。留守番電話だったので、鳴門で北川が亡くなったことを入れておいたのだ。

まゆみは、堅い表情で、

「その名刺に書いてありますけど、私も、自分の事務所を持っていますの。主人が二泊三日で取材旅行に出かけたので、私ひとり、家にいても仕方がないので、事務所のほうにいたんです」

「なるほど」

と、三浦は、肯いてから、

「ご主人が、東文社の久保編集者と一緒に、取材旅行に行くことはご存じでしたか？」

「出版社の方が一緒ということは、主人に聞いていますけど、名前は知りませんでしたわ」

と、まゆみはいった。

「久保さんに会ったことは？」

「家に見えたとき、二、三度、お会いしていますわ。でも、お話ししたことはありません。主人の知り合いですから」

「ご主人と彼とは、うまくいっていましたか？　それとも、うまくいってなかったか、どちらです？」

と、三浦がきくと、まゆみは、当惑した顔になって、

「私たち夫婦は、お互いの仕事には、干渉しないことにしていましたから、わかりませんわ」

「しかし、ご主人が、何かのときに、洩《も》らしたことはありませんか？　東文社の久保さんは気に入らないとか、いったことをですが」

「申しわけありませんけど、何も聞いていませんわ」

と、まゆみはいった。

午後になると、久保の上司で、編集次長をやっている青木《あおき》が、これも飛行機を利用して駆けつけた。

弁護士も、一緒だった。

頑丈な身体つきの青木は、三浦に向かって、

「うちの久保君が、北川先生を殺すはずがありません。久保君は、北川先生のお気に入りで、今回の取材旅行でも、先生が、久保君に同行してほしいと、名指しだったんですよ。それなのに、なぜ、殺したりしますか？」

と、怒ったような声でいった。

「すると、久保さんは、被害者と仕事を離れても、つき合いがあったわけですか？」

「北川先生は、酒がお好きでしてね。久保君は、ときどき、おつき合いしていましたよ」

「その間に、何か確執になるようなことが、あったんじゃありませんか？」

と、三浦はきいた。

「そんなことは、ありません。第一、それなら、北川先生が怒って、久保君以外の編集者を連れていったはずです」

「そうでもないでしょう」

と、三浦は、意地悪い眼で、青木を見返した。

「どういうことですか？」

「私は、小説家という人種とつき合いはないが、多分、非常識で、わがままな人間だと思いますね。また、自分勝手でなければ、小説というのは、書けないんじゃありませんか。とすれば、北川京介が、自分で気づかずに、編集者の久保さんを深く傷つけていたことだって考えられる。そうでしょうが。しかも、久保さんのほうは、それを口にできない。相手が悪意がないだけに、余計に手に負えないわけですよ。手に負えないし、腹も立ってくる。そうした感情が積み重なっていたら、どうですか？」

と、三浦はいった。

三浦は、自分でいったとおり、小説家に知り合いはいない。だが、親戚《しんせき》にひとり、画家がいた。

画家と作家が同じかどうかわからないが、この画家がわがままで、よく迷惑をかけられていた。

当人に悪意はないのだろうと思うのだが、勝手な行動が、他所《はた》から見ていると、迷惑このうえない。突然、訪ねてきて、そのまま何日も泊まり込んだり、パリへ行ってくるので犬の世話を頼むといい、仔犬を押しつけて、出国してしまう。三浦の妻など、その画家の名前を聞いただけで、眼を三角にしてしまうのだ。

北川京介も、あの親戚と似た神経の持ち主だったのではあるまいか。

「いや、北川先生は優しい方で、久保君は、尊敬して仕事をやっていましたよ」

と、青木はいった。が、三浦は、その言葉を鵜《う》呑《の》みにはできないのだ。

「第一、彼は、嘘をついているんですよ」

三浦は、煙草の一件を青木にぶつけた。

青木は、首をひねっていたが、

「そんなことで、久保君が嘘をつくとは思えません。きっと、北川先生が煙草を買ってきてくれと、いったんだと思いますね」

「まだ、十五本も入った煙草があるのにですか？」

「勘違いということもありますしね」

「私も煙草をやめられないほうですが、のみたいときは、ポケットを全部探しますよ。ズボンの尻ポケットに入れてたって、見つけます。被害者は、上衣のポケットに入れていたんです。それに、箱型のラークで、ペシャンコにはなっていなかったんです。それなのに、あるのがわからなくて、買ってきてくれといったというのは、信じられない。久保さんは、自分が犯人じゃないと信じさせようとして、苦しまぎれの嘘をついたんですよ。ほかに、考えようはありませんよ」

と、三浦は決めつけた。

事件の報道は、派手だった。人気作家が、ただの死ではなく、取材先で殺されたからだろう。

逮捕状は出ないので、容疑者として、久保の名前は、イニシアルでも出なかった。

「警察は、殺人事件とみて、捜査中」と、型どおりの言葉が、新聞に出ただけである。

司法解剖の結果も、告げられた。死因は、やはり、後頭部裂傷による出血多量である。死亡推定時刻は、五月二十三日の午後二時から三時だ。

第二章　一人旅

1

東京の警視庁では、徳島県警からの要請で、この事件の解決に協力することになった。

要請があったのは、殺された北川京介の身辺調査だった。

特に、三浦警部からは、十津川に電話があって、被害者と東文社との関係、一緒に取材旅行した久保との関係を、念入りに調べてもらいたいといわれた。

「三浦警部は、久保以外に、犯人は考えられないといっている」

と、十津川は部下の亀井刑事にいった。

「いちばんこだわっているのは、煙草の件ですか？」

「そうらしい。久保が、自分が犯人でないことにしようと、下手な嘘をついたに違いないと思っているんだな」

「確かに、おかしいことはおかしいですよ。煙草があるのに、煙草を買ってこいというのは」

と、亀井がいった。

「北川京介が、久保に煙草を買いに行かせて、その間に、誰かと会おうとしたんじゃありませんか？　それなら、北川が嘘をつくケースだって、充分に考えられると思いますが」

と、いったのは、若い日下刑事だった。

「誰にだい？」

と、十津川がきいた。

「奥さんなら、いつでも会えるわけですから、奥さん以外の女性じゃありませんか？」

「取材にかこつけて、浮気か？」

「そうです」

「それは、考えられないよ」

と、亀井が即座にいった。

「なぜですか？」

と、日下がきく。

「いいかね。煙草は、すぐ傍《そば》の土産物店の自動販売機で、売っていたんだ。久保が、買って戻ってきて、五、六分だよ。もし、その間に、女が北川京介と会ったとして、久保に姿を見られたくないんだから、すぐ立ち去らなければならない。会って話ができるのは、二、三分になってしまう。北川たちは、鳴門のホテルに泊まるんだから、夜になってから、ゆっくり会えばいいんだ。なにも、二、三分の間に、せわしない思いをすることはないじゃないか」

と、亀井はいった。

「そういえば、そうですが――」

と、日下は肯いた。

「北川京介という作家の性格を調べれば、果たして、煙草があるのに、煙草を買いに行かせるような人間かどうか、わかってくるんじゃないかね」

十津川は、二人の間に割って入る形でいった。

亀井たちは、十津川の指示で、北川京介の周辺の人間から聞き込みを開始した。

作家仲間、出版社の人間、北川がよく飲みに行くクラブのママやマネージャー、あるいは大学卒業後、今でもつき合っている同窓生など、対象は広範囲にわたった。

刑事たちが会って話を聞いた相手は、五十人を超えた。

その結果、北川京介という作家の人間像が、浮かび上がってくることを期待したのだが、こうした調査でありがちなように、正反対の話が多く出てきてしまった。

常識的な人間だという声のある反面、あんな非常識な男はいないという声があるといった具合である。

たいていの人間は、二面性を持っているものだから、仕方がないのだが、これをどうするかだった。

今度の事件の捜査権は、あくまでも徳島県警にある。それを考えれば、十津川たちが、勝手に結論を出すわけにはいかなかった。

そこで、十津川は、集めた証言をそのままコピーして、徳島県警の三浦警部宛《あて》に送ることにした。

十津川がそうしたもう一つの理由は、彼と部下の刑事たちが、続発する都内の事件の捜査にも、当たらなければならなかったからである。

五月二十九日。鳴門で北川京介が殺されて一週間めに、調布市深大寺《じんだいじ》の境内《けいだい》で人が殺され、十津川たちは、この事件を捜査することになった。

二十九日の午後十一時を過ぎていた。

この日は、一日じゅう初夏の陽気だった。

殺されていたのは、若い女である。

年齢は、二十歳ぐらいか、あるいは、もっと若いかもしれない。

夏物のセーターにサンダル姿で、頭から血を流して死んでいた。

運転免許証と財布、それにキーホルダーが、ジーンズのポケットに入っていた。

名前は、小西麻子《こにしあさこ》、免許証から十九歳とわかった。サンダルばきということで、この近くに住んでいるのではないかと思ったが、意外に離れた場所で、三鷹《みたか》市内のマンションとなっていた。

「車で来たのかもしれませんね」

と、亀井がいい、刑事たちが探すと、五十メートルほど離れた場所に、赤いミニクーパーがとまっているのが、見つかった。

それが、彼女の車だった。

三鷹からこの深大寺まで、車でやってきて、何者かに殺されたのだろう。

念のために、赤いミニクーパーの車内の指紋を採るように頼んでおいて、十津川と亀井は、パトカーで三鷹に向かった。

JR三鷹駅から、歩いて十五、六分のところにあるマンションだった。

十津川は、被害者の持っていたキーでドアを開けた。

1DKの部屋だが、若い女の部屋らしく、華やかに飾られていた。

それに、教科書。

机の上には、若い男と一緒に写っている写真が立てかけてあった。

「女子大生のようですね」

と、亀井が部屋を見回しながらいった。

「ああ、M大の学生だ」

十津川は、学生証を見つけて、亀井に見せた。

「今は、学生もいい生活をしているんですねえ。マンションに住み、車を乗り回しているんだから」

と、亀井が溜息《ためいき》まじりにいった。

「カメさんも、これから大変だよ」

「うちの子が、大学に行くまでには、まだだいぶありますよ。それに、こんな贅沢《ぜいたく》はさせません」

と、亀井がいった。

「どうかな。カメさんは、子供に甘いから」

と、十津川は笑ったが、壁にかかったカレンダーに眼をやって「おや？」という表情になった。

「どうされました？」

「この五月二十一日から二十四日までのところに、四国旅行と書いてあるんだ」

「そうですね。今の若い娘は、旅行好きですからね」

亀井は、そっけないいい方をした。

「しかし、四国旅行だよ」

「珍しいですか？」

「五月二十三日に、鳴門で、北川京介が殺されている」

「あれと、何か関係があるとお考えですか？」

「ないと思うが、気になってね」

と、十津川はいった。

亀井も、急に眼をこらして、カレンダーを見つめた。

「今度の被害者、小西麻子が、五月二十三日に四国のどこにいたかが、問題ですね」

「それに、ひとり旅だったか、それとも、あの写真のボーイフレンドと行ったかも知りたいね。カップルで旅行したのなら、多分、前の事件とは無関係だろう」

と、十津川はいった。

二人は、机の引出しや、本棚、押入れなどを調べていたが、亀井が急に手を止めて、

「何かおかしいですね」

と、十津川にいった。

「何かって？」

「われわれより先に、誰かがこの部屋を家探《やさが》ししたんじゃないか、そんな気がするんですが」

「カメさんも、そんな気がするかね？」

「写真や手紙が、少ない感じがするんです。特に二十一日から二十四日にかけて、四国へ旅行してきたはずなのに、その写真が一枚もありません。これは、おかしいですよ」

「われわれは、キーホルダーのキーの一つで、ここのドアを開けたが、もう一つキーがあったということかな？」

「そう思います」

「彼女を殺した犯人が先回りして、四国めぐりの写真やメモなどを、持ち去ったということかな？」

「断定は、できませんが」

「この写真のボーイフレンドに、話を聞いてきてくれないかね。なんとか探して、話を聞いてきてほしい」

と、十津川は机の上の写真を亀井に渡した。

朝になってから、亀井が日下刑事と、写真を持って出かけていった。

調布署に捜査本部が設けられて、三上刑事部長が捜査本部長になった。

昼前に電話が入ったが、亀井からではなく、徳島県警の三浦警部からだった。

「ご協力ありがとうございました」

と、三浦はまず礼をいってから、

「あの中に、被害者北川京介の行きつけのクラブの関係者の証言があります。それによると、北川京介は、女に優しいというか、甘いというか、で、奥さんのほかに、女性がいたんじゃないかと思うんですが」

「その点は、調べました。そちらにお知らせした銀座のクラブのホステスのひとりが、北川京介と関係があったようです。名前は、太刀川《たちかわ》ゆき。二十六歳です」

「編集者の久保は、独身ですから、彼が、その太刀川ゆきが好きだったとすると、久保が、北川京介を恨む可能性も考えられるでしょう？」

と、三浦はいった。

「確かに、ありえますが」

「明日、上京します。その点を調べたいので」

「わかりました。私の部下をひとり、あなたにつけて、ご案内させましょう」

と、十津川は約束した。

三浦は、礼をいってから、

「十津川さんは、今、新しい事件を抱えられたそうですね？」

「十九歳の女子大生が殺された事件ですが、ひょっとすると、そちらの事件と関係があるかもしれません」

「本当ですか？」

「明日までに何かわかれば、三浦さんがこられたとき、お話しできると思います」

と、十津川はいった。

夜になって、やっと、亀井たちが戻ってきた。

「写真の男に、会えました」

と、亀井は弾んだ声でいった。

「やはり、ボーイフレンドか？」

「そうです。彼はK大の四年生で、六月一日からアメリカへ行くところでした。小西麻子が殺されたことに、ショックを受けていましたね。もちろん、彼が犯人ならうまい芝居ですが」

と、亀井はいった。

「名前は？」

「有沢哲也《ありさわてつや》で、四国には誘われたが、都合があって行けず、小西麻子はひとりで行ったそうです。彼女から絵ハガキが届いていて、それを借りてきました。警部が予想されたとおり、五月二十三日に、彼女は、鳴門へ行っています」

と、亀井はいった。

亀井が借りてきたのは、高知の桂浜《かつらはま》の絵ハガキである。ボーイフレンドの有沢哲也宛で、次のように書いてあった。

〈今夜は高知泊まり。明日は、鳴門へ出て、渦潮を見物する予定です。哲也クンとこられたらよかったのに。

〈五月二十二日　高知「名月荘」にて　麻子〉

十津川は、その文面に眼を通してから、

「彼女が殺されたことで、有沢哲也は、何かいっていたかね？」

「有沢の話では、旅行には、必ずカメラを持って行く女性だったそうです。だから、四国の写真がないのはおかしいと、いっていました」

「犯人の心当たりは？」

「それは、まったくないそうです」

「四国から帰ってきてからは、二人は、会っていたんだろうか？」

「二十六日の夕方会って、食事をしたそうですが、そのときは、別に脅かされているとか、妙な電話があるとかいう話はしてなかったそうです」

「鳴門のことは、どんなふうに話してたんだろうか？」

「そのことは、大事なので、有沢にしつこくきいてみました。北川京介のことは、ショックだったとみえて、熱心に話していたそうです。二十三日に鳴門へ行き、その日の夜は、徳島市内で泊まり、旅館のテレビで知って、びっくりしたといっていたそうです。彼女は、別に北川京介のファンではないらしいんですが、自分が見物してきた場所で、作家が殺されたというので、びっくりしたんだと思うと、有沢は、いっていました」

「問題は、彼女が、二十三日の何時ごろ、鳴門にいたかということだな」

と、十津川はいった。

もし、北川京介が殺された時刻に、あの近くにいたとすると、彼女が犯人を目撃した可能性が、出てくるからである。

亀井は、肯いて、

「その点も、しつこくきいてみました。が、有沢は覚えていないといっていましたね。彼女がいわなかったのかもしれませんし、有沢が忘れたのかもしれません」

「すると、彼女が鳴門にいた時刻は、まったくわからずか？」

「正確には、わかりませんが、だいたいの計算はできます」

と、亀井はいった。

「どんなふうにだね？」

「二十二日に泊まった高知の旅館はわかっていますから、電話して、彼女が、二十三日の何時にチェックアウトしたか、きいてみます。それがわかれば、なんとか推定はできそうです」

と、亀井はいった。

そのあと、亀井は、電話で高知の旅館に問い合わせたりしていたが、

「高知の旅館をチェックアウトしたのは、二十三日の午前八時ごろだということです。旅館からJRの高知駅までは、歩いて十五、六分といっています。若い人ですから、歩いて行ったと思いますね」

「すると、高知駅に着いたのは、八時十五分から二十分か」

「そうですね。JR高知駅に、八時二十分に着けば、八時二八分発の特急『しまんと2号』に乗れます。これに乗ると、高松着が一一時一五分です」

「そこから、徳島行に乗るわけだな？」

「そうです。高松発一二時三一分の『うずしお7号』に、ゆっくり乗ることができます」

「その間に、ほかの列車はないのかね？」

「普通列車が一本ありますが、途中までしか行きませんから、乗っても仕方がありません。多分、小西麻子は、この間に昼食をとってから『うずしお7号』に乗ったと思います。一時間十六分ありますから、ゆっくり昼食がとれます」

「特急『うずしお7号』か」

と、十津川は呟《つぶや》いてから、

「その列車は、北川京介と久保が乗った列車じゃなかったかね?」

「そのとおりです。二人は、岡山から乗っています」

と、亀井はニッコリ笑った。

「すると、北川京介と小西麻子は、同じ時刻に鳴門駅に着いたことになる」

「そのあと、北川と久保は、タクシーで鳴門公園に行っています。小西麻子は、多分、バスに乗ったと思いますので、鳴門公園に着いた時刻に、多少のずれはあると思います」

「すると、小西麻子が事件の何かを見た可能性は、あるわけだな」

「問題は、何を見たかです」

「犯行そのものを見たのなら、すぐ、その日のうちに、警察に連絡しているんじゃないかな」

「それに、四国から電話で、ボーイフレンドに話していると思います」

と、亀井もいった。

「すると、どういうことになるんだろう?」

十津川は、難しい顔で、じっと考え込んだ。

「私がわからないのは、ボーイフレンドの有沢に何も話してないことなんです」

と、亀井がいった。

「本当に、何も話してなかったのか？」

「そうなんです。有沢は、彼女があの事件について、何かを見たとか、何かを知ってるみたいなことは、一言もいわなかったというのです」

と、亀井はいった。

「しかし、彼女は、あの事件に関連して、殺されたような気がしてならないがね」

と、十津川はいった。

2

「写真ですね」

と、間を置いて、亀井がいった。

「同感だね。関係があるからこそ、彼女が四国で撮った写真が、盗まれたんだ。彼女が鳴門で何気なく撮った写真が、犯人にとっては、命取りになるものだった。だから、犯人は、深大寺に彼女を呼び出して殺した。そういうことになるのかな」

「私も、そう思いますが――」

「思いますが、何だい？」

「それに、彼女は、気づかなかったんでしょうか？　もし、気づいていたとすると、なぜ、ボーイフレンドか警察に話さなかったのかという疑問が、わいてきます」

と、亀井がいった。

「まさか、ボーイフレンドの有沢という学生が、犯人じゃないだろうが――」

十津川は、小さく呟いた。

「有沢が、どうかしましたか？」

「いや、違うとは思うが、理屈としては、合うと思ってね」

「と、いいますと？」

「有沢は、用があるから、一緒に四国に行けないといったんだろう？」

「アメリカ行の費用を稼ぐので、アルバイトに忙しかったといっています」

「ところが、鳴門で撮った写真に、よく見ると、有沢が写っていた。当然、彼女は、有沢に電話をかける。なぜ、自分に嘘をついて、鳴門へ行ったのかときく。有沢は、その説明をするといって、彼女を深大寺に連れ出して、殺した――」

「つまり、有沢が北川京介殺しの犯人だということですか？　小西麻子の写真で、自分のアリバイが崩れてしまうので、口封じに殺したと」

「理屈としては、合うんだ。これなら、有沢が、彼女は何もいわなかったと、カメさんにいったわけが説明がつく」

と、十津川はいった。

「しかし、学生の有沢が、北川京介を殺す動機がわかりません」

と、亀井はいった。

「動機ね」

「もう一度、有沢という学生のことを調べてみます。北川京介と関係がなかったかどうか、五月二十三日に、本当に東京でアルバイトをしていたかをです」

と、亀井はいった。

翌日、徳島県警の三浦警部がひとりで上京し、調布署に訪ねてきた。

三十五歳の若い警部を、十津川は、笑顔で迎えた。大きな可能性と危なっかしさの両方を、同時に感じるからだった。

「合同捜査になる可能性が、出てきましたよ」

と、十津川は三浦にいった。

「こちらの被害者が、五月二十三日に鳴門にいたわけですか？」

三浦は、若い顔を輝かせてきいた。

「そのとおりです」

と、十津川は、今までにわかったことを三浦に説明した。

三浦は、自分の手帳にメモしながら、聞いていたが、

「深大寺と吉祥寺《きちじょうじ》とは、遠いですか？」

と、十津川にきいた。

「直線距離なら、そう遠くはありませんね」

「それなら、小西麻子という女子大生を殺したのは、例の久保の可能性が強いと思いますよ。確か彼の住所は、吉祥寺のはずです」

「そうでしたね」

「近くなら、深大寺のことをよく知っているでしょうから、呼び出す場所として、指定したことが納得できます」

と、三浦は勢い込んでいった。

十津川は、日下刑事を三浦につけて、送り出してから、

（若いから、一直線か）

と、小さな溜息《ためいき》をついた。

三浦は、犯人は久保と決めて、迷っていない。それが、羨《うらや》ましくもあったのである。

アイスコーヒーをいれて、それを飲みながら、今度の事件を考えているところへ、亀井や西本たちが戻ってきた。

十津川は、亀井たちに、アイスコーヒーをいれながら、

「雨は降りそうにないね」

「ありがとうございます」

と、亀井は美味《うま》そうにアイスコーヒーを口に運んでから、

「有沢と北川京介の関係は、今までのところ、まったく出てきません。大学も違いますし、有沢は、純文学が好きで、ミステリーは、読まないようです」

「五月二十三日のアリバイのほうは、どうなったね？」

十津川がきくと、今度は、西本刑事が、

「有沢は、五月十三日から、アパートの近くの二十四時間営業のスーパーで働いています。一日おきの勤務で、二十三日は、ちょうど休みで、一日じゅう自分のアパートで寝ていたそうです。午前六時に交代してから、自宅に帰り、夜まで寝ていたというのです。それを証明する人間はいません」

「有沢のアパートは、どこにあるんだ？」

「四谷三丁目です」

「地下鉄に乗れば、東京駅まで十二、三分で行けるね」

「そうなんです。午前六時に交代していれば、午前七時には、ゆっくり東京駅まで行けて、北川京介の乗った『ひかり73号』に、乗ることができます。飛行機を使えば、もっとゆっくりと、鳴門へ行けるはずです」

「どうも、面倒なことになってきたな。時間的には、有沢も容疑者のひとりか」

十津川は、渋面《じゅうめん》を作った。容疑者が増えていくのは、ありがたくない。

「動機は見つかりませんが、警部のいわれるとおり、この大学生も容疑者のひとりになりそうです」

と、亀井がいった。

「カメさんから見て、どんな男だね？」

と、十津川はきいた。

「外見はいかにも現代風で、女の子にもてそうな感じです。喋《しゃべ》り方は丁寧で、優しい感じですが、意外と冷たいかもしれません。ガールフレンドの小西麻子が死んだことを話したとき、びっくりはしていましたが、それほど、悲しんでいるようには、見えませんでしたから」

「なるほどね」

「アメリカ行を、止《や》めようともしませんしね」

「仲間の評判は、どうなんだ？」

「悪くありません。今の若い連中は、誠実さとか、力強さで評価するんじゃなくて、どんなに面白い奴かで評価するみたいです。その点、有沢は、明るくて、面白い男だという評判ですから」

と、西本がいった。

「問題は、やはり、北川京介との関係だな。もし、有沢が犯人なら、北川を恨む理由があるはずだ」

と、十津川はいった。

3

徳島県警の三浦警部が戻ってきたので、その夜おそく、正式に合同捜査会議が開かれた。

まず、三浦の意見を聞くことになった。この若い警部は、いぜんとして、久保犯人説を捨てていなかった。

「今日、日下刑事に案内していただいて、北川京介がよく行っていたという銀座のクラブ『かつら』を訪ね、ママやマネージャー、ホステスたちから話を聞き、特に、北川京介と関係のあったホステス太刀川ゆきからは、一時間近く事情聴取をしました。その結果、私は、ますます、東文社の久保が犯人であるという確信を強めました」

と、三浦はきっぱりした声でいった。

続けて、その理由を説明した。

「クラブ『かつら』は、北川京介がよく行っていたというだけではなく、東文社が、作家や評論家などの接待によく使っていた店だということも、わかりました。久保は、北川京介とだけではなく、ほかの作家とも、このクラブに行っていました。久保は、独身ですし、クラブ『かつら』のホステスの中では、いちばん美人の太刀川ゆきに関心を持っていたことは、ほかのホステスたちが認めています。そんな久保は、北川京介が彼女を口説くのを見て、楽しかったはずがありません。それにもかかわらず、久保は、クラブ『かつら』に行った際に、北川京介と彼女との仲を取り持つようなことをしなければならなかった。北川がそれに気づいて、久保に感謝したり、彼女への行動を控えて、久保に花を持たせていればよかったのでしょうが、どうも、そうしたことには、北川京介は鈍感だったようです。作家というのは、繊細な神経の持ち主と信じていたのですが、日常生活では、かえって、普通の人より鈍感だと思いますね。こんなことで、久保の気持は、北川に対して、一層、鬱屈《うっくつ》したものになっていき、五月二十三日に、とうとう爆発したのだと、私は、確信しています」

「久保が太刀川ゆきを好きだったというのは、間違いないのかね？」

　三上本部長は、三浦にというより、彼に同行した日下にきいた。

「ほかのホステスの話では、久保が、何回か彼女を口説いているのを見たということです。太刀川ゆき自身は、北川京介が殺され、久保が疑われているということで、何もいえないと口をつぐんでいます」

　と、日下は答えた。

「現在、久保は、どうしているんだ？」

　三上本部長は、十津川にきいた。

「東文社も弁護士も、久保は無実だと主張していますが、本人がショックを受けているということで、帰京してから会社を休んでいます。休ませているといったほうがいいかもしれません」

　と、十津川はいった。

「すると、吉祥寺の自宅マンションにいるということかね？」

「そう思います。しかし、拘束されているわけではありませんから、どこに行こうと自由です」

「それなら、深大寺で小西麻子を殺したのも、久保ですよ」

と、三浦がいった。

「動機は、鳴門で彼女に何かを見られたということかね？」

と、三上は三浦にきいた。

「そうです。久保のほうは、見られたのに気づいていた。何かは、まだわかりません。北川京介を殺すところを見られたとは思えない。見られないように殺したでしょうし、目撃していれば、彼女が、警察に連絡してきたはずです。私が考えたのは、例えば、久保が凶器を海に投げ捨てるところを、彼女に見られたのではないかといったことです。石の塊りが凶器だとすると、彼女のほうは、久保がそれを海に投げ捨てるのを見ても、事件に関係がないと思って、見過ごしたんでしょう。だが、久保のほうは、大変なものを見られてしまったと考えた。必死になって、どこの誰かを調べ、わかると、深大寺に呼び出して、口封じに殺したんですよ。こう考えれば、納得できるんじゃないでしょうか？」

三浦は、熱っぽく説明した。

「十津川君は、今の三浦警部の推理をどう思うね？」

と、三上がきいた。

「納得させるものがあることは、認めます。しかし、決定的な証拠がありません」

と、十津川は正直にいった。

「十津川君自身は、誰が犯人だと、思っているのかね？」

三上本部長が、続けてきいた。

「容疑者は、ほかにも何人かいます」

「誰だね？」

「それを、書き出してみます」

と、十津川はいい、黒板に名前を書き並べていった。

北川京介の妻　まゆみ
太刀川ゆき
有沢哲也
久保　守

その他の人物

「それぞれに、動機が考えられます。北川夫妻の夫婦仲はわかりませんが、もし、うまくいっていなければ、それが、北川まゆみの動機になります。また、クラブ『かつら』のホステス太刀川ゆきにも、動機は、考えられます。北川京介が、彼女に対して、結婚を約束して、その約束を破っていたとすれば、そのことが殺しの動機かもしれません。有沢については、今のところ、動機が見つかりませんが、ひょっとすると、意外な動機を持っている可能性もあります」

「その他の人物というのは、何だね？」

「北川京介のライバルの作家も、考えられます」

と、十津川はいった。

「北川まゆみと太刀川ゆきのアリバイは、どうなっているんだね？」

「北川まゆみは、五月二十三日から、自分の仕事場にしている六本木の部屋で寝泊まりしていたといっています。雑居ビルで、果たして、彼女の言葉どおりかどうかは不明です。太刀川ゆきも同様です。クラブ『かつら』は、午前零時が看板ということになっています。太刀川ゆきは、五月二十二日も、店が閉まったあと、午前一時過ぎに大久保のマンションに帰り、二十三日は、午後三時ごろまで寝ていたといっています。店に出たのは、二十三日の午後七時ごろで、これは店のマネージャーが証言しています。二十三日は、朝から夕方まで、ひとりでいたといっているのですから、アリバイは、ないに等しいと思っています」

「容疑者は、四人か」

三上本部長がいうと、三浦が、

「私は、久保ひとりと、思っています」

と、すかさず、大きな声を出した。

三上は、肩をすくめて、

「十津川君は、ひとりにしぼれると思うかね？」

と、きいた。

十津川は、三浦には悪いと思ったが、

「今のところは、この中の誰が、ということはいえません。聞き込みを進めて、しぼっていくことは、できると思いますが」

と、いった。

4

三浦は、徳島に帰っていった。十津川たちが久保犯人説に賛成しなかったことが、不満のようだった。

それは、見解の相違だから構わないのだが、三浦が、北川京介の友人の作家たちの所を回り、自説をぶつけて、久保のことを質問した結果、三人の作家が、捜査本部に押しかけてきた。

三人とも、久保が担当している作家である。

三人とも、名の通った作家で、十津川は、大いに恐縮しながら会った。

何をいいにきたかは、もちろん最初からわかっていたが、やはり、三人がいったのは、久保が優秀な編集者であり、作家を大事にする男で、絶対に北川京介を殺すはずがないということだった。

「私は、まだ、久保さんを犯人と断定してはいません」

と、十津川は三人にいった。

作家のひとりは、

「しかし、昨日、訪ねてきた刑事は、久保君を犯人と決めつけていた。そのくせ、証拠があるわけでもない。あんな刑事より、われわれのほうが、ずっと、久保君のことをよく知っているんです。そう思いませんか？」

「徳島県警がこだわっているのは、煙草のことです。久保さんは、北川京介さんが煙草を買ってきてくれといったので、その場を離れた隙《すき》に、北川さんが殺されたと証言しているんですが、実際には、北川さんは、煙草を持っていた。いちばん大事な点で、嘘をついているんじゃないかと、徳島県警は、考えているわけです。身内をひいきするわけではありませんが、この疑問は、当然だと思いますね」

「しかし、あなたは、久保君を犯人と断定はしていないんでしょう？」

と、もうひとりの作家がいった。

「容疑者のひとりです」

「彼は、無実ですよ。北川さんとだって、うまくいっていたんだ。作家として、尊敬していたんじゃないかな。殺したりはしませんよ」

「問題の煙草については、どうですか？　北川さんという方は、煙草が必要もないときに、わざと編集者に買いに行かせたりすることがありましたか？」

と、十津川は三人にきいた。

「いや、彼は、編集者を大事にする男だから、そんなことはしないと思うね」

と、いったのは、いちばん年長の作家だった。

「人をからかって喜ぶところもあったよ」

と、もうひとりがいった。

「しかし、それは、酒を飲んで、騒いだりしているときだろう？　おれだって、クラブで彼と飲んでいて、急に彼が真面目な顔になってさ。とうとう、おれはまずい病気になってしまった、君と一緒にパリに行ったとき、娼婦を買ったのがいけなかったらしいといわれたことがあった。身に覚えがあるから、おれは、ぎょっとしたんだが、嘘だったんだ。そういう嘘はつくが、今度のケースは違うんじゃないか」

「いや、そうでもないぞ。久保君は、からかうと面白いって、北川君がいっていたからな」

と、三人めがいった。

作家たちは、十津川を放っておいて、議論を始めてしまった。

十津川は、苦笑して、彼らの話を聞いていた。

作家たちの話は、煙草のことからどんどん逸脱していって、警察批判になったり、世相批判になったりして、結局、結論が出ず、

「とにかく、久保君は、犯人じゃありません！」

と、口を揃えていい、帰って行った。

「参ったね」

と、十津川は亀井と顔を見合わせた。

小西麻子の解剖結果も、報告されてきた。

死因は、頭部を強く殴られたことによる脳挫傷。死亡推定時刻は、五月二十九日の午後九時から十時の間だった。

だが、捜査は、なかなか進展しなかった。

四人の容疑者をひとりにしぼり切ることが、いっこうにできないのである。

四人と、第一の被害者、北川京介の関係を徹底的に調べて、より容疑の濃い人間を残していくことにしたのだが、困ったことに、調べれば調べるほど、四人とも容疑が濃くなってしまうのである。

妻の北川まゆみについていえば、夫婦仲が必ずしも上手くいってなかったという話が、十津川たちの耳に入ってきた。

北川がほかに女を作るといった浮気の問題だけでなく、酔うと、まゆみに暴力を振るうことがあったというのである。これには、証人もいた。まゆみが顔を腫《は》らしていたことがあり、心配したインテリアデザイナーの仲間がきいたところ、夫の北川が、酔って殴ったといったというのである。

ホステスの太刀川ゆきにも、動機はあった。彼女は、北川が妻と別れて、自分と結婚してくれると思い込んでいたらしいからである。北川は、その約束を守らなかったようだから、彼女にも、北川を殺す動機はあったことになる。

有沢哲也は、最初、まったく北川京介とは無関係な青年に思えた。大学、本籍地、趣味など、すべて調べてみたのだが、二人をつなげるものは見つからなかったからである。

しかし、有沢と北川とは、直接つながらなかったが、彼の亡くなった叔父とつながっていることが、判明した。叔父の名前は、里村実《さとむらみのる》。有沢が尊敬していた男だったが、里村は作家志望で、それも、推理小説に情熱を傾けていた。そのため、一流企業に勤めていたのに辞《や》めてしまい、原稿用紙に向かう生活に入った。もちろん、まったく無名の人間の書いた作品が、いくらミステリーブームでも、売れるはずはない。

里村は、三年間、悪戦苦闘した揚句《あげく》、推理作家の登竜門といわれるK賞に賭《か》けることにした。半年かけて作品を書きあげて、応募した。

最終予選を通り、新人里村実の誕生も間近かと思われたのだが、選者五人の中のひとりの反対によって、彼の作品は葬られ、女性が受賞した。反対した選者が、北川京介だったのである。

北川は、自分の信念で落としたのだろうが、これに賭けていた里村は、この年の暮れに自殺してしまった。

有沢が、このことを恨みに思っていたとすれば、動機になりうるのである。

久保のこともなお調べ続けていたが、新たに、去年の十二月に、彼が北川と銀座のクラブで飲んでいて、北川が、泥酔した揚句、何かの拍子に怒り出し、久保が殴られたことがあるのがわかった。

酔ってのことだし、醒《さ》めてから、北川が謝ったので、この事件は、内密ということになっていた。クラブのママやホステスも口がかたかったし、殴られた久保も、酒のうえのことだからといっているのだが、徳島県警の三浦警部にいわせれば、動機の一つになるだろう。

四人とも、北川京介を殺す動機を持っているのである。そして、アリバイは、不確かなのだ。

第三章　阿波鳴門殺人事件

1

「今日一日、カメさんに現場を委せるよ」

と、小西麻子が殺されて五日目の朝、十津川が、突然、亀井にいった。

相変わらず、容疑者をしぼり切れずにいるときだった。

「警部は、どうされるんですか？」

と、亀井がきいた。

「これを持って、都内のホテルに、二十四時間、籠《こも》ろうと思っているんだ」

十津川は、小さなボストンバッグを、亀井に示した。

「何が入っているんですか？」

「何だと思うね？」

「今度の事件の捜査に、必要なものですね？」

「そうだよ」

「わかりませんが――」

と、亀井が首をひねっていると、十津川は、チャックを開けて、中身を取り出した。

本ばかりである。

「北川京介の書いた本が十冊だよ。これを、ホテルに入って、明朝までに、全部、読んでみるつもりなんだよ」

と、十津川はいった。

「それで、事件の解決に役立ちますか？」

「わからん。しかし、被害者の作品だからね。何かわかるかもしれないと、期待しているんだよ。新宿のNホテルにいるから、何か急用ができたら連絡してくれ」

「わかりました」

「三上本部長には、内緒だよ。本部長は生真面目だから、私が一日じゅう、本を読んでいると聞いたら、きっと激怒するからね」

と、十津川はいった。

亀井は、微笑して、

「わかりました。警部のことをきかれたら、適当に答えておきます」

と、いった。

十津川は、ボストンバッグを提げ、新宿のNホテルに入った。

超高層ホテルで、十津川の入った部屋からは、東京の街並みを、はるか下に見下ろすことができた。

十津川は、ルームサービスで、コーヒーを二つのポットに入れて持ってきてもらい、それを飲みながら、積みあげた十冊の本を、上から一冊ずつ眼を通していくことにした。

それまで、十津川が北川京介の本を読まなかったのは、作者自身のことを書いた自伝的な小説ではなかったからである。エンターテインメントなら、作者自身とは、関係がないと思ったし、それなら、かえって、間違った印象を持ってしまうのではないかとも思ったのだ。

しかし、捜査が行き詰まってしまった今、十津川としては、どんなヒントでも欲しくて、十冊の本と格闘することにしたのである。

この十冊は、ここ二年間に、北川が書いたものだった。

いずれもトラベルミステリーで、日本全国と、さまざまな列車が舞台になっている。別に社会問題に取り組んだ小説ではないので、軽く読めるのはありがたかった。昼までに、三冊読んだ、が、さすがに眼が疲れて、十津川は、ベッドに寝転がった。天井を見上げて、煙草に火をつけた。じっと考え込む。

三冊とも、舞台になる土地と列車は違うが、パターン化している内容だった。北海道や九州で、殺人事件が起きる。犯人と思われる人間には、鉄壁のアリバイがある。

探偵役の人間が、犯人の、列車や飛行機を使ったアリバイを崩していく。

このパターンは、三冊とも同じなのだ。

(だが、それが、現実に起きた今度の事件と、どんな関係があるのだろうか？)

煙草の灰が落ちてきたので、十津川は、あわてて起き上がり、灰皿に吸い殻を捨てた。

何杯めかのコーヒーを飲み、窓から外を見つめた。

眩《まばゆ》い太陽が、街に降り注《そそ》いでいる。走る車の屋根もビルの窓も、太陽を反射して、きらきら光っている。

十津川は、四冊めを読むのを止《や》めてしまった。同じパターンのストーリイだと思ったからである。

考え疲れて、十津川は、少し気分転換に部屋を出た。

一階のロビーまでおりて、ソファに腰を下ろした。

ぼんやりと、ロビーに出入りする泊まり客を見守った。

また、煙草に火をつけた。

（北川京介は、実際に取材して、小説を書くということだったが――）

そして、今度も、何冊め、いや何十冊めかの小説を書くために、四国に出かけた。

東文社の久保守と一緒にである。

十津川は三浦警部から貰《もら》った一枚のメモを、ポケットから取り出した。

それは、北川京介と久保が、二泊三日で、四国を取材することにしていたスケジュール表だった。

三浦が、コピーしてくれたものである。

「阿波鳴門殺人事件」取材スケジュール
と、書かれている。これは、三浦警部がつけたものではなく、東文社がつけたものだった。つまり「阿波鳴門殺人事件」という題で、北川京介は、今度の小説を書くことにしていたのだろう。

雑誌の連載で、すでに予告が今月号にのっていた。その予告にも「阿波鳴門殺人事件」の題名が「仮題」としてだが、出ていた。

十津川は、その予告を見たのだが、それには、作者、北川京介の言葉ものっていた。短い言葉なので、十津川は、暗記している。

〈鳴門市に住む少年ファンの要望もあり、今回、阿波鳴門を舞台にした作品を書くことにした。鳴門は、昔から巨大な渦潮で有名だが、新しく、大鳴門橋が出現した。この両者を花に、さらに、列車のアリバイトリックを使って、読者の期待に応えたいと思っている〉

つまり、今まで何冊も書いてきたと同じ、トラベルミステリーを書くということなのだろう。変わりばえはしないが、北川の作品にあったものは、詰め込む気だということである。

十津川は、もう一度、スケジュール表に眼をやった。

それから立ち上がり、ロビーの中にあるティールームに行き、その店の自慢だというケーキを三千円ばかり買い込むと、フロントで、急用ができたので、チェックアウトしたいといった。

2

捜査本部に帰ってきた十津川を見て、亀井は、びっくりした顔で、

「どうされたんですか？　何か忘れ物ですか？」

「いや、もうすんだんだ」

と、十津川は、ボストンバッグを机の上に置き、中から十冊の本を取り出して、積み重ねた。

「これ、もう全部、読まれたんですか？」

と、亀井がきく。

「三冊だけ読んだ。あとは、同じパターンだと思ったから、眼を通さなかった」

「私も、警部にならって、一冊だけ買ってきて、さっき読み了《お》えました。別に、今度の事件の解明には、役立つとは思えませんでしたが」

と、亀井はその本を見せた。

十津川が、読んだ三冊の中の一冊ではなかった。しかし、カバーの裏に書いてある文章を見れば、だいたいのストーリイは想像がついた。

十津川は、買ってきたケーキを部下の刑事たちに配ってから、亀井に、

「私と一緒に、行ってもらいたいところがあるんだよ」

と、いった。

「四国の鳴門ですか？」

「そこにも、いつか行かなければならないと思うが、今は、東文社だ」

と、十津川はいった。

「久保守を、逮捕しますか？」

「いや、彼の上司に会いたいんだ」

「わかりました」

と、亀井はいった。

二人は、パトカーで、神田にある東文社に向かった。

受付で青木編集次長に会いたいと告げると、久保のことがあるので、受付の女性まで、一瞬、緊張した表情になった。

三階の応接室で待たされたが、コーヒーを運んできた女性社員も、かたい顔つきである。

青木は、なかなか現れない。

「久保のことで、どう対応するか、相談してるんじゃありませんか」

と、亀井が、軽いいらだちをみせて、呟いた。
十二、三分待たされてから、青木が入ってきたが、顧問弁護士が一緒だった。
どうやら、弁護士を呼ぶので、時間がかかったらしい。

十津川は、苦笑して、

「今日は、北川京介さんの小説の話を聞きにきたんですよ。弁護士さんの立会いは、必要ないと思いますがね」

と、いった。

「久保君を、逮捕するという話じゃないんですか？」

「受付の方には、こちらで出版した北川さんの作品のことで話を聞きたいといったはずですがね」

「本当に、それだけですか？」

「久保さんを逮捕するのなら、こちらへこないで、彼のマンションへ行きますよ。まだ、休んでおられるんでしょう？」

「今週いっぱい休めといってあります」

と、青木はいってから、顧問弁護士を部屋から出した。

十津川は、眼の前に置かれたコーヒーを少しだけ飲んでから、

「北川京介さんの本を、何冊か読みました」

と、穏やかな調子でいった。十津川が、そのタイトルをあげてみせると、青木は、やっと口元に微笑を浮かべて、

「どうでした？　面白かったですか？」

「楽しく読ませてもらいましたよ」

「うちで出している本の中では、よく売れる、いわばドル箱の一つです」

「日本各地への旅と、時刻表を使ったトリックが売り物のようですね？」

「そうなんです。その二つです。北川先生自身は、ハードボイルドタッチのものを書きたいとおっしゃっていたんですが、それでは、やはり、読者が満足しないので、今いった二つの柱で書いてくださいと、お願いしていたんです」

と、青木はいった。

だが、まだ、ときどき十津川の顔色を窺《うかが》うような眼つきをするのは、こちらが、突

然、訪ねてきた真意を計りかねているのだろうか。

「今度、書くことになっていた小説ですが、鳴門市に住む少年からきた投書から始まったというのは、本当ですか？」

と、十津川がきいた。

「そのとおりです。北川先生には、よくああいうファンレターがくるんですよ。次は、自分の住んでいる町とか、自分の知っている列車を書いてほしいというファンレターです」

と、青木はいった。

「いつも、そうなんですか？」

「いや、いつもとは限りません。北川先生の場合、次は、どこを書くか、どの列車を使うかということで、私と久保君、それに北川先生の三人で、考えます」

「それで、誰の意見が生かされるんですか？」

と、亀井がきいた。自分の知らない世界なので、興味を覚えたという眼をしている。

「そのときによって違います。もちろん、書くのは北川先生ですから、最後は先生の裁量ですが、私の意見が生きることもあるし、久保君の主張が通ることもあります。今度のように高校生の投書からということもあります」

と、青木はいった。ほっとしたのか、彼の口調も、しだいに滑らかになっていった。

「今度、高校生の投書を採用するといったのは、北川さんですか？」

と、十津川はきいた。

「そうです。ほかの投書もあったんです。北海道からもきていましたが、北川先生が、四国の鳴門を書きたいといわれて、これにしようということになったんです」

「今月号の雑誌に、予告が出ていましたね」

「ええ。来月号から、半年間、連載していただくことになっていたんです。残念で仕方がありません」

青木は、本当に、残念そうにいった。

「予告に、鳴門の渦潮と列車トリックを売り物にすると、出ていましたが」

「ええ。北川先生の場合は、それが売り物ですから」

と、青木はいった。

「それで、今回は、どんな列車トリックになる予定だったんですか？」

と、十津川はきいた。

青木は、溜息をついて、

「それが、わからないんですよ。北川先生の頭の中では、できていたはずなんですが」

「北川さんは、アリバイトリックを考えてから、取材に行かれる方でしたか？」

と、十津川はきいた。

「先生は忙しい方なので、ときには列車トリックがかたまらずに取材に行かれることもありましたが、たいていは、考えられてから、それに合わせて取材に行く方でした」

と、青木がいう。

十津川は、眼を光らせて、

「今、考えついた列車トリックに合わせて、取材をするといわれましたね？」

「ええ。それが自然だと思いますから、そういったんですが」

一瞬、青木が怯《おび》えたような顔になったのは、下手なことをいって、言質《げんち》をとられては、と思ったのだろう。

十津川は、構わずに、相変わらず青木の顔を見すえるようにして、

「今度の四国行きも、当然、そうだったはずですね？」

と、きいた。

「ええ。そうです」

「すると、スケジュールを作ったのは、北川さんですか？」

「あれは、北川先生と久保君が、相談して作ったものです。切符の手配や旅館の予約はこちらでやりますが、何時の、何という列車に乗るかは、先生に決めていただきます。なにしろ、列車トリックを考えるのは、先生ですから」

と、青木はいった。

「五月二十三日ですが、午前七時〇四分東京発という早い列車に乗っていますが、これも、北川さんが指定したんですか？」

と、十津川はきいた。

3

「そうです。北川先生が、この列車にしたいといわれました」

と、青木はいった。

「なぜ、こんな早い新幹線にしたんですかね？　小説家というのは、夜型が多くて、朝早いのは苦手だと思っていたんですが」

と、十津川がいうと、青木は微笑して、

「そのとおりで、朝早いのは苦手という作家の方は、多いんです。北川先生もそうなので、最初は、もっとおそい新幹線にしようということになっていたんです。ところが、急に、北川先生が、午前七時〇四分の『ひかり』にしたいと、いってこられたんです」

「その理由は、ききましたか？」

「ええ」

「北川さんは、何といいました？」

「取材できるのが、二泊三日だけだから、なるべく早く出かけて、第一日目も充分に鳴門を取材できるようにしたいと、いわれたんです」

「なるほど」

「私のほうは、北川先生が早く出かけてくだされば、ありがたいですから、すぐ、ご指定の列車にしました」

「そのときですが、正確に、北川さんはどういわれたんですか？　七時台の『ひかり』で行きたいといったのか、それとも、七時〇四分の『ひかり』にしたいといわれたんですか？」

と、十津川はきいた。

青木は「どうだったかな」と考えていたが、

「確か、七時〇四分の『ひかり』にしたいと、電話でいってこられたんだと思いますが、電話を受けたのが久保君ですから、はっきりとは申しあげられません」

「久保さんに、確かめておいてください」

と、十津川はいってから、

「北川さんは、今度書くことになっていた『阿波鳴門殺人事件』に、どんな列車トリックを考えていたのか、わかりますか?」

と、もう一度きいてみた。

「それが、今度の事件と、何か、関係があるんですか?」

青木が、十津川の真意を計りかねるという眼で見て、きいた。

「わかりませんが、北川さんのことは、なんでも知りたいと、思っているわけです」

「列車トリックですが、原稿ができてくるまで、わからないんですよ。北川先生は、これまでそうしてきたし、われわれも、そのほうが楽しみですからね」

と、青木はいう。

「スケジュール表によると、鳴門を取材したあと、松山へ行き、道後温泉に行くことになっていましたね?」

「そうです」

「松山と道後温泉も、小説の中に出てくることになっていたんですか？」

と、十津川はきいた。

「最初に、鳴門の渦潮を書くということが、決まったんです。例の高校生からのファンレターがありましたし、北川先生が、鳴門を書いてみたいといわれましたのでね。しかし、長篇なので、鳴門一カ所では、もたない。あと一、二カ所入れようということになりましてね。鳴門の近くだし、温泉もある。それに、夏目漱石の『坊っちゃん』のこともあるので、松山へ行ってみることにしたわけです」

「それは、東文社のほうで、松山、道後と、決めたわけですか？」

「うちで計画を立てまして、北川先生の了解を得ました」

「すると、こういうことになりますね。まず、鳴門市の高校生の投書があった。それを北川さんが見て、次の小説は、鳴門の渦潮を書くことが決まった。東京からは、午前七時〇四分発の『ひかり』に乗ることになったが、これも、北川さんの提案だった。ここまでは、北川さんの提案といってもいいわけですね？」

十津川は、念を押すようにいった。

「そのとおりです」

「そのあと、東文社のほうで、鳴門だけでは、長篇にしては寂しいので、松山、道後を入れたほうがいいのではないかといい、北川さんが了解した。そうですね？」

「ええ。そのとおりですが、しかし、それが、事件とどんな関係があるんですか？　北川先生が書こうとしたのは、小説ですよ。それに反して、北川先生が殺されたのは、現実なんです。大きな違いだと思いますが」

青木は、怒ったような声でいった。十津川のいい方が、現実と小説の世界を一緒にしているように思え、不謹慎に感じたのかもしれない。

「よくわかっていますよ」

と、十津川はいった。

4

十津川と亀井は、東文社を出ると、近くの喫茶店に寄って、コーヒーを飲んだ。

このあたりには、東文社のほかに出版社が何社かあるので、この店にも、編集者が入ってきて、声高に話すのが、嫌でも十津川たちの耳に飛び込んできた。

「東文社の久保ちゃんは、どうなってるんだい？」

「警察は、相変わらず、疑ってるらしいよ」

「北川さんは、久保ちゃんと、うまくいってなかったのかね？」

「あの先生も、わがままだからなあ」

「おれが出版社を辞めたら、北川京介を殴りたいってのもいたと、聞いているがねえ」

「それ、あんたじゃないの？」

「あははは――」

そんな会話だった。無責任といえば、無責任な会話だった。

「私たちだって、どこかで、あんなふうにいわれているのかもしれませんな」

と、亀井が笑った。

どかどかと編集者たちが店を出て行って、急に静かになった。

「警部の考えを、聞かせていただけませんか」

と、亀井が改まった口調でいった。

「書かれなかった小説のストーリイに、私がこだわっている理由かね？」

十津川が、きいた。

「そうです。青木次長もいっていましたが、北川京介が頭の中で考えていたことと、現実の死は、私も別のことだと思うんです。小説のストーリイどおりに殺人がおこなわれたとでもいうのなら、話は別ですが」

と、亀井はいう。

「カメさん。私はね、煙草のことが、ずっと引っかかっているんだよ」

と、十津川はいった。

「北川が煙草を買ってきてくれといったという、久保の証言ですか？」

「そうだ」

「徳島県警は、あれを、犯人である根拠と見ていますがね」

「久保が嘘をついているというんだろう？」

「そうです。私も、嘘だと思いますね。現実に北川は煙草を持っていたんだから、久保に買いに行かせる必要はなかったわけです」

と、亀井はいった。

「だがねえ、カメさん。嘘としては、まずい嘘だとは思わないか」

「まあ、上手い嘘とは思えませんが――」

「ちょっと煙草を買ってきてくれというのは、あまりにもありふれた言葉だよ。久保は、出版社の編集者だ。それが、あんな下手な嘘をつくだろうかと、思ってね。久保は、北川京介と二人だけで、旅行していた。その片方が殺されれば、当然、もうひとりが疑われてしまう。五、六分、離れていたといって、疑いが晴れるわけじゃない。そのくらいのことは、わかるはずだと思うんだよ。だから、よほど、強固なアリバイがない限り、二人で旅行中には、相手を殺せない。それは、わかっていたと思うね」

と、十津川はいった。

「すると、警部は、久保が本当のことをいっていると、思われるんですか？」

と、亀井がきいた。

「そこまでは断定できないよ。もし、久保が本当のことをいっているとしたらと、考えてみたんだ」

「その先は、どうなるんですか？」

「当然、北川京介は、なぜ、そんなことを、いったかということになる」

と、十津川はいった。

亀井は、じっと、十津川を見つめて、

「なぜだと、警部は、思われるんですか？」

「煙草を買いにやっても、せいぜい五、六分の時間しか稼げない。だが、北川京介には、その時間が必要だったことになる」

「なぜですかね？」

と、亀井がきいた。

「一つだけ、考えられることがあると思ったんだよ。それが、北川が書こうとしていた今度の小説のストーリイなんだ」

と、十津川がいった。

「つまり、北川の考えていたストーリイの中に煙草を買ってきてくれという場面があるのではないかというわけですか？」

亀井が、難しい顔できいた。

「北川がどんなストーリイを考えていたかは、私にはわからない。それで、私は、北川の小説をまとめて読んでみたんだよ。そして、一つの傾向があることがわかった。それが、列車トリックだよ。アリバイトリックだから、当然、身近にいる人間は犯人ではなく、一見、殺すことのできない場所にいる人間が、犯人ということになる」

と、十津川はいった。

「しかし、警部」

と、亀井が口を挟んだ。

「わかってるよ。小説のストーリイと、現実の殺人は、違うというわけだろう？」

十津川は、先回りして、亀井にいった。

「そうです。警部の着眼は面白いと思いますが、あまりにも北川の考えていたストーリイにこだわると、肝心の殺人を見失ってしまうんじゃないかと、思ってしまうんですが」

亀井が、遠慮がちにいった。

「その危険は、よくわかっている」

と、十津川はいってから、

「だがね、不可解な煙草の件を説明するには、それを、北川京介のストーリイとして捕えるしかないんだよ」

と、つけ加えた。

「しかし、北川京介は、すでに死んでしまっています。彼がストーリイのメモを残しているという話も、聞いていません。列車トリックをすでに考えていたとしても、どんなものだったか、わかりませんよ」

亀井が、否定的ないい方をした。

「それを、推定することは、できないものだろうか?」

十津川は、煙草をくわえて、じっと考え込んだ。

「推定するといっても、前提が何もありませんよ。北川は、小説を一行も書かずに、殺されてしまったんですから」

「そうだろうか?」

「一行でも、書いていますか?」

「活字にはなっていないが、私は、少なくとも二つのことを書いていると思っているんだ」

　と、十津川はいって、煙草に火をつけた。亀井は、スプーンを手に持って、弄《もてあそ》びながら、

「北川が、久保と二人で、四国に取材に行ったことですか?」

　と、きいた。

「取材に行ったこと自体ではなくて、北川の意志で、決めたことだよ。それが少なくとも二つあった。一つは、久保に、突然、煙草を買いに行かせたことだ」

「しかし、それは、久保がそういっているだけかもしれません。徳島県警の三浦警部は、今でも、かたく、そう信じていますよ」

　と、亀井がいった。十津川は苦笑して、

「そうだったな。それでは、これは仮定としておこう。もう一つは、五月二十三日の

午前七時〇四分の『ひかり』に乗ったことだ。青木次長の話では、北川がわざわざ電話して、この列車にしたいといったんだといっている」

「これは、私も、興味を持ちました。朝が弱いはずの作家が、なぜ、こんな早い列車を指定したのか、不思議でした」

「それも七時台の列車なら、どれでもいいのではなく、七時〇四分の『ひかり』と指定しているんだ。それで、東文社では、東京をこの列車で出発するスケジュールを立てている。鳴門のあとは、東文社が勝手にスケジュールを立てたということだから、北川が今度書く小説のミソは、鳴門までと考えていた、と思うんだよ。題名も『阿波鳴門殺人事件』となっていて『四国殺人事件』じゃないからね」

と、十津川はいった。

「ちょっと待っていてください」

突然、亀井は立ち上がり、店を出て行ったと思うと、時刻表を買って、戻ってきた。

「近くに本屋があったので、助かりました」

と、いいながら、亀井は四国の地図のページを開いた。

十津川も、そのページに眼をやった。

「一つ、大胆な仮説を立てるとね、北川京介が、鳴門で殺されたが、彼が書こうとしていた『阿波鳴門殺人事件』でも、同じ場所で、殺人が起きることになっていたんじゃないだろうか？」

「それは、面白いですね。大いに興味がありますよ」

亀井が、膝《ひざ》を乗り出すようにしていった。

そのとき、また話し声がして、どやどやと、五、六人の男たちが入ってきた。さっきとは違う出版社の連中らしかった。

「カメさん。ほかへ行こう」

と、十津川は立ち上がった。

5

外は、思いがけず、暑かった。二人は、すいている喫茶店を探した。調布まで帰って、ゆっくりと考えるという気には、なれなかったからである。一刻も早く、十津川は、自分の考えをまとめたかったのだ。
十二、三分も歩き回った末、やっと、すいている喫茶店を見つけて中に入り、さっきの続きを始めた。

十津川は、五月二十三日取材の、東京から鳴門までのルートを、手帳に書き出してみた。

北川京介が殺されるまでと、いいかえてもいい。

「この直後に、北川京介は殺されているんだ」

と、十津川は、自分の書いたメモを見ながらいった。

「列車トリックを使った殺人といいますと、被害者の傍にいた人間は、たいてい犯人ではありませんね」

と、亀井が、急に熱心な調子になって、メモをのぞき込んだ。

「そうだよ。だから、久保は、犯人じゃないんだ。北川京介が、これを小説に書いたとするとね」

と、十津川はいった。

「現場の鳴門から、遠く離れた場所にいたはずの人間が、犯人ですね。彼の小説のパターンとしては」

「そうだ」

「とすると、久保を除いた三人の中のひとりということになりますね。北川の妻の北川まゆみ、ホステスの太刀川ゆき、そして、大学生の有沢のうちのひとりに」

「そうなるね」

　十津川は、大きく肯いた。

「この三人は、いずれも、五月二十三日のアリバイはあいまいです」

　と、亀井はいった。

「それが、ネックなんだよ」

　と、いって、十津川は肩をすくめた。

「と、いいますと？」

「北川の作品では、強固なアリバイを持っている人間が、犯人なんだよ。例えば、四国で殺人があったとき、北海道で列車に乗っていた人間が、犯人だというようにね」

「わかります。私が読んだ北川京介の本でも、九州で殺人が起きたとき、犯人は、新潟にいたことになっていて、それが、強固なアリバイというものでした」

　と、亀井もいった。

「ところが、肝心の三人のアリバイが、やたらにあいまいなんだよ。一日じゅう自宅アパートで寝ていたとか、仕事場でひとりで仕事をしていたとかね。これでは、アリバイ崩しの小説にはならない」

「それは、小説ではなく、現実の事件だからじゃありませんか？」

と、亀井がいった。

十津川は、肯いて、

「この三人のうち、犯人ではない二人は、カメさんのいうとおり、現実の事件だから、あいまいなのは当然だと思う。しかし、もし、犯人が北川京介の考えたアリバイトリックを利用して彼を殺したとすれば、その人間のアリバイは具体的で、はっきりしたもののはずなんだよ」

「なるほど」

と、亀井は肯いたが、すぐ言葉を続けて、

「しかし、現実には、三人とも、アリバイは、同じようにあいまいですよ」

「これでは、北川京介の小説は、成立しないよ。参ったな」

十津川は、溜息をついた。

「やはり、今度の事件は、北川京介の小説とは、関係なく起きたんじゃありませんか?」

と、亀井はいった。

「久保守に、会ってみよう」

と、十津川はいった。

第四章　新大阪駅

1

「久保に会う前に、警部に、一つだけ確認しておきたいことがあるんですが」

亀井が、妙に思いつめたような顔でいった。

十津川は、パトカーに戻りながら、

「カメさんが、何をいいたいか、想像がつくよ」

「本当ですか？」

「ああ、カメさんと、長い間、コンビを組んでいる人間だからね」

と、十津川はいった。

パトカーに戻り、並んで腰を下ろす。亀井は、車をスタートさせた。

「久保守は、あくまでも容疑者のひとりだ。だから、彼の言葉をそのまま鵜呑《うの》みにすると、大変なことになる。カメさんは、それをいいたいんだろう？　そのつもりで、久保のいうことを聞く。それを、確認しておきたいとね」

「そのとおりです。それに、徳島県警は、久保を犯人と考えています。その人間の言葉を、われわれが信用して捜査を進めると、徳島県警と、衝突することになります」

「久保自身に有利な証言は、眉《まゆ》に唾《つば》して聞くよ」

と、十津川はいった。

「それなら、安心です」

と、亀井はいった。

吉祥寺の久保のマンションに着いたときは、陽が落ちて、少しは涼しくなっていた。

久保は、部屋にいてくれた。かたい表情で十津川たちを迎えたのは、警察に対して、不信の念を持っているからだろう。それとも、真犯人だからか。

「今日は、何を聞きにきたんですか？」

と、久保は、二人を睨《にら》むように見ていった。

「北川京介さんが、どんなストーリイの小説を書こうとしていたのか、それを知りたいんですよ。阿波鳴門を舞台にしてです。北川さんから、話を聞いていませんか？」

と、十津川がまずきいた。

久保は、小さく頭を横に振って、

「全然、聞いていませんよ。北川先生は、書き出すまで、まったく内容を知らせてくれない作家だったんです」

「何か、ヒントといったものもですか?」

と、亀井がきいた。

「何も聞いていませんよ。北川先生は、話すと気が抜けてしまうし、もう書いたような気になってしまうからといって、書くまで、まったく話してくれないんですよ」

「しかし、取材旅行は参考にして、書いていたわけでしょう?」

と、十津川はきいた。

「そうです。もちろん、取材した一部が使われるわけで、全部が作品に生かされるわけじゃありませんが」

「午前七時〇四分の『ひかり73号』に乗るのは、北川さんが指定したこととすると、この列車は、小説でも使う気だったんじゃありませんか?」

と、十津川は具体的にきいていった。

「ええ。そう思います」

「あと、北川さんが指定したことは、何だったんですか?」

「あとですか?」

と、久保は考えていたが、

「ありませんね」

「鳴門駅から、鳴門公園に行くのに、タクシーを使ったのは、北川さんの指示じゃなかったんですか?」

「いや、先生は、バスでもタクシーでもいいといわれたんですが、面倒くさいので、私がタクシーにしたんです」

と、久保はいう。

これでは、十津川の思うようなストーリイにはなってこない。

「あなたは、北川まゆみさんを知っていますか?」

と、十津川はきいた。

「もちろん知っていますよ。北川先生の奥さんでしょう。お宅に伺ったとき、何回かお会いしていますから」

「太刀川ゆきも、知っていますね?」

「ええ、知っています」

「有沢哲也と小西麻子は、どうですか？」

「有沢哲也と小西麻子ですか？」

と、久保は、おうむ返しにいってから、急に「ああ」と肯いて、

「女性のほうは、深大寺で殺されていた人でしょう？」

「そうです。会ったことはありますか？」

「いや、ありません」

「有沢という彼女のボーイフレンドは、どうですか？」

「それも知りませんよ」

「この男です」

と、十津川は、有沢の顔写真を取り出して、久保に見せた。

久保は、それに眼をやったが、首をかしげて、

「なぜ、僕に見せるんですか？」

「北川京介さんが、どんなストーリィの『阿波鳴門殺人事件』を書きたかったのか、それを知りたいんですよ」

と、十津川はいった。

久保は、呆《あき》れたという顔になって、

「そんな小説のことより、今の事件を解決するほうが、警察の仕事じゃないんですか？」

「今度の事件は、ひょっとすると、北川さんの小説が基礎になっているかもしれないと、思っているんですよ」

「まさか――」

「北川さんは、今度の作品でも、列車トリックを作品に入れるつもりだったわけでしょう？」

「それが売り物ですから」

「それで、わざわざ、早朝七時〇四分発の『ひかり73号』に、乗った。列車の中で、何かありませんでしたか？」

と、十津川はきいた。

「何かというと、どういうことですか？」

「北川さんが、列車の中で、電話をかけるとか、乗客の誰かに、声をかけるとか、そういうことですよ」

「そういうことは、ありませんでしたね。昼食は、高松で買った駅弁を食べましたし――」

と、久保は呟くようにいっていたが、

「ああ、北川先生の奥さんと、車内で一緒になりましたよ」

「何だって！」

突然、十津川が大声を出したので、久保のほうが、びっくりした顔になった。

「どうなされたんですか？」

「なぜ、そんな大事なことを、今まで黙っていたんですか？」

十津川は、相変わらず、大声できいた。

「事件に関係ないと思ったので、いわなかったんです」

「北川まゆみさんは、東京駅から、一緒に『ひかり73号』に乗ったんですか？」

「いや、名古屋から乗ってきたんです。僕と、ご主人が乗っていたので、びっくりした顔をされていましたね。偶然、同じ列車になったからでしょう」

「十六両もあるのに、一緒になったんですか？」

と、亀井がきくと、久保は笑って、

「でも、グリーン車は三両だけですから」

「それで、北川まゆみさんは、どこまで乗って行ったんですか？」

と、十津川がきいた。

「新大阪までです」

「それ、間違いないですか？」

「ええ。ちゃんと新大阪で降りられましたし、ホームから僕たちを見送ってくれましたよ。手を振って」

と、久保はいった。

「名古屋や新大阪で、何をしているんだろう？」

「インテリアデザインの仕事ですよ。北川先生の奥さんも、最近は、その方面で売れっ子のようですから」

「ほかに、列車の中で会った人はいませんか？　クラブ『かつら』の太刀川ゆきさんは、どうですか？」

「会っていませんね」

「この有沢という男は、どうですか？」

「会っていても、覚えていませんよ。今日、初めて写真を見たんですから」

と、久保は文句をいった。

「北川さんに、車内でサインを求めた人はいなかったんですか？」

「なぜですか？」

「その中に、この有沢がいたんじゃないかと思いましてね」

「ときどき中、高生の中に、北川先生のファンがいて、車内でサインをせがまれることがありますが、五月二十三日はありませんでしたね」

と、久保はいった。

2

「次は、当然、北川まゆみにお会いになるんでしょう？」

と、亀井が外に出たところで十津川にいった。

「もちろんだよ。彼女に会って、なぜ嘘をついたか、聞いてみなきゃならないからね」

と、十津川は厳しい顔でいった。

パトカーで、急いだ。

北川まゆみは、自宅のほうではなく、仕事場のほうにいた。

「自宅のほうは、主人との思い出があって、辛いもんですから」

と、まゆみは十津川たちにいった。

十津川は、前とは違った意識で、彼女を見つめた。

美人だなと思った。頭もよさそうである。それだけに、気位《きぐらい》も高いだろう。

「あなたは、われわれに嘘をつきましたね」

十津川は、相手をまっすぐに見つめていった。が、まゆみの顔には、別に狼狽《ろうばい》の色は浮かばなかった。

「嘘って、何のことでしょう？」

と、小さく首をかしげてきいた。

「五月二十三日のアリバイですよ。あなたは、五月二十三日は、この仕事場に一日じゅういたといわれた。しかし、ご主人と同じ列車に乗って、新大阪へ行かれたんでしょう？」

十津川がいうと、まゆみは、あっさりと、

「ええ」

と、肯いた。

十津川は、眉を寄せて、

「なぜ、嘘をついたんですか？」

「それは、久保さんのことを考えたからですわ」

と、まゆみはいう。

「どういうことなんですか？　それは」

亀井が、きいた。

まゆみは、二人にも出した紅茶をゆっくり口に運んでから、

「あの日、私が名古屋から新幹線に乗って、グリーン車に行ったら、ちょうど、主人と久保さんに会ったんです。それで、ちょっと話をしたりして、私は、新大阪で降りましたわ。そのことは、きっと、久保さんが警察にも話していると思っていたんです。それなのに、刑事さんが、まったくそのことに触れないので、きっと、久保さんが、わざといわなかったんだと考えたんですわ。何か、都合が悪いことがあって、私のことは話さなかったんじゃないか。新幹線の中では、知っている人間には会わなかったと、久保さんは、警察に証言しているに違いない。そう思ったので、つい嘘をついてしまったんですわ」

と、いった。落ち着いた口調だった。

「新大阪には、何をしに行かれたんですか？」

と、亀井がきいた。

「大阪のMデパートで、二十二日から開かれているアメリカンデザイン展を見に行っ

たんですよ。どうしても、見たかったんです」

「そのあと、どうされたんですか？」

と、これは、十津川がきいた。

「大阪にお友だちがいるので、電話をかけて、夕食を一緒にして、そのあと、新幹線で東京に帰りましたわ。帰ったのは、十二時ごろだったと思いますけど」

「大阪のお友だちの名前を、教えていただけますか？」

「ええ。この人ですわ。久しぶりに会って、名刺を貰《もら》ってきましたの」

と、いい、まゆみは、名刺を見せてくれた。

〈大阪版画クラブ　佐々木《ささき》リエ〉

とあり、電話番号も書いてあった。

十津川は、それを手帳に書き写した。

「名古屋では、何をしていたんですか？」

と、十津川は、手帳をしまって、まゆみにきいた。

「インテリアデザインの仕事ですわ。新しく開店する宝石店のインテリアを監督してきたんです。そのお客の名前も、申し上げましょうか？」

「いや、それは結構です」

と、十津川はいった。

五月二十二日のことは、事件には関係ないと思ったからである。

十津川は、まゆみと別れて、捜査本部に戻ると、大阪の佐々木リエに電話をかけてみた。少し、女にしては低い、落ち着いた声がはね返ってきた。

「ええ。まゆみさんと、五月二十三日に久しぶりに会って、夕食を一緒にしましたわ」

と、佐々木リエはいった。

「何時に、会われたんですか？」

「午後七時に、梅田の駅前で会って、私の知っている店に行きましたわ。『広沢』という串カツのおいしい店ですけど」

「彼女が、電話してきたんですか？」

「ええ。二十三日の午後二時に電話してきて、今日、大阪のMデパートでやっているアメリカンデザイン展を見にきている。夕方会いたいというんで、久しぶりに会ったんです。正午にも電話をくれたんですけど、そのとき、私が事務所にいなくて、受付の女の子が聞いておいてくれたんです」

「あなたも、Mデパートのアメリカンデザイン展というのを、ご覧になりましたか？」

「ええ。なかなか、いいものでしたわ」

「北川まゆみさんが、わざわざ見にくるだけのものが、ありましたか？」

「ええ。現代アメリカを代表するデザインばかりで、彼女が見たいと思うのは、当然だと思いましたわ」

「すると、夕食のとき、当然、そのデザイン展のことが、話題になったんじゃありませんか？」

と、十津川はきいてみた。

「ええ。なりましたわ。彼女が、デザイン展で、きれいなアメリカンデザインブックを買ってきたんで、それを見ながらでしたわ」

「そのデザインブックは、Mデパートの会場で売っているわけですか？」

「ええ。五千円と高いから、私は買いませんでしたけど」

「久しぶりといわれましたが、どのくらい会ってなかったんですか？」

と、十津川はきいた。

相手は、ちょっと考えているようだったが、

「三年ぶりだったかしら」

「彼女、以前と、変わっていましたか？」

「ますますきれいになって、有名になって、ひと回り大きくなったなと思いましたわ」

「インテリアデザイナーとして、有名なんですか？」

「ええ。才能があるという評判ですよ」

「ご主人が、作家の北川京介さんだということは、ご存じですね？」

「ええ。もちろん。北川さん亡くなったんでしょう。忙しくて、東京に行けないんで、彼女に、お悔やみの電報を打ったんです。電話しようと思ったんですけど、電話番号を忘れてしまって」

と、佐々木リエはいった。

「五月二十三日に、夕食を一緒にされたとき、北川京介さんのことは、話に出ましたか？」

と、十津川はきいてみた。

「もちろん出ましたよ。そしたら、四国に取材旅行に行っていると、彼女はいってい

ました。まさか、その四国で亡くなるなんて――」

「彼女と北川京介さんの夫婦仲は、上手くいっていたんでしょうか？」

「さあ、今もいったように、三年間も会ってませんでしたから、私にはわかりませんわ」

と、リエはいった。

3

電話を切ると、十津川は、亀井に向かって、

「これで、上手く列車トリックを考えつくといいんだがね」

と、いった。

「新大阪で降りた北川まゆみが、果たして、鳴門へ行き、夫の北川を殺せるかどうかですね？」

と、亀井がきいた。

「二十三日の午後二時四十分から三時の間にね」

「調べてみましょう」

亀井も乗り気になってきた。

北川まゆみは、夫の北川京介たちの乗った「ひかり73号」を、新大阪で降りた。それは、久保が確認している。とすると、彼女が犯人なら、北川たちの乗った「ひかり73号」を、追いかける形になってしまうのだ。

とすれば、新幹線より早い飛行機を利用する以外にない。

「大阪から、四国に行く飛行機を、使ったんだよ」

と、十津川はいった。

亀井は、時刻表を見ていたが、

「大阪から四国だと、考えられるのは、大阪―徳島と、大阪―高松の二つの便ですね」

と、いった。

「二つの便の時間は？」

と、十津川がきいた。

「ええと、適当なものがありますかね」

と、亀井は呟きながら、二つのルートの時刻表を手帳に書き写していたが、

「この便だと思いますがね」

と、手帳を十津川に見せた。

○大阪一一時五〇分↓徳島一二時二〇分

一三時三五分↓徳島一四時〇五分

○大阪一三時〇〇分↓高松一三時四五分

それを、十津川は、じっと見ていたが、

「北川が、鳴門公園で殺されたのは、十四時四十分から十五時の間だ。高松に十三時四十五分に着いて、鳴門まで一時間十五分以内で行けるだろうか？」

「飛行機が空港に着いて、空港の外に出るまでに、十五分はかかります。とすると、一時間の余裕しかありません。列車では、鳴門まで行けません。高松―池谷が、特急で一時間三分かかりますし、池谷―鳴門が、十七分ですからね。乗りかえをゼロとみても、一時間二十分かかってしまうんです」

と、亀井はいった。

「すると、高松空港から、タクシーで鳴門公園まで行くよりないということになるね」

　と、十津川はいった。

「タクシーは、無理でしょう。一時間で鳴門公園まで行けるとは思えないし、第一、高松空港から鳴門公園までタクシーを飛ばせば、目立って、運転手に顔を覚えられてしまいます。レンタカーは、運転免許証を見せなければなりませんしね」

「すると、大阪↓徳島のルートということになるね」

　十津川は、地図を見ながら、いった。

　亀井は、時刻表を見ていたが、

「こちらなら、楽に間に合いますよ」

「そうだね。徳島空港に十二時二十分に着けば、JR徳島駅に、十三時にはゆっくり行ける。十五時まで、あと二時間あるからね。徳島—池谷—鳴門と、列車を乗りついでも間に合うね」

「一四時〇五分着の航空便でも、タクシーでぎりぎり、間に合うかもしれませんよ」

　と、亀井はいった。

　北川まゆみは、五月二十三日「ひかり73号」を、新大阪で降りた。この時刻が、十時四分である。

新大阪から大阪空港まで、車で二十五分かかるとされている。それを三十分とみても、十時三十四分。いや、新幹線から降りて、駅前に出るまで、十五、六分かかるとみて、十時五十分には、大阪空港に着けるはずである。

とすれば、一一時五〇分の飛行機にも、ゆっくりと乗ることができるのだ。

「これで、決まりですね」

亀井が、ニッコリと笑っていった。

4

「死んだ北川京介が考えていたアリバイトリックは、これだったということになってくるね」

と、十津川もいった。

「なかなか、面白いストーリイだと思いますよ」

と、亀井はいった。

北川京介が「阿波鳴門殺人事件」の主人公を、作家にするつもりだったかどうかは、わからない。

今までの彼の作品を見ると、作家を主人公にはしないだろう。

それはともかく、主人公は、四国の鳴門にきて、渦潮を見物している最中に、何者かに殺される。

彼は、東京を午前七時〇四分発の「ひかり73号」で、出発した。その車中で、知り合いに会う。それを、主人公の妻とするつもりだったかどうかもわからない。友人にする気だったかもしれないし、恋人にする気だったかもしれないが、主人公のよく知っている人間なのだ。

その男（女）は、新大阪に用があるといって、降りて行く。だから、主人公が鳴門で殺されたとき、容疑圏外になってしまった。

北川の小説の探偵役は、私立探偵の沢木《さわき》である。

今回も、沢木がアリバイ崩しに挑戦し、容疑圏外にいる男（女）が、真犯人であることを証明するはずだったのだろう。

「北川京介は、きっと、自分のアリバイトリックを、取材に同行している久保に見せて『どうだ』と、いいたかったんだと思うね」

と、十津川はいった。

「そうなると、煙草の件は、久保のいうとおり、北川が煙草を買ってきてくれと、頼んだことになりますね」

と、亀井がいう。

十津川は、大きく肯いて、

「そのとおりさ。新幹線の中で一緒になり、新大阪で降りた妻のまゆみは、われわれが考えたように、大阪↓徳島を飛行機できて、鳴門公園に先回りしていたんだ。北川は、わざと、久保を煙草を買いにやった。その間に、近くに隠れていた妻のまゆみを呼び寄せる。煙草を買ってきた久保は、新大阪で降りたはずの北川の妻がいるので、びっくりする。北川はニヤッとして『これが、今度の小説のアリバイトリックだよ』という。北川は、そうやりたかったんじゃないかな」

「それを、まゆみが逆手に取って、というか、北川の考えたアリバイトリックを利用して、夫の北川を殺したということですね？」

と、亀井が眼をきらきら光らせていった。

「北川京介は、妻のまゆみに、自分の考えたアリバイトリックを話し、久保をあっといわせるのを手伝ってくれと、頼んでいたんだと思うね。だから、まゆみは、名古屋から同じ列車に乗ってきて、グリーン車に行き、久保に挨拶《あいさつ》したんだ。そのうえ、新大阪で降り、ホームから手を振った。間違いなく、新大阪で降りたことを、久保に認識させるためだよ。そして、鳴門公園に、突然、新大阪で降りたはずのまゆみが現れて、久保をびっくりさせる。北川が、そこで、自分の考えたアリバイトリックを、自慢気に久保に話す。子供っぽいといえば、子供っぽい悪戯《いたずら》だ。いや、悪戯のはずだった」

「ところが、まゆみは、夫の北川を憎んでいて、このチャンスを利用して、殺すことを考えたというわけですね」

「アリバイは、夫が考えてくれたし、それに、きっと、取材に同行している久保に、疑いがいくだろうという計算もあったんじゃないかね」

「まゆみは、夫を殺したあと、大阪に戻り、何くわぬ顔で友人の佐々木リエに会って、夕食を取り、アリバイをより強固なものにしたというわけですね」

「午後三時に北川を殺したとして、四時間あれば、大阪に戻れるだろう」

「一七時四五分徳島空港発の大阪行の飛行機があります。これに乗れば、一八時二〇分に大阪に着きますから、午後七時に、梅田で友人に会うことができます」

　と、亀井はいった。

「これで、完璧《かんぺき》か」

　十津川は、ほっとして、煙草に火をつけた。

だが、興奮が醒《さ》めてくると、十津川の表情は、厳しいものになってきた。だが、それで、北川まゆみが犯人だとすれば、そのアリバイは、崩すことができた。

彼女を犯人と決めつけて、逮捕できるかといえば、そうはいかないからだった。

北川京介が考えていたストーリイは、そのとおりかもしれない。しかし、現実は、そのとおりだとは限らないといわれるだろう。少なくとも、北川まゆみはそういうに決まっているし、それに反論はできそうもない。

北川まゆみだけではない。徳島県警の三浦警部だって、同じことをいうだろう。小説のストーリイとしては面白いが、現実は違いますよと。

「北川まゆみに、もう一度、会いますか？」

と、亀井がきいた。

「いや、彼女は、否定するに決まっているさ、現実は違うとね」

「それでは、大阪→徳島便の乗客を、洗ってみますか？　五月二十三日の一一時五〇分の便と、一三時三五分の便の乗客です。われわれの推理が正しければ、どちらかの便に、北川まゆみが必ず乗っていますよ」

「乗っているとしても、偽名だろうね」

「そう思います。しかし、警部。この便に使われている飛行機はＹＳ11で、定員は六十四名です。少ないから、スチュワーデスが顔を覚えているかもしれません。北川まゆみの写真を送って、大阪府警に調べてもらったらどうでしょうか？」

「やってみるか」

と、十津川はいった。

すぐ、大阪府警に協力依頼の電話を入れた。北川まゆみの写真も送った。

翌日、問題の二つの便の乗客名簿のコピーが送られてきた。

ただ、それには、次のような文章が、書き加えられていた。

〈五月二十三日の二つの便のスチュワーデスに、写真を見せてききましたが、彼女たちは、写真の女性に記憶がないと証言しています。念のため、二つの便の乗客名簿のコピーを送りますが、スチュワーデスたちの証言は、信用してよいと考えます。

大阪府警本部　増田和郎《ますだかずお》〉

「どう思うね？」

と、十津川はこれを亀井に見せてきいた。

「北川まゆみが犯人なら、このどちらかに、乗っていたはずです。新幹線より早い列車はありませんから、飛行機を使ったに違いないからです」

「スチュワーデスの証言は、信用できないということかね？」

「そうです」

「あとは、この乗客名簿を、ひとりずつ当たってみるより仕方がないんだが」

十津川は、両方で百名を超える乗客の名簿に、眼をやった。

この中に、北川まゆみの偽名があるのだろうか？　いや、彼女が犯人なら、必ずこの中にいるはずなのだ。亀井のいうとおり、新幹線で先に行った人間を追いかけるには、飛行機を使う以外にないからである。もちろん、乗客名簿の全員を調べる必要はない。男の乗客がいるからだ。女性は、全部で三十六名。

（この中に、北川まゆみがいるのだろうか？）

「西本刑事たちにも手伝わせて、やりましょう」

と、亀井がいった。

「ちょっと待ってくれ」

と、十津川が急にいった。

「どうされたんですか？　この三十六人の女性客の中に、必ず北川まゆみがいるはずですよ」

「いるだろうか？」

「警部。どうして、急に弱気になられたんですか？」

亀井が、不思議そうに十津川を見た。

「どうも、この中に、北川まゆみはいないような気がしてきたんだよ」

「スチュワーデスの眼を、信用されるわけですか？　彼女たちだって、乗客全員の顔を、ひとりひとり、はっきり覚えているとは限りませんよ。それに、北川まゆみが犯人なら、髪形をわざと変えて、乗ったかもしれません」

「そうじゃないんだ」

と、十津川は手を振った。

「どういうことですか？」

「北川京介のこれまでの小説のことを、考えていたんだよ。アリバイトリックが、どんなものだったかなと思ってね」

「――」

亀井は、十津川が、何をいいだすのかという顔で、見守っている。

「まあ、つまらないものもあるが、それでも、ひとひねりしてある。その、ひねりが人気なんだろうと思うんだよ」

「それと、今度の事件と、どんな関係があるんですか？」

「北川まゆみが、犯人だとしてみよう。同じ新幹線に乗っていた彼女が、新大阪で降りたあと、どうやって、先行する北川京介を鳴門で殺せるかということになっている」

「結構、面白い設定だと思いますが」

「しかし、われわれが見つけた解答を、考え直してみようじゃないか。新幹線より早いものといえば、子供だって、飛行機を考えるよ。そして、時刻表を見れば、大阪↓徳島便が出ている。これに乗れば、ゆっくりと間に合ってしまう。間に合う飛行機は二便もあるんだ」

「そのとおりですが」

「これじゃあ、ひねりも何もないと、思わないかね？　推理作家の考えるアリバイトリックとしては、お粗末だよ」

と、十津川は重い口調でいった。

「確かに、簡単ですが、犯人はこのとおりに行動したかもしれません」

「いや、違うね」

「なぜですか？」

「北川まゆみが、犯人としよう。彼女は、頭のいい女性だよ。そんな女性が、こんな簡単な、すぐ解明されてしまうようなアリバイトリックを頼りに、殺人を犯すだろうか？　私が彼女なら、危なくて、絶対に実行には走らないがね」

「それはわかりますが、現実に、北川は、鳴門で殺されていますし、北川まゆみは、新大阪で降りていて、大阪↓徳島便を利用すれば、殺人は可能です。つまり、彼女には、アリバイがないわけですよ。逮捕しようと思えば、逮捕できるんです。逮捕された場合、彼女が、自分のアリバイを、改めて証明せざるをえないわけです」

と、亀井はいった。

十津川は、また、いやいやをするように、頭を振った。

(何か違うのだ)

という思いがあったからである。

「ちょっと、考えさせてくれ」

と、十津川はいい、腕組みして考え込んだ。何か、見過ごしたことがあるような気がして、仕方がないのである。

(何を見過ごしているのだろうか？)

亀井は、十津川の考えを邪魔しないように、黙って立ち上がると、コーヒーをいれ始めた。

「何か忘れているんだ」

と、十津川は声に出して呟いた。

彼は、必死になって、北川まゆみと会って、話をしたときのことを、思い出そうと努めた。

彼女は、五月二十三日、大阪でアメリカンデザイン展を見、夕方は、友人の佐々木リエという版画家と、食事をしたと証言している。それを確かめるために、彼女にも電話したのだ。

（何を話したのだったろうか？）

何か、アリバイ証明につながることを、北川まゆみが、いったのではなかったろうか？　それとも、佐々木リエの証言の中だったろうか？

「電話だ！」

突然、十津川が大声で叫んだ。

5

「電話って、何ですか？」

亀井が、コーヒーカップを、十津川の前に置きながら、きいた。

「電話だよ、カメさん。五月二十三日、大阪で、北川まゆみは、二度、友人の佐々木リエに、電話をかけているんだよ。正午と、午後二時の二回だ」

「ええ。佐々木リエは、そう証言していましたね」

「それが、問題なんだよ！」

と、十津川はまた大声を出した。

「しかし、その電話が、必ずしも大阪からかけたとは限りませんよ。例えば、午後二時に佐々木リエに電話をかけていて、それが、午後二時に、大阪にいたことの証明になると、当人は、思っているのかもしれませんが、鳴門から、いかにも大阪にいるように装ってかけたとしても、大阪にいたという証明にはなりませんよ」

「違うんだよ。カメさん」

十津川は、いらいらするという顔で、強くいった。

「どこから電話したなんてことは、関係ないんだよ。大阪で電話したかどうかなんて、問題じゃないんだ」

「しかし、警部――」

「何が、問題なんですか？」

「時刻だよ。正午と午後二時の二回ということが、大事なんだ」

「まだ、よくわかりませんが――」

「これだよ、これ」

と、いいながら、十津川は、黒板のところに行き、大阪→徳島便の時刻を書き出した。

大阪一一時五〇分→徳島一二時二〇分
大阪一三時三五分→徳島一四時〇五分

「この二便のどちらかで、北川まゆみは鳴門へ行って、夫の北川京介を殺したと、われわれは考えているんだ」

と、十津川は亀井にいった。

「そのとおりです」

「まだ、わからないかね？　飛行機の飛んでいる時間を考えてくれよ、カメさん」

「あっ！」

と、今度は亀井が大声をあげた。十津川は、ニヤッとして、

「そうなんだよ、カメさん。正午と午後二時は、どちらかの飛行機の中なんだ。そして、飛行機、特にＹＳ11の機内からは、電話はかけられないんだ」

「まずいですね。まずいですよ」

「いや、私は、かえって、ほっとしているんだ。あんなに簡単なアリバイトリックでは、おかしいと思ったんだよ。それが売り物の北川京介らしくないんだ」

「しかし、小説と、現実は――」

「現実にだって、北川まゆみのアリバイは、崩れなかったんだ」

と、十津川はいった。

亀井は、自分のカップにも、コーヒーを注《つ》いだ。

「警部。新幹線を追っかけられるのは、飛行機だけです。その飛行機が駄目だとすると、北川まゆみは、シロということになってしまいますよ」

「ああ、わかってる」

「徳島県警の三浦警部のいうように、久保守が、犯人ということでしょうか？」

「いや、そう断定はできないよ」

「すると、正午と午後二時に、佐々木リエに電話したというのは、嘘でしょうか？」

「嘘？」

「そうです。誰かに、正午と午後二時に電話してくれと頼んでおいて、自分は、徳島行の飛行機に乗ったんじゃないでしょうか？」

「佐々木リエは、親友だったんだ。まゆみの声を聞き違えたりはしないだろう」

「それは、午後二時ですよ。正午のほうが問題です。佐々木リエはいなくて、事務所の女の子が電話を受けています」

「しかしねえ、カメさん。正午のとき、たまたま佐々木リエが留守だったが、もし事務所にいたら、たちまち他人と見破られて、アリバイトリックは崩壊してしまうよ。だから、私は、二回とも、北川まゆみ本人が電話したと思っている」

「そうすると、アリバイが成立してしまいますよ」

「ああ、そうだ」

「久保守ですか？」

「ほかにも、二人いるよ」

「そうでした。三人です。三人を、もう一度、調べ直しますか？　久保は、アリバイは、ないに等しいし、あとの二人は、あいまいです」

「やってみよう」

と、十津川はいった。

徳島県警の三浦には、もう一度、鳴門公園周辺の聞き込みを頼んだ。

「特に、太刀川ゆきと、有沢哲也のどちらかを、五月二十三日に目撃した者がいなかったかどうか、それを知りたいんですよ」

と、十津川はいった。

「北川まゆみは、いいんですか？」

と、三浦がきいた。

「彼女には、アリバイが成立したので、それを、崩さなければなりません」

と、十津川は正直にいった。

三浦は、嬉しそうに、

「そうなると、やはり、久保守が、犯人の可能性が大きいわけですね？」

と、電話の向こうでいった。

「とにかく、目撃者を見つけてください」

と、十津川は頼んだ。

その一方で、亀井たちは、もう一度、太刀川ゆきと有沢哲也の周辺を捜査し始めた。太刀川ゆきについていえば、果たして、彼女が、殺したいほど、北川京介を憎んでいたか、五月二十三日に、果たして、日中、自宅マンションにいたかどうかということである。

有沢哲也の場合も、同じだった。彼の叔父の自殺の原因を、北川京介にあると考え、本当に彼を憎んでいたか、二十三日は、一日じゅう自宅アパートにいたかである。それに、有沢の場合は、ガールフレンド小西麻子のこともあった。殺された彼女のことも、調べ直す必要があったのである。

最初にわかったのは、太刀川ゆきのことだった。

「彼女には、アリバイがありました」

と、西本刑事が帰ってきて、十津川に報告した。

「どんなアリバイなんだ?」

「五月二十三日の午後一時五十分ごろ、外から、彼女に電話が入っていたんです」

「おかしいな。そんな電話があったのなら、なぜ彼女は、今までにいわなかったんだろう? 自分のアリバイになるんだから」

と、十津川はいった。

「多分、忘れていたんだと思います」

「彼女が、思い出して、君にいったんじゃないのか？」

「違います。こちらで発見したアリバイです」

「くわしく、話してくれ」

と、十津川はいった。

「五月二十三日から二十四日にかけて、彼女の住むマンション周辺に、K証券が、片っ端から株を買いませんかという勧誘の電話をかけまくっていたことが、わかったんです。それで、ひょっとすると、五月二十三日に、K証券が太刀川ゆきにも勧誘の電話をかけているかもしれないと思ったのです。それで、K証券へ行ってきました。二十三日と二十四日に、ここでは、五人の女子社員が電話を前に置き、渡された名簿に従って、かけていったんだそうで、二十三日の分の中に、思ったとおり太刀川ゆきの名前がありました」

「かけた時間も、わかったのか？」

「わかりました。女子社員が、覚えていました。ちょっと変わった名前なので、覚えていてくれたんです。その女子社員が電話をかけたら、相手は眠そうな声を出し、どのくらい儲かるのときいたそうです」

「それが、午後一時五十分ごろというわけだね？」

「そうです。結局、太刀川ゆきは、株を買うとはいわなかったそうです」

「その電話のことを、なぜ彼女は忘れていたのかな？」

「多分、証券会社や、生命保険、あるいは、不動産会社などから、毎日のように、勧誘の電話がかかっていたからだと思いますね」

と、西本はいった。

「それに、いつも、昼過ぎに起きるということですから、K証券が電話してきたときは、寝呆《ねぼ》けながら、電話に出たんだと思います。それで、太刀川ゆきは、簡単に忘れてしまったんじゃありませんか」

と、日下刑事がいった。

「太刀川ゆきのアリバイ成立か」

「そうです。彼女は、K証券とは、何の関係もありませんし、電話をかけまくった女子社員と太刀川ゆきとも、関係がありません。それだけに、信頼がおけると思いますね」

と、西本が断定するようにいった。

「これで、北川まゆみと、太刀川ゆきの二人が消えたのか」

十津川は、小さく溜息をついた。四人の容疑者の中で、この二人が、いちばん犯人らしく思われていたからである。

「まだ二人いますよ」

と、亀井が慰めるように、十津川にいった。

「男二人だろう？　私はね、この二人は、犯人にふさわしくないと思っていたんだ。その二人が残るとは、思っていなかったんだよ」

と、十津川はいった。

「ふさわしくないというのは、どういうことでしょう？」

「久保は、同行取材の最中に、北川京介を殺すような馬鹿なことをしたことになる。そんなことをすれば、自分が疑われるのは、わかっているだろうにね」

「有沢哲也は、どうですか？」

「この男の場合は、なぜ、五月二十三日に、北川京介が鳴門へ行くのを知っていたのか、それが謎だね。それに、時間もわかっていないと、あの時間に、鳴門公園で殺せないよ」

と、十津川はいった。

「ガールフレンドの小西麻子を追いかけて行って、偶然、鳴門で北川を見つけ、自殺した叔父のことを思い出して、カッとなって、殺してしまったということも、考えられますよ」

「それなら、なぜ、小西麻子を殺したのかな？　有沢は、彼女が鳴門へ行っていることは、知っていたわけだろう？　それなら、彼女に見られないように行動するだろうし、犯行を見られたのなら、もっと早く、対処していたんじゃないかね」

「確かに、そのとおりですが――」

「彼女は、鳴門には行っているが、犯行は、目撃していないんだ。目撃していれば、一一〇番しているはずだからね。とすると、彼女が撮った写真の中に、偶然、有沢が写っていたことになる」

と、十津川がいうと、亀井が肯いて、

「東京にいるはずの有沢が、鳴門にいたので、彼女が彼を問いただした。有沢のほうは、ぎょっとして、口封じに彼女を殺した。そういうことじゃないかと思うんですよ」

「しかし、二人は、恋人同士だよ。やはり、君に会いたくなって、鳴門へ行ってみたんだといえば、すんでしまうんじゃないかね。何も、殺す必要はなかったと思うんだがね」

と、十津川はいった。

「有沢のアリバイは、相変わらず、あいまいなままかね？」

「アルバイトの夜勤明けで、一日じゅう、アパートの部屋で寝ていたというだけです」

「食事をしなかったわけじゃないだろう？　昼食は、とらなかったのか？」

「彼は、スーパーで、アルバイトをしていますから、前日、売れ残ったパンや牛乳を安く買って帰り、二十三日の昼は、それですませたといっています」

「誰も訪ねてこなかったのかね？」

「それもなかったといっています。午後は、ぼんやり、テレビを見ていたといってます」

「電話は？」

「それもなかったそうです」

「小西麻子とは、恋人同士ということだが、実際にはどの程度の関係なのかね？」

と、十津川はきいた。

「周囲の友人たちの話では、まあ、普通の恋人同士のようですね。愛し合ってはいるが、結婚の予定はない、といったところです」

と、西本がいった。

「彼女のマンションへ、行ってみよう」

と、急に十津川は、いった。

なんとかして、容疑者の数を減らしていかなければならないのである。

十津川と亀井は、パトカーで三鷹に向かった。

三鷹の彼女のマンションの部屋には、まだ「立入禁止」の札が貼りつけてあった。

1DKの部屋に、十津川と亀井は入った。

前に調べたときと何も変わっていない。改めて、部屋の中を隅から隅まで調べてみたが、何も見つからなかった。

「駄目ですね」

と、亀井は溜息をついて、傍にあった椅子に腰を下ろした。

「有沢哲也からの手紙も見つからんね」

「しかし、だからといって、有沢が持ち去ったとはいえません。最近の若者は、手紙を書かず、電話ですませてしまいますから」

と、亀井がいった。

「どうも、有沢が犯人とは、思えないんだがね」

と、十津川がいったとき、ドアのチャイムが鳴った。

思わず、二人は、顔を見合わせてしまったが、亀井が、立ち上がって、ドアを開けた。

二十歳くらいの女が、花束を手に持っていた。

「すいません。麻子さんのご家族の方は？」

と、女がきいた。

亀井は、警察手帳を見せてから、

「まあ、入ってください」

と、相手を部屋に招じ入れた。

女は、自分の名前を神田美矢子《かんだみやこ》といった。死んだ麻子の友人だともいった。

「ずっと、アメリカに行っていたので、彼女が亡《な》くなったのを知らなかったんです。帰国してから知って、びっくりしてしまって」

と、神田美矢子はいった。

「彼女に、有沢哲也というボーイフレンドがいたことは、知っていましたか？」

と、十津川がきいた。

「ええ。紹介されたこともあるし、ほかの男の子を誘って、四人で旅行に行ったこともありますわ」

と、いった。

だが、麻子が殺されたことについては、ただ、びっくりしているだけで、心当たりはまったくないといった。麻子が四国へ旅行したことも、知らなかったのだから、無理もないだろう。

「どうも、ありがとう」

と、十津川は礼をいって、送り出そうとすると、美矢子は、ドアのところで振り向いて、

「麻子さんから借りている本は、どうしたらいいんでしょうか?」

「本ですか?」

「ええ。持ってきたんですけど――」

「どこに?」

「車に置いてあります」

「私から、家族の方に、お返ししておきましょう」

と、十津川はいった。

別に、何かを期待していったわけではなかった。ちょっとした厚意から、いっただけである。

美矢子は、マンションの外にとめた自分の車から、二冊の本を持って戻ってきた。

「この本なんです。お願いします」

と美矢子はいった。

十津川は「いいですよ」と、いって、受け取ったが、急に表情を変えて、

「カメさん」

と、いった。

亀井も、何ですかという眼で、二冊の本に眼をやった。

「これは――」

と、亀井も声をだした。

『これからのインテリア』

『女の自立宣言』

これが二冊の本のタイトルだったが、どちらの著者も、北川まゆみだった。

裏表紙には、著者の写真がのっていた。

「カメさん。彼女を呼び戻してくれ！」

と、十津川は大声でいった。

亀井が、あわてて飛び出して行き、車に乗りかけている美矢子を連れ戻してきた。

びっくりしている美矢子に向かって、十津川は、

「この二冊を、小西麻子さんから借りたことは、間違いありませんね？」

と、念を押した。

「ええ。彼女に借りたんですけど、つい返すのを忘れてしまって――」

と、美矢子は肩をすぼめるようにした。返さなかったのを、咎《とが》められたと思ったのだろう。

「小西麻子さんは、この著者の北川まゆみが、好きだったんですかね？」

と、十津川は続けてきいた。

美矢子は、ほっとした顔になって、

「ええ。彼女の生き方を尊敬していると、いっていましたわ。サインを貰ったことがあるとかで、その本も、ぜひ読んでみてといって、貸してくれたんです」

「どの程度の尊敬だったんですかねえ？」

「それはわかりませんけど、大学を出たら、北川まゆみの弟子になろうかしらって、いったこともありましたわ」

と、美矢子はいった。

6

美矢子が帰ってしまったあと、十津川は、彼女の置いていった本二冊を机の上に置いて、しばらく眺めていた。

北川まゆみの写真が、印刷されている。

『女の自立宣言』というほうを、手に取ってみた。

〈自立は、戦いである。特に、現代の女にとっての自立は〉

と、帯には書いてあった。

「これで、小西麻子は、恋人の有沢哲也とつながっているだけでなく、北川まゆみともつながっていることが、わかったね」

と、十津川は亀井にいった。

「驚きました。しかし、今度の事件と、どう関係してくるのか——」

それがわからないという顔で、亀井が首をかしげる。

「小西麻子が前から北川まゆみを知っていて、尊敬していた。サインを貰っているということは、会ったことがある。それが、大事なんだよ」

と、十津川はいい、続けて、

「小西麻子は、五月二十三日に鳴門へ行き、写真を撮った。その中に、偶然、北川まゆみが写っていたんじゃないだろうか。殺人現場近くで写っていたんじゃなくて、JRの鳴門駅あたりで写っていたら、小西麻子は、別に怪しまない。それどころか、日ごろ、その生き方に尊敬の念を持っていた北川まゆみだから、嬉しくなって、彼女に電話でもしたんじゃないかな」

「五月二十三日に、鳴門で見ましたといってですね」

「そうだ。私も二十三日に鳴門へ行っていました。偶然、あなたのことを写真に撮ってしまったので、引き伸ばして、差しあげますとでも、いったかもしれない」

「北川まゆみが、鳴門で殺された北川京介の奥さんと知らなければ、平気で電話したでしょうね」

「だが、北川まゆみにしてみたら、大変なことになったわけだよ。大阪で、アメリカンデザイン展を見て、友人に会ったことがアリバイだからね。鳴門へ行っていたとなれば、たとえ殺人現場にいなくても、命取りになる」

「それで、小西麻子を深大寺に誘い出して殺し、そのあと、キーを使って、彼女のマンションに忍び込んで、自分の写っている写真を盗み出したわけですね」

と、亀井も声を弾ませた。

「鳴門の写真だけを盗み出すと、犯人の意図を読まれると思って、写真は、全部、持ち去ったのかもしれないね」

「本棚に北川まゆみの本があったら、それも持ち去ったと思いますよ。ただ、友だちに貸してあったことは、気がつかなかったんじゃありませんか」

と、亀井はいった。

十津川は、二冊の本を持って、マンションを出て、パトカーに戻った。

「やはり、北川まゆみが、犯人なんですかねえ？」

と、亀井が運転席に腰を下ろしてから、十津川を見た。

「おそらくね」

「しかし、彼女には、強固なアリバイがありますよ」

と、亀井は、パトカーをスタートさせてから、十津川にいった。

「いや、それは正確じゃないよ。五月二十三日の午後、大阪にいたという絶対的な証拠はないんだ。ただ、午後二時から三時の間に鳴門へ行って、北川京介を殺すことは、時間的に無理だということだけなんだ。間違いないのは、午前一〇時〇四分に、彼女が新大阪で『ひかり73号』から降りたこと、午後七時に、友人の佐々木リエと、大阪の梅田駅前で会って夕食をしたこと、それに正午と二時の二回、佐々木リエに電話したこと、これだけなんだ。そのうち、二回の電話は、カメさんもいうとおり、どこからかけたか不明なんだよ」

と、十津川はいった。

「しかし、警部。そうはいっても、北川まゆみは、鳴門へ行けなかったことは、はっきりしているんじゃありませんか？」

と、亀井がきいた。

第五章　戦いの果て

1

　捜査本部に戻ると、十津川は、近畿と四国、中国地方の入った地図を、壁に貼りつけた。

　新大阪の駅のところに「一〇時〇四分、ひかり73号」と書き込んだ。

「さて、一〇時〇四分に新大阪で降りたあと、どうすれば、一刻も早く鳴門公園に行けるかというクイズだよ」

　と、十津川は部下の刑事たちの顔を見回した。

「まず、鳴門へ行くのに、どれだけのルートがあるか、それを一つ一つチェックしていったらどうですか?」

と、日下がいった。それに対して、西本刑事が、

「しかし、飛行機では、行っていないんでしょう？　飛行機より早く、鳴門へ行ける方法があるとは思えませんが――」

と、いった。

「新幹線も駄目ですか？　『ひかり73号』の次のひかりに乗って行って、途中でなんとか追い越す。追い越さないまでも、追い着くことは、不可能でしょうか？」

と、いったのは、清水刑事だった。

「いい指摘だよ」

と、十津川は肯いた。

「『ひかり73号』の次に『ひかり41号』という列車が走っている。新大阪を八分あとに発車する博多行だが、停車駅が少ないので、岡山には『ひかり73号』より先に着くんだ」

「それなら、その『ひかり41号』に乗ったんじゃありませんか？」

「だがね。清水君、この『ひかり41号』は、臨時列車でね。五月は、二日から二十二日までと二十四日から三十一日しか、走らないんだよ。肝心の五月二十三日には、走ってなかったんだ」

と、十津川は清水にいった。

「駄目ですか」

清水は、がっかりした顔になった。

「船は、どうですか？」

と、いったのは、日下だった。

「船？」

「ええ。大阪には、港があって、フェリーが出ていると思います。大阪から鳴門へ行くフェリーに乗れば、案外早く鳴門に着けるんじゃないでしょうか？」

と、日下はいう。

十津川は、時刻表のページを繰ってみた。

「大阪南港からフェリーが出ているが、鳴門行じゃなくて、徳島行だよ。時間は、三時間二十分と意外に早いが、駄目だね。朝の六時〇〇分、夕方の一七時一〇分、それと、夜の二三時〇〇分の三便だけで、午前十時台の便はないね」

「船も、駄目ですか？」

と、日下も残念そうにいった。

「いや、そうでもないよ」

と、時刻表を見ていた十津川がいった。

「しかし、大阪からのフェリーは、駄目なわけでしょう？」

「そうだ。だが、ほかからも船は出ているよ。例えば、和歌山から徳島に向けても船が出ている」

と、十津川はいい、地図の和歌山のところから、四国の徳島に向かって太い線を引いた。

「それで、間に合いますか？」

亀井が、心配そうにきいた。大阪から徳島へ行く船でも間に合わないのに、和歌山へ回って、間に合うのだろうか？

「それを、調べてみようじゃないか」

と、十津川はいった。

まず、和歌山—徳島間の船便について、調べてみた。

「和歌山と徳島の間には、高速艇が、一日に何本も出ているよ」

と、十津川が嬉しそうにいった。

その時刻表を黒板に書き出した。

和歌山港　→徳島港
八・三〇→　九・四五
九・一五→一〇・三〇
一二・二五→一三・四〇
一三・二五→一四・四〇
一五・三〇→一六・四五
一七・三〇→一八・四五

「このあとも、船が出ているが、関係はないだろう。なにしろ、十四時から十五時の間に、鳴門公園へ行かなければならないんだから」

と、十津川はいった。

「この中で、使えるのは、一二時二五分の便だけですね」

と、いったのは、亀井だった。

確かにそのとおりだった。九時一五分の便は、一〇時〇四分に新大阪に着いているのだから、絶対に乗れないし、一三時二五分の便では、まず鳴門公園へ、十五時までに行けないからだ。

「一二時二五分の高速艇に乗って、一三時四〇分に着けば、間に合うのかな？」

と、十津川はじっと黒板に自分が書いた数字を見つめた。

「徳島港からタクシーを拾って、急げば、一時間で鳴門公園に着けると思いますよ」

と、日下刑事がいった。

「一時間なら十四時四〇分で、ちょうど犯行に間に合うね」

「問題は、新大阪から和歌山港までですね。ちょうどいい列車があるかどうか」

と、亀井はいい、時刻表を繰っていた。

「和歌山へだと『くろしお』という特急があったね」

「多分、それだと思います。新大阪から出ているのがありますよ。『スーパーくろしお11号』です。一〇時四〇分新大阪発だから、ゆっくり乗れます」

と、亀井がいった。

「和歌山着は？」

「一一時四一分、和歌山着です」

「降りて、タクシーで港まで急げば、一二時二五分の徳島港行の船に乗れると思うね」

と、十津川はいった。

「車なら、三十分で和歌山港まで行けるはずです」

と、日下がいった。

十津川は、このルートを、まとめて黒板に書いた。

新大阪着　10：04
　　　発　10：40
　　↓スーパーくろしお11号
和歌山着　11：41
　　↓タクシー
和歌山港発12：25
　　↓船
徳島港着　13：40
　　↓タクシー
鳴門公園　14：40

「これで、北川まゆみは、鳴門公園で夫の北川京介を殺せるんだ。帰りは、多分、飛行機を使ったんだろう」

と、十津川はほっとした顔でいった。

「一つ、疑問があるんですが――」

と、西本が遠慮がちにいった。

「どんなことだ？　いってみてくれ」

「前に、大阪→徳島の飛行機を使ったんじゃないかということになりました。あのとき、正午と午後二時の二回の電話がネックになって、この推理が駄目になってしまいました。今度は、その点は、クリアできるんでしょうか？」

「そうだ。それを忘れていたよ。正午と午後二時に、このルートではどこにいるか、調べてみよう」

と、十津川はいい、自分が黒板に書いたルート表を見ていたが、急に笑い出した。

「こいつは、面白いね。正午も午後二時も、ちょうどタクシーの中だよ」

「最近は、タクシーにも、自動車電話がついているのが多くなりましたよ。ハイヤーなら必ずついていますね」

と、亀井がいった。

「それなら、電話のハードルは、越えられましたね」

「実際に、現地に行ってみるまではわからんさ」

と、十津川はいった。

「和歌山へ行ってみますか？」

「もちろん、行くよ」

と、十津川は亀井に肯いてみせた。

新大阪に向かって出発する前、十津川は、二つのことをやっておいた。

一つは、徳島県警への連絡だった。三浦警部は、いぜんとして久保守犯人説を変えずにいる。それに、彼が犯人である可能性は、ゼロになったわけではないのだ。

そこで、あくまでも、こちらの考えを説明するという形をとった。実際に、十津川が和歌山へ行って、五月二十三日に、北川まゆみがタクシーに乗ったかどうかを確かめてからでなければ、三浦警部は納得しないとも思ったからである。

もう一つは、天気予報のことだった。

十津川は、西本と日下の二人に、それを調べておくようにいっておいて、亀井と東京を出発した。

五月二十三日と同じ状況でということで、朝七時〇四分発の「ひかり73号」に乗った。

「天気予報の件は、どういうことなんですか？」

と、車内に腰を下ろしてから、亀井が十津川にきいた。

「実は、船を利用したのではないかという考えが出た瞬間、天気のことが引っかかったんだよ。列車や飛行機は、多少の雨でも予定どおり運航されるが、船は別だからね。雨や風が強ければ、運航は中止されるか、到着が大幅におくれてしまう」

と、十津川はいった。

「しかし、五月二十三日は、いい天気でしたよ」

「それを、はたして、予測できたかどうかということさ。北川まゆみもだが、このアリバイトリックを考えた北川京介もだ。それを西本君たちに、調べてもらうことにしたんだよ」

と、十津川はいった。

ありがたいことに、今日も快晴である。

新大阪には、定刻の一〇時〇四分に着いた。

ゆっくりと、新幹線ホームから在来線のホームへ歩いて行く。

ここで、一〇時四〇分発、新宮《しんぐう》行の「スーパーくろしお11号」に乗りかえた。六両編成で、展望車つきの新型車両だが、車内に電話はついてなかった。

一一時四一分に、和歌山に着いた。

駅前で、自動車電話のついているタクシーを探した。このあたりが観光地のためか、電話のついているタクシーが多かった。

遠出をしたとき、タクシー無線では連絡が取れなくなるからだろうし、乗客が、ホテルや旅館と連絡するのに必要だからだろう。

十津川と亀井は、駅前に待っているタクシーの運転手たちに、五月二十三日に北川まゆみを乗せたことはないかと、彼女の写真を見せて、聞いて回った。

答えは、意外と早く出た。

五月二十三日に、彼女を乗せたという運転手が、見つかったのだ。

二人は、そのタクシーに乗り、フェリーの発着する和歌山港まで行くことにした。

「彼女は、車内で電話をかけたと思うんだが」

と、亀井が、走るタクシーの中で、運転手にきいた。

「ええ、かけましたよ。この電話は、大阪にもかけられるんでしょうときくから、もちろんですすと、いったんです。そしたら、かけていましたね」

「話の内容は、覚えていない？」

「覚えてませんが、簡単な話で、すぐ切りましたよ」

と、運転手はいった。

「それは、正午だった？」

「時間は、覚えてませんが、和歌山港に着く直前だったから、そんなもんでしょう」

十津川たちの乗ったタクシーは、十二、三分で港に着いた。

ここから、小松島《こまつしま》行のフェリーと、徳島へ行く南海徳島シャトルラインという高速艇が出ている。

十津川と亀井は、南海徳島シャトルラインの高速艇に乗り込んだ。

乗客の数が、多かった。

一二時二五分に出港した高速艇は、青い海面を滑るように走る。海は穏やかで、船は、ほとんどゆれず、快適な船旅になった。

「五月二十三日も、北川まゆみは、われわれと同じように、海を眺めていたんですかね」

と、亀井がいった。

「どうかな。鳴門で夫を殺すことを、じっと自分にいい聞かせていたかもしれないよ」

「わかりませんね。夫も妻も、それぞれ違う分野で成功していたのに、殺すなんて――」

と、亀井が首をかしげた。

一時間あまりの船旅のあと、高速艇は、徳島港に着いた。

すぐ、タクシーを拾う。自動車電話がついているかどうか気になったが、ついていて、ほっとした。このあたりのタクシーも、観光タクシーを兼ねているので、最近は、電話をつける車が多くなったという。

　運転手に頼んで、飛ばしてもらった。吉野川を渡り、空港の近くを通って、鳴門に向かって走る。

　鳴門公園まで、バスでも一時間あれば行くということで、二人の乗ったタクシーは十四時三十分、二時半には鳴門公園に着いた。

　十津川は、その時刻を確認してから、鳴門警察署に回ることにした。徳島県警の三浦警部に会うためであり、説得するためでもあった。

2

　鳴門警察署で、十津川は、捜査本部長と三浦警部の二人に会って、北川まゆみ犯人説を証明した。

　しかし、三浦は、すぐには納得しなかった。

「五月二十三日に、北川まゆみが鳴門にきたとしても、だから彼女が犯人とは、断定できないんじゃありませんか」

と、三浦はいう。

「そのとおりです。ただ、彼女が今まで嘘をついていたことも、事実です」

と、十津川はいった。

「問題は、動機だな」

本部長が、いった。

「その点は、同感です」

と、十津川はいってから、

「東京に戻って、北川まゆみを訊問するつもりですが、三浦警部も一緒にいかがですか?」

と、十津川は三浦を誘った。

「行ってきたまえ」

と、本部長がいってくれた。

十津川は、電話を借りて東京にかけ、西本刑事に、結果を聞いた。

「気象庁に聞きましたところ、五月二十二日、二十三日の二日間は、晴れるという予報を出していたということです。それから、東文社の青木次長に、問い合わせました。やはり、北川京介は、五月二十三日は、晴れてほしい。もし、雨になりそうだったら、別の日にしたいとも、いっていたそうです。東文社のほうでは、雨では渦潮が見にくいからだろうと思い、前日まで予報に注意していた。二十三日は晴れると聞いて、安心してスケジュールどおりにスタートしたんだといっていました。船のことは、まったく北川がいわなかったし、東文社も考えていなかったようです」

と、西本はいった。

「ありがとう。今日じゅうに東京に帰る」

「北川まゆみを、連行しておきましょうか？」

「いや、それはいい。ただ、監視だけは、していてくれ」

と、十津川はいった。

十津川、亀井、それに三浦の三人は、一七時一〇分徳島発のＪＡＳ三二六便で、東京に戻った。

羽田に、清水刑事が、パトカーで迎えにきてくれていた。

「西本と日下の二人が、北川まゆみを見張っています」

と、車を走らせながら、清水が十津川に報告した。

「彼女の様子は、どうなんだ？」

「自宅には帰らず、ずっと、六本木の仕事場にいます。亡くなった夫の冥福を祈るという気持は、あまりないようですね」

と、清水はいった。

十津川は、捜査本部には戻らず、そのまま六本木に向かった。

北川まゆみの仕事場のあるビルの近くに、西本と日下の乗ったパトカーがとまっていた。

西本がパトカーから降りてきて、十津川に、

「今、彼女は、仕事場にいます」

と、いった。

「君たちは、もう帰っていい」

と、十津川はいい、亀井、三浦と三人で、雑居ビルに入って行った。

最上階が、北川まゆみの仕事場になっていた。

彼女は、そこにベッドを持ち込んで、泊まっているらしい。

北川まゆみは、仕事場にいた。笑顔で十津川たちを迎えたのは、自信がまだあるからだろう。

「刑事さんも、大変ですわね」

と、まゆみは十津川にいった。

「確かに、大変です」

と、十津川はいった。

「それで、今日は、主人と久保さんのことを、また、聞きにこられたんですか？」

「いや、久保さんのことは、もういいんです」

十津川がいうと、初めて、かすかな不安の色を見せた。

「それは、久保さんが、逮捕されることになったということでしょうか？」

「そうだとしたら、どう思われますか？」

「久保さんにも、きっと、よほどのことがあったんだろうと、思いますわ」

「よほどのことですか。どんなことが、考えられますか？」

「そこまでは、私には、わかりませんわ」

「北川さんは、そんなに意地悪な人でしたか？」

と、十津川はなおもきいた。

「作家というのは、皆さん、気難しいところがあって、それが、たまたま、久保さんの神経に触ったんじゃありません？」

「北川さんは、あなたに対しても、気難しかったですか？」

「え？」

「夫として、北川さんは、どんなだったのかと思いましてね。いい夫だったのか、それとも、夫としては、まったく落第だったのか」

「そんなことが、今度の事件と、何か関係がありますの？」

と、まゆみは眉を寄せて十津川を見た。

「あると、思っています」

「信じられませんわ」

「実は、久保さんは、もう、容疑の圏外になったんですよ」

「じゃあ、誰が、主人を？」

「あなたです」

と、十津川はいった。

「そんな――」

「あなたが、夫の北川京介さんを殺したんですよ」

十津川は、重ねていった。

まゆみは、どんな表情をしていいか、戸惑っている感じだった。が、急に笑い出して、

「私が犯人でないことは、十津川さんも、ご存じのはずですわ」

と、いった。

「いや、私は、知りませんよ」

「でも、私のアリバイについて、充分に納得されたはずじゃありませんの」

まゆみは、怒ったような声でいった。

「ああ、あのアリバイですか。あれは、もう意味がなくなりましたよ」

と、十津川はいった。

「どういうことですの？　私は、五月二十三日に、大阪にいたんです。そのことは、いろいろな人が証明してくれますわ」

「ところが、あなたが、同じ日に、鳴門にいたことを証言する人もいるんですよ」

と、十津川はいった。

「誰ですの？　それ。教えてくださいな」

「教えるよりも、その人と、会っていただきたいと思っているんです」

「――」

まゆみは、黙って、じっと十津川を見た。十津川の顔色から、何かを読み取ろうとしている眼だった。

「あなたのアリバイは、崩れたんですよ」

と、十津川はいった。

「でも、私は、五月二十三日は、大阪にいましたわ。主人や久保さんと一緒になった新幹線を、新大阪で降りて、デパートのデザイン展を見て、夜は、友人の佐々木さんと食事をしましたわ」

「わかっています。あなたが、一〇時〇四分に『ひかり73号』から新大阪で降りたのも、事実でしょう。ただ、あなたは、大阪のデパートでデザイン展を見る代わりに、鳴門へ向かったんです。ご主人を殺すためにですよ」

「私は、アメリカンデザイン展を見ました。そして、会場で売っているデザインブックを、買いましたわ」

「この本ですか？」

と、十津川は、持ってきた高価なデザインブックを、まゆみの前に置いて、

「あのデザイン展は、東京―京都―大阪と各デパートで、続けられていたものです。あなたは、東京のMデパートで開催されたとき見にいき、この本を買っておいた。それが、今度の犯行に役立ったというわけですよ。これは、私の友人で、デザイン好きの男が、東京のとき買ったものです」

「でも、どうやって、私が鳴門へ行ったというんです？　新幹線を追いかけるんですよ。飛行機ですの？」

「最初、飛行機を考えました。大阪から徳島へ行く飛行機ですよ。これだと、簡単に、あなたは鳴門公園へ行ってご主人を殺せるんです」

と、十津川がいうと、まゆみはニッコリして、

「それなら、すぐ、私を逮捕なさったら」

「ところが、あなたは、正午と午後二時に電話している。それがネックになって、この飛行機は、使えなくなってしまったんです」

「それなら、私はシロじゃありませんの？」

「いや、違います。あなたは、飛行機を使う代わりに、遅いと思われる船を使ったんですよ。和歌山から、徳島へ行く高速艇です。これに気がつくのに、時間がかかりました。まさか、新幹線を追いかけるのに、船を使うとは、思っていませんでしたからね」

「証明できますの？」

と、まゆみがきいた。

「証明できます。あなたは、新大阪から『スーパーくろしお』で、和歌山へ行き、高速艇の出る港まで、タクシーに乗った。そのタクシーの運転手が、あなたのことを覚えていたんですよ。また、あなたが、徳島港から鳴門公園まで乗ったタクシーも、見

つかったという連絡がありました。会わせたいといったのは、この二人の運転手ですよ。あなたが車内で電話したことも、証言していますよ」

十津川がいうと、まゆみの顔が、急に暗いものに変わった。

「一緒に、和歌山へ行ってもらえますか？」

と、十津川がいうと、まゆみは、いやいやをするように頭を振って、

「もう、いいです」

「どういうことですか？　それは」

と、きいたのは、徳島県警の三浦警部だった。

「もういいんです。認めますわ。鳴門へ行ったことを――」

「じゃあ、あなたが、ご主人を殺したんですね？」

と、三浦が念を押した。

「ええ」

と、まゆみは肯いたが、

「私が、なぜ、北川を殺したか、わかります？」

と、開き直った態度で、十津川にきき返した。

「正直にいって、わかりませんね。ただ、今度のアリバイトリックは、北川さんでは

なく、あなたが考えたんだと思いますね」

と、十津川はいった。

「なぜ、そう思うんです？」

と、まゆみがきいた。

「今までの北川さんの本に出てくるアリバイトリックと、違うところがあるからですよ」

と、十津川はいった。

「どの点が？」

まゆみは、大きな眼で十津川を見た。

「電話ですよ。殺人現場へ先回りするルートが二つあるとします。その一つは、消さなければならない。そのとき、今までの小説では、その日、道路が工事で使えなかったとか、列車事故があったとか、偶発的な事故で、そのルートを消していたんです。いかにも、それが不自然だったんですよ。ところが、今回は違っていました。たった二回、電話をかけるだけで、一つのルートを消してしまっている。感心しましたよ」

と、十津川はいった。

「ありがとうございます」

まゆみが、ニッコリした。

「やはり、あなたが、考えたことだったんですね？」

「ええ。北川は、相変わらず、本にする場合は、大阪↓徳島便は、事故で欠航になったことにする気でいたんです。頭の悪い人なんです」

と、まゆみがいった。

「それが、動機なのか？」

三浦が、まゆみを睨んだ。

「ええ。頭が悪いくせに、威張り散らして、暴力を振るっていたんです。私は、だんだん、それに我慢ができなくなったから、私の考えたアリバイトリックで、殺してやったんです」

と、まゆみはいった。

「北川さんは、久保さんを、鳴門でびっくりさせようとした。それをあなたが利用したんですね？」

「ええ。子供っぽいことを考える人なんです。鳴門公園で、久保さんに煙草を買いに行かせ、その間に、私を物かげから呼んで、戻ってきた久保さんをびっくりさせるんだといって。自分の考えたトリックを自慢したかったんですわ。そのトリックだって、肝心のところは私が考えたものなのに」

「今までのアリバイトリックも、あなたが考えたものだったんですか？」

「大事なところはね」

「小西麻子を殺したのも、あなたですね？」

と、亀井がきいた。

「ええ。あれは、計算外でしたわ。突然、電話がかかってきたんです。小西麻子という、まったく知らない人からでした。向こうは、私を尊敬していて、サインを貰ったといっていいましたけど、私は覚えていませんでした」

肩をすくめるようにして、まゆみがいった。

「あなたを、鳴門公園で見たと、いったんでしょう？」

と、十津川がきく。

「ええ。写真も撮ったといいました。別に、私を疑っている気配はありませんでしたけど、彼女と、彼女の撮った写真は、命取りです。だから、仕方なく殺したんですわ」

「そのあと、彼女のマンションへ行って、写真を持ち去った？」

「ええ」

と、まゆみは肯いた。

彼女の顔が、急に疲れ切ったように見えた。

「あんたを、逮捕する」

と、三浦警部が大きな声でいった。

＊

北川まゆみは、まず、鳴門へ連れて行かれることになった。

徳島行の飛行機で、三浦警部がまゆみを連行して行くのを、十津川と亀井は、羽田へ送って行った。

パトカーで帰る途中、亀井が、

「どうも、わかりませんね」

と、十津川にいった。

「何がだい？」

「北川まゆみの動機ですよ。夫が、頭が悪いくせに、横暴だからというのは、弱い気がするんですよ」

と、亀井がいう。

「あれは、本当のことはいってないと思うよ。夫婦の間には、他人にわからない、どろどろしたものがあると思うよ」

「じゃあ、彼女がいったことは？」

「多分、彼女の精いっぱいの見栄《みえ》だと思うね」

「見栄ですか？」

「そうさ。彼女は、頭もいいし、自尊心の強い女性だ。だから、つまらない女と同じ動機で、夫を殺したと思われるのは、嫌なんだよ」

「嫉妬とか、財産とかのためにですか？」

「ああ。だから、ああいったんだ。カッコいい動機で、カッコよく殺したことにしたかったんだろうね」

と、十津川はいった。

解説

山前　譲

二〇一五年、日本遺産という新たな試みが始まった。ポータルサイトには、〝文化庁では、地域の歴史的魅力や特色を通じて我が国の文化・伝統を語るストーリーを「日本遺産（Japan Heritage）」として認定し、ストーリーを語る上で不可欠な魅力ある有形・無形の様々な文化財群を総合的に活用する取組を支援します〟と書かれている。

二〇二〇年までに百四件が認定されている。

トラベルミステリーの牽引車《けんいんしゃ》として膨大な数の作品を発表している西村京太郎氏は、そんな日本遺産に認定されるような魅力的な地域を、これまで数々の作品で舞台としてきた。本書『日本遺産に消えた女』は、『日本遺産からの死の便り』と『日本遺産殺人ルート』につづく、日本遺産に着目しての一冊で、十津川警部シリーズの短編四作が収録されている。

　巻頭の「特急『にちりん』の殺意」（「小説現代」一九八八・七）の事件は九州の大分県で起こっている。十津川班の清水刑事が、同じマンションに住んでいる高沢めぐみからの相談を、十津川警部に取り次ぐ。彼女は社長秘書をしているのだが、その社長の工藤に脅迫状が来ていて、しかも今日は会社に来ていないというのだ。

　怖くなって逃げ出した？　調べてみると工藤の本籍地は大分県の中津市だった。そしてそこに住む兄のところに、これから行くという電話があったという。そんな時、大分県警の警部から電話が入る。特急「にちりん」の車内で工藤の死体が発見されたと……。

「にちりん」は一九六八年、博多駅と西鹿児島駅（現在の鹿児島中央駅）を日豊本線経由で結ぶ特急として走りはじめた。一九七五年に山陽新幹線が開通すると、小倉駅での在来線への接続列車と位置づけられる。二〇〇一年に小倉駅発着となり、宮崎空港へのアクセスが主な役割となった。なお、博多駅から日豊本線方面への特急には「ソニック」や「にちりんシーガイア」がある。

　ここでの事件はまだ「にちりん」が博多駅発着だった時代に起こっている。中津駅を出て、別府にまもなく着こうかという時、グリーン車で工藤の死体が発見されたのだ。青酸中毒による窒息死だった。事件解決のために十津川警部と亀井刑事が九州へと向かっている。

大分県の中津市と玖珠町をストーリーの舞台にした日本遺産が「やばけい遊覧～大地に描いた山水の絵巻の道をゆく」だ。山国川の流域に展開されている渓谷の耶馬渓《やばけい》は、火山活動と浸食による奇景が連なり、日本三大奇勝のひとつとして知られている。その名前は、江戸時代、頼山陽《らいさんよう》が訪れて「耶馬溪天下無」と漢詩に詠んだことに由来するそうだ。山水画のような風景が文人画人の憧れの地となっていたという。また、青の洞門は菊池寛「恩讐の彼方に」の舞台として知られている。鉄道を利用してここを訪れようと思い立ったら、今でも「にちりん」が便利だ。

つづく「青に染まる死体　勝浦温泉」（「オール讀物」一九九五・八）の舞台は、『紀伊半島殺人事件』や『南紀白浜殺人事件』など、西村作品ではお馴染みの紀伊半島南部である。十津川班の日下刑事が人気観光地の紀伊勝浦温泉を空路を利用して訪れたのは、大学時代の友人で銀行の勝浦支店に勤めている浜田に誘われたからだった。一緒に勝浦湾内のホテルに泊まった。夕方、ふたりで外海を眺められる温泉につかっていた時、日下は波間に人間の頭を発見する。やがてそれは見えなくなってしまった。溺れたのでは？　そして翌日、漁船が溺死体を発見したのだが……。

紀伊勝浦温泉がある那智勝浦町や太地町、そして新宮市や串本町にストーリーが展開されているのは日本遺産の「鯨とともに生きる」である。紀伊半島の南方の熊野灘では、江戸時代に捕鯨の技術や流通方法が確立されたという。貴重なタンパク源としてはもちろん、鯨油だったり、ひげなどを道具の素材にしたりと、日本では鯨をさまざまな形で活用してきた。捕鯨についてはさまざまな意見が交わされているが、この地域では鯨にまつわる伝統芸能が今も受け継がれている。

自身が目撃した事故（？）と東京で起こった殺人事件との関連を捜査するため、日下は北条早苗刑事とともに再び那智勝浦町を訪れる。しかし、新幹線から名古屋で紀勢本線の特急「南紀7号」に乗り換えての旅は、前回のように心弾むものではなかった。「南紀」は今も名古屋駅から紀伊勝浦行と新宮行が運行されている。世界遺産の熊野古道等人気の観光地へと誘う特急だ。

父が死んだとの連絡を警察署から受けて、山形県の酒田市に向かっているのは「最上川殺人事件」（「オール讀物」一九九七・九）の合田可奈子である。五十五歳で精密機械メーカーの社長の座を弟に譲り、日本各地を旅していた父だったが、「最上川芭《ば》蕉《しょう》ライン舟下り」の舟から転落したという。一方、東京では元警察官の私立探偵が殺されて……。

一九九九年に山形新幹線が新庄駅まで延伸されて、山形県への鉄道のアクセスはより便利になった。酒田方面へは新庄駅から陸羽東線（奥の細道最上川ライン）に乗り換えることになる。そして酒田で日本海沿いの羽越本線に乗り換えると、北は秋田・青森方面へ、南は鶴岡を経て新潟方面へと向かうことができる。

山形県の日本遺産には、鶴岡市、西川町、庄内町をストーリーの舞台とした「自然と信仰が息づく『生まれかわりの旅』〜樹齢300年を超える杉並木につつまれた2446段の石段から始まる出羽三山〜」と、鶴岡市をストーリーの舞台とした「サムライゆかりのシルク　日本近代化の原風景に出会うまち鶴岡へ」、そして山形市他の「山寺が支えた紅花文化」がある。

「阿波鳴門殺人事件」（「別冊小説宝石」一九九〇・九）で事件が起こったのは、淡路島と鳴門を結ぶ大鳴門橋の袂《たもと》にある鳴門公園だ。有名な渦潮を見物できる千畳敷展望台の近くで、頭部に裂傷を負った男を観光客が発見した。その男は救急車の中で息を引き取ったが、なんとトラベルミステリーを書いている有名な作家だった。そして、徳島県警からの要請で被害者の身辺調査をするのが十津川班である。

鳴門海峡に大鳴門橋が開通したのは一九八五年で、一九九八年に明石海峡大橋が開通して、神戸—淡路島—鳴門が自動車道で結ばれた。この区間に鉄道を走らせる計画もあったが、工事費等の関係でその可能性はなくなってしまった。だから、残念ながらルートの中間にある淡路島へは、鉄道で訪れることはできない。

日本遺産の「『古事記』の冒頭を飾る「国生みの島・淡路」～古代国家を支えた海人の営み～」はその淡路島の三市、淡路市、洲本市、南あわじ市をストーリーの舞台としている。『古事記』の国生み神話で最初に誕生したのが淡路島だ。イザナギとイザナミが天《あめ》の沼矛《ぬぼこ》で下界をかき回して島ができたのだが、そのイメージは鳴門海峡の渦潮と重なる。

日本に住んでいながらも、まだその魅力を知らない地域はたくさんあるに違いない。十津川警部の捜査行に導かれての日本遺産巡りは、日本を再発見する格好の機会となるだろう。

（初刊本の解説に加筆・訂正しました）

二〇二〇年九月

この作品は２０１８年3月徳間書店より刊行されました。
なお、本作品はフィクションであり実在の個人・団体などとは一切関係がありません。

徳間文庫

日本遺産《にほんいさん》に消《き》えた女《おんな》

2020年10月15日　初刷

著者　西《にし》村《むら》京《きょう》太《た》郎《ろう》
発行者　小宮英行
発行所　株式会社 徳間書店
東京都品川区上大崎三—一—一　〒141—8202
目黒セントラルスクエア
電話　編集〇三(五四〇三)四三四九
販売〇四九(二九三)五五二一
振替　〇〇一四〇—〇—四四三九二
印刷
製本　大日本印刷株式会社

ISBN978-4-19-894598-5　(乱丁、落丁本はお取りかえいたします)

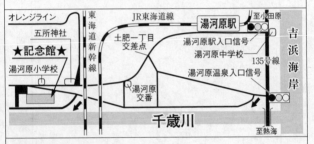

西村京太郎ファンクラブのご案内

会員特典(年会費2200円)

◆オリジナル会員証の発行 ◆西村京太郎記念館の入場料半額
◆年２回の会報誌の発行（４月・10月発行、情報満載です）
◆抽選・各種イベントへの参加
◆新刊・記念館展示物変更等のハガキでのお知らせ（不定期）
◆他、楽しい企画を考案予定!!

入会のご案内

■郵便局に備え付けの郵便振替払込金受領証にて、記入方法を参考にして年会費2200円を振込んで下さい■受領証は保管して下さい■会員の登録には振込みから約１ヶ月ほどかかります■特典等の発送は会員登録完了後になります

[記入方法] １枚目は下記のとおりに口座番号、金額、加入者名を記入し、そして、払込人住所氏名欄に、ご自分の住所・氏名・電話番号を記入して下さい

郵便振替払込金受領証　窓口払込専用

00																						
口座番号							百	十	万	千	百	十	番	金額	千	百	十	万	千	百	十	円
0	0	2	3	0	-	8	-			1	7	3	4	3					2	2	0	0
加入者名	西村京太郎事務局													料金	(消費税込み)			特殊取扱				

２枚目は払込取扱票の通信欄に下記のように記入して下さい

通信欄
（1）氏名（フリガナ）
（2）郵便番号（７ケタ）　※必ず７桁でご記入下さい
（3）住所（フリガナ）　※必ず都道府県名からご記入下さい
（4）生年月日（19XX年XX月XX日）
（5）年齢　（6）性別　（7）電話番号

十津川警部、湯河原に事件です

西村京太郎記念館
■お問い合わせ（記念館事務局）
TEL0465-63-1599
■西村京太郎ホームページ
http ://www4.i-younet.ne.jp/~kyotaro/

※申し込みは、郵便振替払込金受領証のみとします。メール・電話での受付けは一切致しません。

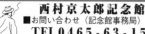